石魂

陈进昌/著

中国华侨出版社

·北京·

图书在版编目（CIP）数据

石魂 / 陈进昌著 .—北京：中国华侨出版社，2021.3
ISBN 978-7-5113-7624-4

Ⅰ.①石… Ⅱ.①陈… Ⅲ.①长篇小说-中国-当代
Ⅳ.① I247.5

中国版本图书馆 CIP 数据核字（2021）第 030572 号

石魂

著　　者：陈进昌

责任编辑：高文喆

经　　销：新华书店

开　　本：670 毫米 ×960 毫米　1/16 开　印张：17.5　字数：272 千字

印　　刷：河北省三河市天润建兴印务有限公司

版　　次：2021 年 3 月第 1 版

印　　次：2024 年 5 月第 2 次印刷

书　　号：ISBN 978-7-5113-7624-4

定　　价：49.00 元

中国华侨出版社　北京市朝阳区西坝河东里 77 号楼底商 5 号　邮编：100028
发 行 部：（010）64443051　　　传　　真：（010）64439708
网　　址：www.oveaschin.com　　E - m a i l：oveaschin@sina.com

序

杨少衡

陈进昌同志的长篇小说《石魂》问世，我很为他高兴。

我与陈进昌于20世纪80年代因文学而相识，至今已近40年。当年漳州有一批年轻文友，在改革开放和新时期文学的蓬勃中相继走上文坛，共同参与并见证了九龙江畔文学的一轮跨世纪繁荣。在那一茬漳州作家里，陈进昌是比较独特的一位。他有更为深厚的学养背景，对新的文学理论和创作方法有更多的理解与感悟，也有着十分丰富的阅历。当时他的中、短篇小说在《福建文学》和外地刊物发表，在创作思想与手法等方面独具一格，别有特色，创作前景令人期待。但是生活另有安排：他因为工作需要进入剧本领域，所作芗剧剧本参加过全省调演。而后他的工作屡屡变动，在其爱人下岗办厂过程中亦相伴创业。记得当年每次相逢，他谈起工作、生活的变迁与忙碌时，总在憧憬来日得闲再拾笔创作。而我也总为他生活经历的多样、积累的生动素材和细节感到兴奋，我觉得切身经历与感受最为重要，那是生活对作家的赠与。20世纪90年代后，与华安玉声名鹊起同时，他们夫妻玩石赏石渐入佳境，都成石痴，爱石如命，越玩越深。记得一次闲谈中他跟我讲了一个找石运石的真实故事，过程曲折生动，充满生活质感与情趣，听得我不禁拍手："这就是小说！"在我感觉里，这种生活与故事只属于他，把它们写出来，让读者了解、认知，一定很有意思。前些时候，有一天他给我打电话，告知创作完成了这部长篇小说，送我一阅，我有一种瓜熟蒂落之慨，高兴之余，也充满期待。

据我所知，这是第一部以华安玉为题材的长篇小说。华安玉文化积淀深厚，远在一万年前旧石器时代，先人就用这种石头制作石器。明代徐霞客在《闽游日记》中对华安玉极尽赞美之辞。近代亦有岭南大学教授黄钟琴于百年前写下的《华封观石记》等介绍文章。20世纪80年代至今，华安玉先后被确定为漳州市"市石""八闽名石""中国十大国石候选石""中华十大奇石"。华安县被定为"中国观赏石之乡""中国民间玉雕艺术之乡"。有多位省委、省政府历任主要领导到华安考察过华安玉雕。多年来经众多媒体以及《中国石谱》《宝藏》等赏石名刊屡屡介绍，华安玉广为人知，其玉雕和自然奇石在我国以及日本、韩国等国家有广泛的影响和市场。华安玉产业经济亦如雨后春笋般兴起，全县有玉雕厂家一百多家。在这一产业发展中，陈进昌不仅是见证者，更是积极投身者，他本人的奇石作品《寿龟》获2012年全国第十届赏石展金奖，奇石作品《浩然正气》2018年11月参加柳州国际奇石节获金奖。还有十几件奇石作品获各级石展金银铜奖。他任过华安观赏石协会副秘书长，《华安赏石报》主编，写过众多赏石文章，网上还能搜索、阅读到他撰写的《古往今来九龙璧》等文章。身在华安玉的故乡，加上个人的投身和参与，为他创作这部长篇小说打下了扎实基础。

这部长篇小说有二十余万字，通过一个家庭三男三女六个人物以及与这个家庭有关联的几个人物的故事勾画了华安玉千年传说，以及跨世纪前后十几年间发掘、弘扬国石候选石文化的生动故事。作品表现一群九龙江北溪朴实的农村人，在改革开放大潮中从不知所措到成为弄潮儿的过程，以吴步宁的爱情长跑，龙隐洲从一个多余的人转变为一个心地善良、有担当的丈夫和父亲等故事的描绘反映出生活、人生的美好。也通过具体情境中主人公的内心挣扎、期盼、自省和自我拷问，深入表现平静表面之下的汹涌暗流，表达时尚戾气对人的侵害，权力、金钱、资本对人的异化等思考。作品通过众多生活细节展现人物内心的细微变化和巨大波澜，让人感到仿佛是发生在身边的事，极具代入感。陈进昌在作品中一如既往，努力追求创作手法的某种独特以及思考表现的深度，也表现出丰富的想象力。作为一个深度介入当地玩石赏石和石产业领域的作家，陈进昌比之他的石界同行，以文学感受与创作能力见长，比之写作同行，则以切身经历更胜一筹。他来写这部长篇小说，无疑最得其所。读这部小说，玩石者可以从中感受自己的生活，石界外的人可以借之了解其间奥妙，从中获益。作品中浓厚的闽南文化氛围和特色，让我这样的读者读来更是倍感亲切。

当年我在漳州生活工作期间，曾多次到过华安。20世纪80年代，我还曾与几位文友包括陈进昌一起顺流而下，泛舟九龙江北溪，留下非常美好的记忆。我觉得华安是一块神奇之地，其山川雄伟壮观，所拥有的沙建仙字潭、仙都土楼群等历史存留赫赫有名，华安玉更是广为人知。华安的自然、人文内涵非常值得研究与表现，无疑也为文学创作提供了一个巨大空间，是一块题材富集之地。我接触过若干华安作者，他们立足于家乡热土，工作之余潜心创作，为宣传自己的家乡不遗余力。以我印象，他们更多的是以散文、诗歌等文学形式来进行创作，写成小说的目前似乎不多，长篇小说尤其罕见。陈进昌同志这部充满华安意蕴的长篇小说问世，可称填补了我感觉的一个缺憾。在为一位旧日作者回归而高兴之际，很期盼这部长篇小说亦能有一种带动作用，促进陈进昌日后更多的创作，也促进更多的作者一起来推动当地创作，不负这块题材热土，让华安的文化更加繁荣，也让华安美丽的山川人文更多地为人所知。

目录

楔子

一

这是一个类似陶渊明描写的桃花源那么美的地方。不过比陶渊明的时代更早，早到不知多少万年前，这个地方叫玉天街。那云多美有诗云："群峰捧玉天街美，疑是仙邦入凡尘。"写的不是那个时候，但拿来形容那个时候的这个地方非同一般的美是非常恰当的。山青得滴翠，水绿得透明。农耕文明使人静谧安宁。这条街两边绿树成荫，农舍井然。奇怪的是这条玉天街没有尽头，传说一直走可以走到南天门。

永恒的时间流淌到某一节点，突然，天翻地覆，浊浪如山，地火喷涌。天地沉入混沌，黑白二条龙从云雾中腾出，暴雨如注，大地一片苍茫。忽然水中腾出一鲲，继而化为鹏，沿着天街飞去，大鹏收翅降落南天门，化为将，入报玉帝：世间天崩地裂，一片混乱。

玉帝闻报，即派太白金星前往视察。太白金星来到世间，见二龙犯了天条，遂从袖中飞出一个玉璧，倏忽如百间屋大，将二条龙尽收其中。又将宝贝缩小收入袖中。

太白金星袖子一挥，巨涛中浮出一小岛，受难众生纷纷爬上小岛，岛上的山越长越高，鸟类兽类也纷纷在岛上安家。

这片土地后来被人称为闽，又称福建，这就是有名的地壳大变动，民间称之为"沉东京，浮福建"。

二

这是一场险恶无比的战斗，时间是唐总章二年，公元669年。

福建南部即现在的漳州地区，蛮獠嚣乱，唐高宗下诏命陈政为岭南行军总管事，率3600名府兵、123员战将，从河南固始县出发，顺淮河进入大运河，沿大运河入浙江，再由仙霞岭入闽，连克数座峒寨，直抵华安九龙山地界。与龙云洞主摆开决战的阵势。

龙云洞主年轻力壮，武艺高强，而且精通兵法。他探知陈政兵精将勇，与军师定下智取之计。于是送战书给陈政将军，约定三日后辰时摆阵决战。陈政心想：蛮兵每战必败，全无章法，打起仗来，满山乱冲，一经接战，即满山溃逃，军无行伍，岂能摆阵？于是信手批下：依期决战，并下令全军就地休息三天。

常言道：气可鼓而不可泄。唐军得令休息，正应泄气之嫌。龙云洞主三更奔袭，四更攻破唐营，唐军将士解甲酣睡，突然遇袭，仓皇应战，手忙脚乱，天昏昏，地蒙蒙，激战了三天三夜，陈政将士边战边退上了九龙山，此山位于现今的仙都镇、湖林保和安溪县三地交界处，唐军将士退守山上。山上有个九龙湖，湖畔还有一座龙峰庙，庙中有七个僧人，祀的是三公尊王。本来龙峰庙有十来亩庙田，因为山高水冷，一年只能种一季水稻，所产大米刚好够七个僧人吃一年，高山顶上的气候与山下大不相同，庙前有一棵百年梧桐树，梧桐花开，僧人们就要应时下种。这一年，梧桐树一直不见蓓蕾，又因"山中无日历，岁尽不知年"，僧人们乐得一日过一日，也不知过了多少天，梧桐还没有消息，有一个僧人偶尔爬到大山之巅，看见山下水稻已经一片金黄。僧人们惊慌失措，把稻种磨成大米大家饱吃二日，散伙下山，把一个空庙抛在初秋的萧索之中。仲秋之际，正是陈政兵败之日。

蛮兵当然知道九龙湖畔已经无人无粮，便采用围困断粮之计，将九龙湖团团围住，想把唐军将士饿死在山上。

唐军将士在梦中惊逃，粮草尽弃，九龙山顶虽然湖面宽广，水草丰足，却无鱼类，只有不能食用的四脚鱼，更无粮食，只好杀战马保将士，关山阻隔，万里之遥，如何回朝廷搬救兵解此之围，陈政令将士在庙外望空而拜，自己进庙掷筊，欲问可有解围之日，可是每掷都是阴筊。时年十三岁的陈元光对父亲说：不可叩问，只能祈求三公保佑。陈元光跪拜之后，突然发现香案下的泥土地上有一块二尺见方、平整光滑的天然石头供人跪拜，石面上似有一黑一白两条灵动欲飞的龙，伸手把灰尘拨开，两条龙栩栩如生，陈元光虔诚抚摸，石面似有颤动，父子俩赶紧把石搬到庙堂中间，率众将士围住双龙石叩拜，双龙石毫光四射，整座庙宇咯咯有声，似要抻裂，陈政父子急忙把双龙石抱到庙外空旷之处，陈元光命众将围着双龙石边转边祈求，向右转十三圈，又反过来向左转十三圈，天上霎时乌云翻滚，一黑一白两条龙分别从左右两个方向俯冲而来，降落于湖畔，陈元光对父亲说：我们不是要向朝廷求援吗？赶快派人骑龙前去。陈政遂点了两名家将担此重任，可是两名家将瑟瑟发抖，不敢骑上龙身。陈元光率先骑上乌龙，爱抚之下，乌龙收起浑身杀气，安静俯伏于地，陈元光又骑上白龙，如法炮制，二龙逊顺，两家将纵身一跃，二龙腾飞，腾云驾雾而去。

唐高宗接到求救快报，点来点去，派不出比陈政更能干的将领挂帅救援，遂命陈政二位胞兄率府兵增援，陈政母亲魏氏，带过兵，上过阵，亦同往，共率府兵及军眷5000多人"尽室南来"。行军途中，陈政二位胞兄病逝，魏氏毅然代替儿子带兵，率兵入泉州府，取道安溪龙涧，直抵九龙山下的尚远地面，派密探与陈政约定两面夹攻。

陈政受困九龙山时，为了保将士性命，几天杀一匹战马充饥，战马都杀光了，援兵还没有消息，粮草已尽，将士难保，陈政只好率众将士叩拜三公尊王，九龙江北溪方向飞来一块九龙璧石，高一米六七，重约两吨，下部像树桩，顶部有一个圆圆的洞，九龙璧石缓缓降落于九龙湖岸边，洞中汩汩流出米来，将士欢呼雀跃，争拿器皿接米炊煮，解了无米之忧。临近反攻，却又没有战马，该如何是好？陈政和将士又望空而拜，不一会儿，九龙江北溪又飞来一块巨石立于湖边，巨石色彩斑斓，线条圆滑，左侧一个大洞，大可容一个人通过，只见湖中四脚鱼一只只腾空跃起，越过洞穴，变成一匹匹活蹦乱跳的战马。陈政将士迅速跨上战马，向山下冲杀而去。

战斗结束之后，陈政和母亲在九龙山下会师。陈政向母亲汇报黑白二龙驮人求援，石洞出米和四脚鱼跳过巨石化为战马的祥瑞之事。魏氏听后欣慰异常，说：这是大唐天子恩泽四海，感动上苍所致。会合之将士也争相议论这三件祥瑞之事，陈政率儿子陈元光扫平闽南，不久陈政病逝，陈元光奏请唐皇置了漳州府，他即被封为开漳圣王，参战将士都被安置在漳州各地开枝散叶，因此九龙山的三件祥瑞之事便口口相传，被描述得活灵活现，祖祖辈辈，代代流传，也因此引发了一千三百多年后关于"九龙璧（华安玉）"的故事。

第一章

村中漂亮姐妹花，大哥娶妻后悔迟

一

故事发生于1995年9月份，地点在九龙江北溪中游，距县城约6公里的九龙湾地面。村中有一个很特别的姑娘，叫石琪香，今年18岁，高中毕业，没考上大学。她五官端正，脸部线条柔美，皮肤白皙，说起话来轻声细语，既使一个怒火万丈的人，站在她面前听她轻声细语说上两句，也会立刻平静下来。

有一次，大哥石其中有60吨香蕉在九龙湾火车站等着装车皮，需要一个人去看管，白天琪香去看，晚上大哥自己看。琪香看着看着，一列客车临时停车，过了一会儿，一个背着背包的旅客趁列车员打开车门透气的机会突然下了车，向石琪香走过来，只见他方脸大耳，外表俊朗，二十多岁的样子。他在琪香面前放下背包，前后左右走来走去，一双眼珠一转不转地看着琪香，然后又凑近来搭讪："你叫什么名字？为什么坐在这里呀？"见琪香不搭话，又自说自话："你别介意，我不是坏人，更不是流氓，我是一个正经人，我有工作，一个月工资四百多元。我是一人吃饱全家不饿。我是看你长得很美，火车一停我从车窗往这边一看，你很像我常常梦到的那个姑娘，我就不顾一切下了车。我没有坏主意，我只是想跟你认识认识而已。你不信？那我有决心让你相信。"

大哥中午送饭来车站，琪香对大哥说："那个人老是对我唠唠叨叨，很烦人呢。"

大哥冲到那人面前，一把抓住他的胸口："流氓！"

"我不是流氓，我只是喜欢看她，多看她几眼而已。"

"人又不是物件，可以一直看、看。"

"我喜欢我就可以看。"

大哥忍无可忍,一拳打得他眼睛发黑,于是,两人你一拳我一拳打得不可开交。琪香赶快跑到车站派出所叫来警察。

警察问话。那人说:"他打我,我不认识他。"

石其中说:"他调戏我妹妹。"

"我有吗,我只是多看几眼。看女孩子也有罪吗,你把我打得这么重,你要赔医药费。"

"赔多少?"

"300元。"

"好,那看一眼10元,琪香,他看你多少眼?"

"数不清啦。"

"按最少算。"

"那就算300。"

"300眼,就是3000元,我赔你300元,你还要付我2700元。"

铁路警察都听傻了,调解调解劝散了双方。

从此,琪香出名了,县城年轻人听说看一眼要10元钱,都争相来九龙湾看琪香,有的公开看,有的偷偷看。大家都暗暗赞叹:确实很漂亮。要是能娶她为妻,那是前世修来的福。

二妹石琪玉,很小的时候,一放学就爱拿鱼兜、鱼网到九龙江边去抓鱼,奇怪的是,她蹲在水边,马上有一群鱼儿游过来,在她面前嬉戏,任由她抓。所以,只要她背着小鱼兜出门,就一定会收获一兜小鱼小虾回家。难道鱼儿也爱漂亮姑娘不成?初中毕业时她更是出落得如花似月,亭亭玉立。

石琪玉从小喜欢造型精巧,色彩艳丽的石头,要知道,九龙江北溪华安河段,满溪都是白花花的石头,大家都叫它九龙璧。九龙璧的肌理变化十分显著,天然形成的石肌像人的肌肉,条理分明,筋脉隆起,滑润细腻,弯曲处过渡自然,线条优美,色彩或金黄,或赭色,或古铜,搭配得浑然天成。

这九龙璧,到2000年年初"中国宝玉石协会"的专家将其定名为"华安玉",当年评选出十大国石候选石,"华安玉"排名第九,后来《中国石谱》定名"九龙璧(华安玉)"。一个女子出嫁时如花似月,她未成年时肯定就是美女胚子。九龙璧从它诞生起就美轮美奂，只是人们还没有认识而已，石琪玉被这种石头吸引就不奇怪了，这也体现了她爱美的天性。

二

人啊，要是能够预知未来，那就会少犯许多错误。

有的错误是会改变人生走向的。

多年以后，石其中还一直后悔那一刻的冲动，要是能够克制住，后来的生活也许就会轻松舒服得多。可是他当时克制不了那种天崩地裂的冲动。他抱着她向草地上倒下去，像两座山峰轰然倒塌，山上山下所有的一切都交融在一起了。

石其中挚爱的女朋友另有其人。她叫黄如玉，有一次二人闲聊时黄如玉说："哎呀！你们家困顿，兄弟又多，连个住的地方都没有……"

石其中打断她说："你的意思我知道了！"

于是两人心照不宣，不再约会。石其中心里窝着一股无名火，恨不得即刻随便找个女人发泄一番，刚好那晚唱歌时认识了李初叶，两人眉目传情，唱完歌两人相约去江边散步，于是就发生了上面那一幕。当时只有激情没有理性，他要是了解李初叶的家庭，也许就不敢往前一步了。李初叶的父亲原来是草峰村的党支部书记，虽然现在退了，可是余威尚在，有一种不怒自威的气场，石其中与他坐在一起泡茶都会感到很不自在。

后来她说她母亲发现了，把她骂得日月无光，天地变色，再后来说她怀孕了。

石其中的头嗡一声大了：把初叶娶回家，要住哪里？不娶吧，她已经怀了他的孩子。娶吧，他石其中好像无力养家。这时他26岁，李初叶22岁。

石其中犹豫了好久，最后鼓起勇气对父亲说了这事，他本来准备挨父亲一顿臭骂，不想父亲沉吟了一会儿说："既然生米已煮成熟饭，那就娶回来吧。你岳父不是一般农家人，怕不好说话。"

没料到，草峰村前支部书记很好说话，订婚、结婚都按闽南风俗办的，费用是由父亲石永汉向亲戚朋友借来的，又向大姨借了间房子当新房，石其中圆满结了婚，父亲却背了一身债，他对大儿子说："你下面还有两个弟弟，两个妹妹，这家要分只有分债，你就现在分开，在那边另过吧。"

石其中分家另过只得到父亲给的一担谷子和50元钱。

石其中以为新的生活就这样开始了，万万没有想到的是初叶一嫁进石家立刻变了个人，过去的温柔、羞怯一扫而光。新家的一切，没有一样是她满意的，哼，床是旧的，桌不知是哪里捡来，用磁漆刷了一遍。灶台建在屋檐下，是用石头和红泥巴糊的。石其中常常惊得一愣一愣的。他原以为叫这个名字的女孩子一定是温柔贤淑的，哪里知道她脾气躁得像火药，一点就着，一句话不称意，马上就要生撕了你。石其中愤怒到不能自制却又不得不顾及她肚子里的孩子，只好像打孩子那样用一根竹权子打她的脚。初叶则整个身子压过来，手脚并用，将丈夫往死里打。石其中的母亲李翠花过来刚好看到这一幕，大骂："世间哪有这样的虎伯母（闽南话母老虎之意），娶这种女人八代衰！"她忍无可忍，对儿子说："打到她叫老爸。看她还敢？"

石其中顾及她肚子里的孩子，有苦难言啊，可是闽南话说得好：宠猪拱灶，宠子不孝，宠妻吵闹。如果他第一次把她打得趴在地上不能动，也许她会有所收敛也未可知。但是她肚子里的孩子就是挡箭牌，他拿她没办法。所以他后悔那一刻冲动。

话说回来，石家也确实穷。初叶最不能容忍的也是这个穷，坐月子只有一只大公鸡和一只小母鸡，不出十天就吃完了。接下来清汤寡水，不要说大人受不了，小孩没奶吃也哇哇哭个不停。初叶对丈夫说："你们家有这么穷？现在是改革开放的年头啦，再赚不到钱要怪自己，不能怪政府啦。"

石其中说："我爸妈日子拮据，咱结婚他们又背了一身债，村里闹鸡瘟，妈将剩下的两只鸡给你坐月子了，就再也无力置办点别的什么了。"

"我是叫你振作起来。"

"是应该借一点，可是我爸妈开不了口，我更加开不了口。"

初叶最恨答非所问，狗肉上不了台面，一怒之下扔下孩子独自跑回娘家。

初叶这一行动像在石家放了颗原子弹。当其中把婴儿抱到妈妈这边时，一家人都惊呆了。才11天哪，多狠心的人也不会放下这么小的婴儿呀。李翠花一边念叨一边拍婴儿，嘴里恨恨地哼哼：是她运气不好，碰到闹鸡瘟。一边摸出20元钱叫其中赶快去买点奶粉。

三

老婆跑回家，儿子这么小，石其中慌了手脚，父亲不好说话，他想到叔叔石亦辉。

石亦辉1952年生，比其中的父亲石永汉小了整整6周岁。因为中间还有二哥和三姐没有成活。所以亦辉的童年特别得爸妈的宠爱。念完小学就说不读书了。有一个走街串巷的算命先生对亦辉妈说："你这个孩子要让他读书，将来不是种田人。"

亦辉妈相信算命先生的话，对亦辉倍加宠爱，另眼相看。所以1971年亦辉要离开农村去铁厂当工人，她也睁一眼闭一眼没阻拦。

叔叔1973年秋天居然去厦门大学经济系读书，现在在县审计局当副局长。

石其中牵了父亲的自行车，骑了6公里来到审计局办公室。

石副局长听了侄子的诉说，批评侄子："这是你不对。"

"怎么是我不对？"

"是，是你不对，闪电式恋爱不对，结婚时机不对，结婚前要先了解对方的性格，人家西方还先试婚呢。第三生孩子时机不对，没有物质准备生什么孩子，是不是？"

石其中无法说明内情，只有唯唯诺诺接受批评。叔叔掏出40元钱递给他："去把初叶接回家，好好坐月子。"

石其中感激地说："叔叔，钱我先用着，以后一定还。"

"去吧，去吧，赶快去。"

石其中走下楼，牵着自行车出了县政府大院，蹁腿骑上车，一边吹起口哨，一斤肉一元钱多一点，40元可以买来不少肉，这下可以让初叶好好坐月子啦。石其中来到岳母家，岳母像山洪暴发似的对女婿披头盖脑痛骂：无毛鸡假大格（装大方），没柴引人燉牛鞭（没本事答应替人做大事）。再恶毒的话也不忌讳。石其中说要把初叶接回去坐月子。岳母蛮横地拒绝："初叶就在这坐月子，孩子你们自己带！"

现在最难受的应该是石其中了。老婆性格古怪，阴晴不定，时风时雨，这怎么过一辈子啊？这种折磨是一种心灵的折磨，比任何皮肉之痛都难忍受。他在家里左思右想，扪心自问：难道刚结婚就要离婚？难道儿子刚生下来就要没有母亲？难道初叶的性格就不能改变？难道贫穷的处境就无法改变？天理良心的责备使多少个难道都变得无足轻重。闽南俗语说：娶妻就像牛串鼻。确实一语中的，青年石其中没结婚之前，哪有那么多的难道？他只知道玩，哪管三七二十一。早知道结婚面临这么多难题，他哪敢冲动啊。既然一时冲动，冲动就要负起后果和责任，这才是一个男子汉。

石其中绞尽脑汁，只想着用什么方法把老婆哄回家。但是他束手无策，一想起岳母劈头盖脑的怒骂，他就从头凉到脚跟。

就在石其中万般无奈的时候，他父亲石永汉却果断解决了这件事。

这天早上，石永汉骑着自行车来到初叶的娘家草峰村，他想见前支书，可是他外出了，初叶娘对亲家和对女婿的态度大不相同，烧水泡茶，以礼相敬，嘴里唠唠叨叨数说着女儿的不是。

石永汉果断出击："初叶刚生下来你把她送人了吗？"

"没呀，我自己一把屎一把尿把她养大的呀。"

"那初叶现在跟把儿子送人差了多少？"

初叶娘一愣，马上反应过来："这个死囡子，我也骂她，孩子这么小是不该跑回来。"

"亲家母你把初叶叫来，要么今天就回去，要么明天去离婚。你别以为我会心疼那些钱。我儿子再娶一个女人娶得起。"

"我去叫她，我去叫她！亲家你就顺便把她载回去。"

"她怎么走回来就怎么走回去！"

石永汉说完骑上自行车，头也不回扬长而去。

这天傍晚，初叶独自回了自己的新家。

第二章

商海初试呛口水，自己犯错谁买单

一

九龙湾是县城边上的一个村，人口三千多。村里只有几百亩水地，山地倒有一万多亩，山地大多种李子、杨梅，所以村里大部分劳力到县城、或到外地打工。有一部分人在九龙江北溪讨渔为生。

这一天，石其中背着电鱼机，拿着捕鱼网斗下河捕鱼。半上午捕了一些零碎鱼，好运的是他突然捕到一条三斤多的野生鳗鱼，这一条鳗鱼当时市场价值六十多元。更主要的是稀有、难得，鳗鱼刚放入鱼笼，一个念头从他心里油然升起：这条鳗鱼应该送给叔叔，一来还他的情；二来请他帮忙贷一笔款。要做生意，不贷款哪来的本钱？不想他刚一进门，初叶就欢呼着把鱼笼拿走了。其中跟她说明他想好的主意。初叶说："下次下次，这一条鳗我要补坐月子，多蓄一些奶好喂咱儿子。"

婴儿突发啼哭，石其中大呼："快、快、快，咱们儿子！"

初叶一进房间，石其中提起鳗鱼就跑。

石其中把鳗鱼提到叔叔家，石亦辉听了侄子的想法，说："工商银行行长是我大学校友，我来帮你。"

石其中回到家，初叶不问青红皂白抓住他的衣领，脚踢头撞，呜呜大哭，石其中也不还手，紧紧抱住初叶，然后拥着老婆坐下，轻声细语说："我叔叔交代村书记要多关照咱们，书记前天告诉我，他的朋友是上海仪表厂厂长，想要一车皮香蕉，书记说这个生意让我去做，咱们要收购香蕉，要申请车皮，咱们要贷款呀，这鳗鱼我给了叔叔，他要帮咱们贷款啊。"

初叶破涕为笑，睁得眼睛都大了："一车皮香蕉有多少？"

"60吨。"

"那么多啊，咱们能赚多少？"

"一斤赚一毛的话是6000元。"

"这么多？"

"错了，那是虚估，运费要钱，申请车皮也要钱，香蕉运到上海，还会缩水失重。还有许多想不到的开支。总之应该会赚钱的。"

丈夫念点生意经，初叶就佩服他了。她讪讪地说："下次抓到鳗鱼一定给我吃。"

"一定一定。"石其中连声答应。

三天后，叔叔打电话让大队书记转告其中：事情办好了。

二

二十多天后，石其中回到家里，初叶马上扑上去，紧紧抱住他："赚多少钱？赚多少钱？"

"赚钱是肯定的，不多，不多！"

"到底是多少嘛？"

"不多，不多！"

"你要给我买金链子，买戒指。结婚时没有买，现在补买！"

初叶把孩子背好，叫丈夫去牵自行车，一家三口到县城要买金子。

石其中把老婆载到金子店门口，借口有急事骑上自行车走了。他找到叔叔石亦辉，向他诉苦："初叶要买金子，我不知道怎么办。"

叔叔说："你这次做香蕉生意如果赚了钱就买一个给她嘛。"

"哎，倒亏了2000元，还得赚别的来补亏空。还买什么金子呀。"

"那你要对她实话实说。"石其中点头称是，告辞离去。

石其中来到金子店门口，初叶背着孩子，在那儿走来走去如热锅上的蚂蚁："你去哪儿啦，急死人啦。"

"初叶，你听我说，咱们回去吧，我刚才去把贷款还了，没钱了，咱们回去吧。"

"把贷款还了，你不是还有赚嘛。"

"还有2000元没还上呢。"

"你肯定把钱给别的女人花了。"

"你来，快上车，哎呀，我哪有那么傻呀！"石其中把妻子拉到自行车后座坐好，不由分说，骑上就走。

一进家门，初叶解下孩子，不烧水，不做饭，专门对付丈夫："你老实招来，这次赚了多少，给几个女人花？"

石其中只好实话实说："我这个生意做错了几点：一、收购香蕉没有把那些已转淡黄色的挑出来，这些二三分熟的蕉就烂在运输途中。二、人没有跟货，事实上也无法跟，谁能知道车皮会在什么地方转挂别的列车？但是如果有钱可以办'加急'，我当时想能省就省，哪知道车皮转运时被扔到一边拖延了时日。车皮到上海站后，用卡车装运时搬运工哇哇叫，烂掉太多了，剔出来的烂蕉又不能乱扔，还得花钱雇工人搬去垃圾回收场。总之，这笔生意最后只剩下48000元，贷款5万元还丢掉了2000元，利息还另说呢。"

初叶虽然安静下来，但还是噘着嘴巴闹罢工。

三

过了1995年春节，石奇伟20岁了。他原来的名字叫石其伟，看到弟弟把石其强改为石启强，他也去派出所将名字改为石奇伟，这个名字大气，他高兴。他高中毕业一年半了，在家帮父亲做些杂事。也是合该有事，傍晚，石奇伟的高中同学对他说："你的郑雅惠去做人家小工，被人家骂哭了。"

石奇伟对那同学说："帮我一下，你去告诉雅惠，晚上7点我在学校操场后面榕树下等她，我要当面问清楚。"见面时郑雅惠告诉石奇伟，她在加油站工地做泥水小工，一桶水泥浆提慢了点，那师傅用下流话骂她。

第二天早上8点，石奇伟带了六个铁杆死党，叫上郑雅惠一起去加油站工地认人，石奇伟裤袋里揣了个空啤酒瓶，他看到有一个人很慌张，冲上去一把抓住他的胸口。

"就是他！"郑雅惠话音刚落，石奇伟乱拳打得那人哇哇乱叫，旁边有人想帮忙，石奇伟拔出啤酒瓶往那人头上砸去。"嘭"一声啤酒瓶碎成张牙舞爪的喇叭，他拿着碎啤酒瓶大吼："谁来谁就死！"

那些工人轰一下四处逃散。石奇伟得胜而归。等待石奇伟的是手铐。石奇伟被抓进派出所，村支部书记李清湖出面周旋，告知石永汉，要么赔付医药300元，要么可能判刑1年。

郑雅惠的父亲是龙溪师范学校毕业生，分配来九龙湾小学当教师，母亲是由民办转正的教师，郑雅惠和奇伟是小学同学，初中就不同学校了。高二那年，石奇伟到郑雅惠家玩，看到她桌上有一小叠刚从照相馆拿回来的照片，石奇伟就说："哎哟，这些相片照得这么好，你给一张让我欣赏欣赏可以吗？"

郑雅惠很大气地说："爱看就拿去看吧。"

第二天奇伟还照片时夹了张字条，约她晚上到学校操场后面的榕树下谈心，一来二去各自都把对方当成男女朋友了。

石永汉找到大儿子，当爸的也不好开口，支支吾吾说不出口："清湖书记帮了咱们，说罚款300元，没交要判1年，那，若判了，咱奇伟往后怎么做人？"

"我知道。"

"你，你那贷款还了吗？"

"我去办。"

这件事会引起风波，怪当爸的多嘴。

石永汉对刚从派出所回来的二儿子训道："看你以后还敢打架，这次要不是你大哥用贷款替你交罚款，你就被判刑了你知道吗？"

"我知道。"

石奇伟跑到大哥家，大哥不在，奇伟就对初叶说："大嫂，大哥用贷款替我交罚款，这事我会记住的，我以后会还的。"

奇伟走了不到5分钟，石其中回来了。

初叶一把抓住丈夫的衣领，手、脚、头并用，把其中往死里打。石其中一边夸张地大叫"救命啊，救命啊……"一边左右躲闪。

"你不是说把贷款还了吗？你用贷款替你弟弟交罚款？你说，你还有多少事是骗我瞒我的？你弟弟跟人家打一架我的金链子就没有了，我连你弟弟脚边一根毛都不值。轻重你会不会分？他这辈子如果一直跟人家打架，你就一直给他补漏？自己穷得叮当响，还要无毛鸡假大格，无米留人客。这个家还要不要，这个家还有没有希望？"

李初叶连珠炮轰炸，还句句占理，真让石其中无言以对。老婆的炮轰没有让他乱了方寸，反而让他拿定了一个主意：应该马上把贷款还掉。虽然他很想用这笔款再做点生意，但壮士断腕也是一种果断。这种素质的形成对他日后的事业大有裨益。

第二天，石其中通过叔叔的周旋，先还掉47000元贷款，还有3000元办理续贷。要知道，当时3000元相当于2005年后的3万元呀。

出乎意料的是，石其中还给初叶买了一条380元的金项链。石其中虽然以他的果断平息了这一场家庭风波。但是他的内心掀起了更大的波澜，先是胸口很堵，继而感到一条奔腾的溪流从胸间冲过，最后捋一捋，归根结底一条，就是钱，有了钱什么都好办，要想办法赚更多的钱。

四

石奇伟与郑雅惠谈恋爱，雅惠的父亲是坚决反对的，他面对面明确告诉女儿："不准与石奇伟谈恋爱，马上一刀两断。"

郑雅惠不服："为什么，我就要跟他谈。"

"你以后要争取农转非，他石奇伟永远不可能。"

"农户就农户，我就要嫁他。"

父亲忍无可忍，狠狠打了女儿一个耳光。

女儿哭着跑出去。当父亲开头没在意，晚上10点女儿还没回来，他才意识到问题的严重性，叫雅惠的好友找到石永汉家说郑雅惠不见了。

石永汉让人找回奇伟，大家分头去找，找到下半夜也没找到雅惠。到下半夜3点，有人敲门，打开一看，是雅惠。永汉问奇伟有什么打算，奇伟说想去漳州打工。雅惠也表示愿意。

石永汉拿出30元钱给儿子，说："你们俩把家里的衣服挑一些带上，6点出村道，在公路边等6点半的早班巴士去漳州。在那里找一份工做，先别回来。"

石奇伟和郑雅惠来到漳州城里，举目无亲，不知道要去哪里，不知道要做什么，虽说时令已进入改革开放的年代，但是对于一对刚离开温暖小家，没见过世面的年轻人来说，要多难有多难啊。

两人东走西荡，不知不觉来到解放军医院前面的大街，这时已是中午，人们正熙熙攘攘进快餐店吃饭，石奇伟摸摸口袋还有20块钱，于是两人进店花3块钱各自吃了份快餐。郑雅惠在农村长大，质朴勤快，她看到快餐店客人一直涌进来，店主和帮手确实忙不过来，便动手帮着把吃过的碗筷收到洗碗盆，又顺手把碗筷洗了。店主一眼瞄过来，很感动，便说："怎么能麻烦你呢，放着放着！"郑雅惠说："你人太多了，我'闲牛无剩力'，帮你一会儿。"

待客人稀少了点，店主过来道谢，顺便问她在哪工作。郑雅惠说："初来乍到，正找呢。"

"你若不嫌弃，就先在我这里做吧，小店包吃包住。"

郑雅惠就这样安顿下来了。石奇伟经店主介绍，去接替一个摔伤腿的三轮车工人先踩一段时间三轮车。

第三章

梦幻城奇遇黄教授，千年神石细探寻

一

这天傍晚，石其中接到叔叔石亦辉托人带的口信，便去了县政府叔叔家，石亦辉招呼侄儿喝茶之后拿出一块石头，递给其中："你看看，那是什么？"

这是一块黑白相间的九龙璧石，品相端庄，长、高各二十多厘米，厚七八厘米，玉化充分，石肤细腻，是一块可观赏、可把玩的好东西。

石亦辉说："这是我们九龙江北溪里的石头，福建省地质队的王仁民工程师首次把它命名为'九龙碧'，现在社会上叫它'九龙璧'。你看看，那个白色的图案是什么？"

"哇，好像是观音菩萨！"

"什么好像，她就是观音菩萨！你看她的动感、神韵，就是画家也很难画出的。估计这种石头在北溪储量不少，这是北溪神画，谁先知先觉，谁就是赢家，我的意思呢，你应该来做先知先觉者，除了正常活计，挤时间下河去，把好石头尽量多地捡回来，将来都是宝贝啊。"

石其中也是一个眼光远大的人，经叔叔这么一点拨，立即兴奋起来，说："好、好，我还要发动弟弟妹妹一起干。"

石亦辉递过来一本书："这是我们县自己编辑的，这里面有两篇文章《华封观石记》《华封观石后记》，作者是一百多年前岭南大学教授黄仲琴，他那时候就说：'璞不长埋，其留有待。'真是预言家，太有远见啦。你好好看看，加深认识。"

"好。"石其中满口答应，接过书一看，书名《北溪风》。

二

石其中回家后整夜睡不着，叔叔的理论很美，但是，捡回来的石头要有人买啊，如果没有人买，那我们兄弟拿什么糊口？恐怕要先找一个能够赚钱的事做，然后才能把九龙江的石头捡回家。

第二天，石其中来到李公坪，这里不像后来形成华安玉大市场那么繁华热闹，这时还比较冷清。石其中的一个表叔在这条大公路靠山一边租了一间店面开了一间饮食店，这间店面坐东向西，南向与别家相连，北向是个小山窝，还有一点空地，表叔在这里盖了一间精致的小屋作为中午和晚上休息的地方。石其中来这里吃了碗汤面，不经意走进小屋，小屋里倒也整洁，他在靠墙的沙发上坐下，睡意像水一样漫上身来，上下眼皮沉重地粘在一起，身子失去了重量，摇摇晃晃往前走，忽然，抬头看见一座城门，上面"招摇山梦幻城"六个金色大字是浮雕的，隐隐有金光散射，走进城门，整条街的街面和两边的房子墙基都是用墨绿色的玉石板材铺就的，非常大气令人目不暇接，他边走边赞叹，迎面碰到一个方脸宽额的年轻人，两个人差点相撞，两人互相道歉，临别石其中说：以后有机会到华安来泡茶。

那人说："你是华安人？听说你们那边有一种辉绿岩矿石，晋江瓷都球磨陶土必须用它。"

"做陶瓷用的土还要磨？"

"对呀，用拳头大的矿石混在陶土里在机器里滚啊滚啊，陶土磨细了才能使用呀。需要量很大哦。"

石其中忽然醒来，原来是表叔进来拿香烟。

石其中满腹狐疑，靠在沙发上思索了很久，他性格中果断的一面帮助了他，他当即决定，先问清华安有没有辉绿岩矿石再去找客户。

石其中到地矿部门一问，果然华安辉绿岩矿不少，他马上找到石亦辉叔叔，邀他合股开采辉绿岩："听说晋江那边需要大量球磨石，我们来合作开采。"

叔叔满口答应："你先去找客户，这边矿山开采手续我来办，找到客户就开工。"

　　石其中来到晋江，多方打听，找到瓷都，这里瓷砖、瓷器厂星罗棋布，虽然没有找到梦幻城碰到的那个汉子，但很快找到好几个需要球磨石的客户。

　　石其中回来向叔叔报告，矿山很快动了起来。

　　十几天后，一车一车直径十厘米的辉绿岩矿石运往晋江瓷都，之后每两三天就运一车矿石过去，利润虽薄，但生意禁不住细水长流，收入也还可观。不到半年，所有投资全部收回，利润暗中与叔叔五五开。

三

　　石其中生意做顺以后，心情好起来，他又想起表叔那一间小屋，百思不解。忽然灵机一动：怎么不再去试试？他又来吃了一碗汤面，然后又进小屋坐在沙发上，眯起眼睛。

　　石其中来到梦幻城，路上有指示牌：天街→天街→天街，他便循着指示牌来天街，走了一段，见有一间门面，上书"黄仲琴教授招收学生"。

　　石其中想起《华封观石记》《华封观石后记》正是黄仲琴教授所写，便上前要求报名，前台小厮对他说："你可先去大厅听黄教授讲课，待教授讲完课，再面试收徒。"

　　"还要面试？"

　　"这是自然。"

　　石其中上前找了个座位坐下，只见黄仲琴教授黑板上写着："璞不长埋，其留有待——九龙璧的前世今生"。可惜黄教授的课已近尾声。黄教授一眼认出石其中是新来的，便走近前来："你想当我的学生？"石其中诚惶诚恐答道："正是。"接着扑通跪下："教授在上，受学生一拜。"

　　黄教授将石其中请到一把太师椅前让他坐下，自己在另一边坐下，问："你是九龙江北溪九龙湾来的？"

　　石其中点头称是。黄仲琴教授说："我在威惠庙做事时，听开漳圣王讲起九龙江北溪有两块神石，一块是双龙石，一块是鱼化马石。"教授手一挥，黑板上便浮出一块双龙石，只见石上黑白两种颜色形成活灵活现的两条跃动的龙。

此石的确神奇，世间所无。石其中赞叹不已。

黄教授手一挥，黑板上又出现了鱼化马石。

这更是一件神物。石其中惊叹："那个洞洞怎么那么大呀。"

黄教授遂将双龙石化真龙载二将士去京城搬救兵；四脚鱼跳过那个大石洞化战马的奇事细细讲与这个新学生。

石其中急忙插话："这两个神石现在何处？"

黄教授说起了故事：开漳圣王和他父亲陈政打了胜仗后率兵离开九龙山。四脚鱼跳过石洞变成战马的事在当地传得沸沸扬扬，九龙山下一个恶霸财主派出很多家丁找了3个月，终于找到了鱼化马石，他想据为已有却又搬不动，用了近百个人力，才在九龙江北溪岸边把鱼化马石立起来，让家丁抓了许多四脚鱼从石洞里扔过去，他在旁边大声喊变变变，他想让鱼变成马后就把马拉去卖钱，谁知道四脚鱼一条也没有变成马，都摔得四脚朝天，半死不活。财主气得半死，推开家丁，自己抓起四脚鱼往石洞扔，不想洞中突发一股神力，将财主吸进石洞，又从另一边摔出去，财主疯了，喊天叫地，突然乌云四合，狂风暴雨不停，洪水漫天，从此以后再也没有人看见鱼化马石。

双龙石也有离奇故事，开漳圣王祖母魏氏带着两个搬救兵的家将面见唐皇，叙述陈政父子被困九龙山的经过。唐皇说："据你二人所奏，既然敌兵重围，尔等又是如何冲出，说来听听。"两人叩首启奏："龙峰庙里有一块平平薄薄的奇石，上面有黑白两条龙，二龙腾起，载着我们二人飞越万水千山，来到京城。"

唐皇又问："那二龙何在？"

"我俩在九龙山看过二龙，但是途中并未见龙，只听见呼呼风声，然后一头栽进云雾之中，醒来一看，就在城门之外了。"

"那石头何在？"

"应该还在闽南九龙山九龙湖畔龙峰庙三公尊王案前。"

唐皇下旨派出援兵之后，对这块神石谈兴正浓，有大臣趁机启奏："圣上洪福齐天，三公尊王显圣相助，应该把那块神石找回朝廷供奉，永佑吾皇一统江山万万年。"

唐皇准奏：献神石者官升三级。

可是，双龙石化龙之后便不见踪迹。从此，道、州、县三级官员争相寻找神石，民间互有仇隙者以私藏神石为由告发、攻讦、倾轧，哀声遍地，冤气冲天。

某日夜晚，唐皇梦见三公尊王召来双龙神石让他观看，并告诫说："此乃天物，非世间可留，若不及早平息寻石风波，必遭天谴。"

唐皇次日赶紧下旨停止寻找神石，并平反因神石引起的冤案。闽南民间才恢复了生机。

"这么说这个神石就无法现身于民间了？"

"开漳圣王暗示：1300年后，此神石将再现于九龙江北溪。你若有心，当细究深寻。"

说完这话，黄教授和座椅一起被云雾包围，不见影子。

石其中走出学馆，在天街走动，不远处有异香飘来，他往店前一站，即刻惊呆，怪哉，妹妹琪香正在店里卖花。其中上前大声叫："琪香！琪香！"妹妹竟浑然未觉。石其中拉住一个小厮问："这卖花的姑娘叫什么？"

"她叫奇香，奇就是奇怪的奇，香就是花香的香。"

"她怎么叫这名字？"

"是啦，就因她卖的花香飘十里，喏，就是这招牌'十里香'，所以叫这名字。"

石其中愈发称奇，怎有这等事，琪香——奇香！

石其中被表叔在小屋门外与客人大声说话惊醒，梦幻城的情景历历在目，这时，他心中升起一个念头：一定想办法把这间店面租下来。他把表叔叫进小屋，问他说："最近生意怎么样啊？"

表叔说："不好啊。"

"怎么不好，说来听听。"

"扣除店租，在这里做的三个人每人每月只能发500元工资。"

"那这样太不好了，表叔你去给我管矿山，每月工资800元，住在矿山值班每晚补贴两元钱。"

"这店还没到期呢。"

"这店我负责转租。建这间小屋你花了多少钱？800元？那我补给你1000元，行，那就这样定下来。"

"好，我什么时候去上班？"

"这里扫尾要多久？"

"明天一天够了。"

"那表叔后天就去上班。"

四

石其中找到妹妹琪香，悄悄把自己两次去梦幻城的故事讲给妹妹听，琪香表示不相信。

"你不信？那边还有一个跟你长得一模一样的姑娘叫奇香，在一间叫'十里香'的花店卖花。"

"我不信。"

"那好，我们两个不要声张，明天上午你去试一试就知道。"

第二天早上，琪香独自在小屋里待了好一会儿，打开门招手叫大哥进屋，然后悄悄地说："我怎么去不了呢？"

石其中在另一张沙发上坐下，眯上眼睛，马上看到梦幻城，他跑去黄仲琴教授的学馆想问个就里，黄教授不在，他问前台小厮："我能来梦幻城，别人怎么才能来呢？"小厮说："你能来梦幻城是因为你手腕上的碧玺。"

"那手上有碧玺，在任何地方都可以来梦幻城吗？"

"非非非，手上戴碧玺，还要身处龙脉之咽喉才能来天街。"

"还有别的办法吗？"

"待集满五千赞，心一触念，身即由之。"

"这是什么意思？"

"这你要去问黄仲琴教授。"

"石其中深深道谢，匆匆往回赶。睁眼时妹妹正看着他。"

石其中把问来的一切告诉妹妹，然后郑重地说："这样说来这里就是龙脉的咽喉了。"

琪香说："大哥，你把碧玺给我，我去看看再说。"

不一会儿，琪香睁眼小声嚷嚷："我看到'十里香'花店，看到奇香了。"

石其中说："那我们明天就把这店盘过来，由你当老板。"

"我？"

"对，你忘了，人家看你一眼值10元。你来开饭店，生意肯定好。"

琪香意味不明地笑笑。

十天后，十里香饭店正式开业。

第四章

北溪巧遇新朋友，陌路从此兄弟情

一

石其中在九龙江边结识了一个奇特的人，看样子这个人是在捡石头，石其中倚在一块大石头边观察他，只见他头上留着短发，黑黑的方脸，十分面熟，他想啊想啊，突然，脑子里灵光一现，他不是梦幻城那个指引他做球磨石生意的汉子吗？只是那人黑一些，此人脸白一点，是，就是他！这样一肯定，石其中对他徒增三分好感，马上走近前与他搭讪："请问贵客来自哪里？您贵姓？"

"免贵，我姓郝，名叫君洛。我从部队退伍，在等待分配工作。我听市领导讲，两年前，日本人曾经想用五百万人民币买断九龙江北溪所有的石头和沙子，所以特地派我来看看北溪的石头和沙子有什么特色，回去还要向市领导汇报呢。"

"日本人犯我中华失败了，现在又想捞九龙江的珍宝，做梦吧。"

"市领导没答应，但是市领导想知道日本人要的是什么东西，所以就让我来了。"

"市领导怎么就选你啦？"

"因为我玩石头，领导让我来看看北溪的石头。"

石其中赶紧把一瓶未打开的矿泉水递给郝君洛。郝君洛紧紧握着他的手："日本人就是看中九龙江北溪这些美丽圆润的奇石啊，这是九龙江北溪给我们的稀世珍宝。我们要保护它，管好它啊。"

石其中浮出一个朦胧的想法：请他指导指导，琪玉也许能更上一层楼。

他邀请郝君洛到他家做客："我有个小妹，年纪虽小，却喜欢石头，她已经捡了满屋子石头了。"

石其中拿出皮钱包，找出琪玉的相片，在郝君洛面前一晃："就是她。"

郝君洛只是一瞥，魂都快飞了，马上答应去看看石头。

二

石琪玉正在读高中一年级，身高已接近1.58米，亭亭玉立，人长得清秀脱俗，脸虽瘦削点，但皮肤白净，大眼睛，尖下巴，谁接近她都想跟她说说话，多看她几眼。

郝君洛跟随石其中回到家里，心神不定，东张西望，他想快一点见见那个石头妹妹。

郝君洛在石其中家吃过中饭，忍不住说："方便的话我们去看看石头。"石其中即带他去琪玉的石头小屋。琪玉正低头摆弄石头，当哥哥的大声说："琪玉，你喜欢石头，我给你带个石头老师来了。"

琪玉站直身子，转过脸来。

郝君洛眼前一亮，心中叹息：世上怎么会有如此清纯的少女？可惜她还是个少女啊，要是大一些，一定娶她为妻。

郝君洛当即在心里决定：在灵魂里为她留个地方，顺其自然，让缘分决定，让命运安排吧。

三

郝君洛4岁没了生父，母亲哭着对儿子说："儿啊，阿母知道给你找个后爸你会受苦，若不给你找后爸，阿母养不活你，你叫阿母怎么办啊？"那时候君洛叫均锣，他根本不懂后爸是什么，母亲的哭声激起了他男子汉的豪气，他对母亲说："均锣不怕后爸，你把他叫来吧。"

母子苦熬了一个多月，母亲终于带着幼子改嫁。

母亲的担忧成了现实，继父十分仇视均锣，总是找一些莫须有的理由打他，而且是往死里打，不到五岁的均锣开始动脑筋了，继父的棍子刚举起来，他就号啕大哭，哭得惊天动地，搞得左邻右舍颇有微词，这个后爸才稍稍收敛。

俗语说：上天有好生之德，天无绝人之路。恰巧郝均锣很入继父的堂兄、大队党支部书记郝大头的法眼。

郝支书生了四个女儿，生不了一个儿子，他想将来这孩子要是能成才，也许能招入家里当个顶门的女婿。郝支书心中的小九九，小均锣怎么能理解？

郝支书首先对他的名字不中意，在大队的户籍里把他改为郝君洛，其次这小孩不能不识字，6岁那年郝支书要求他堂弟也就是君洛的继父让孩子读书。说："出不起学费我帮你出。"君洛于是就进了学校。继父同意他上学的条件是要他兼看生产队的两头水牛，因此，中午放学别的同学在家做作业，他要去放牛，傍晚放学也要放牛，边放牛还要边割草，到天黑背一捆草回家，明天早上好喂牛。这样劳作，夏天日头长还可以，冬天日头短根本就无法安排，恰逢生产队分甘蔗尾，6岁的孩子哪会挑甘蔗尾，他就挨个哀求大人帮他挑，有两个小年轻说："你唱一支歌给我们听，我们就帮你把这些甘蔗尾挑回去。"郝君洛唱本地芗剧《安安找母》中的唱段，无师自通地把自己受的委屈揉进去，然后再唱出来，唱得十分动情，在场的人都听得泪花闪闪，争着帮他把甘蔗尾捎带回去。

郝君洛小小年纪，却聪明可爱，他开始思考继父与他的关系。有一次继父生病了，在继父养病期间他改变了策略，端茶送水，问这问那。继父也从闽南谚语"养大继子成仇人"的泥潭里挣脱出来。从那以后，郝君洛和继父之间的关系得到一定的改善。郝君洛后来才能念完小学又念初中，再后来在郝支书的关照下当上了民办教师。当了两年民办教师之后，郝君洛参军入伍，继父还泪眼相送。

今天的郝君洛已长成一个堂堂的男子汉，当他在九龙江北溪走来走去买九龙璧奇石的时候，他的腰包里已经有一大笔财富，他自己不讲，别人永远不知道钱财的具体数目。

他详细看了琪玉捡回来的石头，既有肯定也有指导。讲得琪玉眼睛一眨一眨的，最后，郝君洛说："我想买你一块石头回去当纪念，你肯吗？"

"可以呀！"琪玉很大方地说。

郝君洛拿着一块石头说："这个你会卖多少钱？"

"我不知道呀。"

"这牵涉到你对一块石头的认识和判定，记住，一块石头的价值不是根据你喜欢的程度决定的，而是由于它形成的难度和它艺术因素集结的程度决定的。就这块石头而论，你应该向我开价500元才对。"

石其中站在一边不言不语，静静观察郝君洛的言行。这时他开口说："既然这样，郝先生你就给个300元，鼓励鼓励小孩子捡石头的积极性吧。"

"可以。"郝君洛拿出六张50元的纸币递给琪玉。

郝君洛走后，琪玉激动得久久不能平静，她对大哥说："你怎么开口要那么多呢，要是我，开口100元就很高兴了。"

大哥笑笑说："你年纪太小了，以后你就会懂得钱的重要。"

第五章

千年神石现北溪，莫名争端谁能料

一

石启强天生是个不安分的角色，上树掏鸟窝，下河摸鱼，扛着鸟枪上山打野物，都是他的爱好。1995年7月的高考，分数低得他自己都说不出口，有人问："这次考多少分？"他就说："憾憾啦。"这句闽南话的含义是大约啦，差不多啦，就这样啦，没办法啦。问的人也就不好再问了。他父亲很严肃地对他说："我本来是想让你上大学，是你自己考不上。"

"我上不了大学，我要走我自己的路。"

"不能走歪道，念不了书，就要想赚钱。"

石启强父亲给他起的名字是石其强，他认为"其"和"琪"没有多大区别，只适合琪香和琪玉这样的女孩子，上初一那一年，他自己死皮赖脸拖着父亲去派出所把"其"字改为"启"字，这名字听起来比较偪，正符合他的性格。

此刻，他听了父亲的话，反应也很快："我早就想好了，我想开一间店，你借给我800元做本钱，我半年还你400元，一年全部还清你的本钱。"

"你今年才19岁，这样我不放心，你找好店，我付半年店租，你进货，我付钱，花完800元，剩下的事你自己解决。"听了父亲的话，石启强沉思片刻，说："好吧，虎落平阳被犬欺，进完货，以后我就自主经营，你不得干涉。"

"那是。"

父子就这样完成了协议。

这是一年前的事，现在，石启强的小店经营得很好，他有自己的经营秘诀，绝不外传。首先，他在店门口贴了四个字：概不赊账。这四个字很要命，农村人口袋里没那么多随时要用都有的活水钱。平时都是赊点欠点，闽南人有句俗语，叫作"无赊无欠不成店"。所以他的店开头很冷清，毕竟有些人急着办事就进来买，石启强灵机一动，满10元，他就找还他5角，嘴里念念有词："现金交易，不赚你的钱，不赚你的钱。"

买主得到的哪是5角钱，那是一份浓浓的乡情啊，石启强收获的是信誉和口碑。所以他的小店日渐兴旺也就不奇怪了。

二

石奇伟在漳州做得很辛苦。捱到国庆节，父亲打电话给他说："奇伟，雅惠的父亲说要告你拐走他的女儿，你安排一下，还是回来吧。回来他就告不动你了。"

十天后，石奇伟和郑雅惠回到了九龙湾。

石奇伟是一个很会打算的人，他和雅惠在漳州打工期间积攒了近1500元，不敢乱花。回来第二天，就碰到了一件好事，他的一个远房亲戚老夫妻要到厦门帮儿子带孩子，在大路口有一片杨梅园要转让，三百来株杨梅开价1200元，经过谈价，以1120元成交。石奇伟置下的这一份家业，使他成为九龙湾的名人，成为众人瞩目的对象。这是后话。

三

惠风和畅，北溪的风温柔而略带凉意。九龙湾得天独厚，河岸两边到处是龙眼树、枇杷树，从春到冬处处飘着水果的香味，时下正是春夏之交。

石其中睡觉也在想黄仲琴教授指点的鱼化马石，他觉得应该行动了。

石其中花了三天时间，从九龙璧天然观赏石蕴藏最多的5公里到10公里这一河道详细搜寻，却一无所获，他心有不甘。这天傍晚，他戴上碧玺，来到神秘的小屋，不一会儿，摇摇晃晃来到梦幻城，他走进黄仲琴教授的学堂，坐在那里等啊等啊，总不见黄教授出现，正在打呵欠，黄教授的小厮走过来对他说："你要等黄教授？"

"是啊。"

黄教授说："你若来了，就送给你八个字：远在天边，近在眼前。"什么意思我也猜不透。

石其中想，黄教授是叫我在九龙湾村口5公里的附近找。

第二天，石其中带工具来到5公里河段江边，恰巧华安水力发电厂拦河闸坝关闸截水发电，上游没水下来，河中水很浅，许多原来淹没在水里的石头都浮了出来。他来到水流最急的二碚。碚两边的大石把河水挤成一股细流。石其中跳上大石，敞亮的阳光从头上直射下来，射透潭中之水，映出潭底各式大石，有一块大石吸引了他的目光，这块大石与众不同，好像有一个洞穴贯穿石体，大可容人穿过。

这个石头太奇怪了，虽然水还很冷，但其中还是脱了衣服，潜入水中，把这个石头上上下下摸了个遍，洞的旁边长了一根柱子，最细处双手可握，长度如手臂，这根柱子配合着形成了洞穴。石其中兴奋异常：找到了，找到了，这块石头就是鱼化马石。

初叶看到其中空手回家，骂道："做街溜也可以赚钱啦。"

石其中说："我在河里看到一块大石头，那根柱子才双手握，那个洞整个人可以钻过去。"

奇怪的是初叶满脸不快，但是一说到石头立刻变了一副笑脸，她说："哎呀，是不是这样的？"初叶比比画画惊呼："你爷爷昨晚上带我去看了，就是这样子的。"

"爷爷在阴间，带你去哪儿看？"

"做梦啊，梦中你爷爷带你去看的，他还对我说：这个是宝贝，能够卖好多钱的。"

石其中告诫老婆："你在外面千万别说，让别人搞走就可惜了。"

石其中告诉老婆黄教授说的话，初叶说："怪，梦幻城天街怎么会有知天机之人？"

"也不是什么知天机，黄仲琴教授一百年前就来咱们九龙湾考察过，写了《华封观石记》《华封观石后记》，是他告诉我开漳圣王说的两句话，现在我们找到鱼化马石，那么藏玉楼底下的双龙石也是真的啦。"

"你找到的真的是黄教授黑板上那一块？"

"我记得清清楚楚。"

"那一定是宝贝，你赶快先在水底挖一挖，把石头顶起来，用油漆写上名字，这样就不会被人弄走。"

石其中连连称是，当天中午吃完饭就去先清理鱼化马石周边堵塞的杂七杂八的石头，可惜只劳作了一会儿，水便大起来，他赶紧用磁漆写上名字，不过三分钟，刚写成的字便被水淹没。其中连呼可惜，遗憾地回家。

第二天早上，石其中又来到二碛，水退了很多，鱼化马石又露出水面，昨天刚写完便被水淹的"中"字完好无损地黏附在石上，石其中想：这是我与它有缘，这宝贝应该是我的啊。

清理杂石，用千斤顶顶石头，千斤顶坏了，石头没动。

水又大起来，又淹没了石头。

石其中苦思冥想，最后他想出一个方案。

石其中干脆买了一部小型抽水机，请了两个人帮忙，用沙包把石头围起来，抽水机不停地往外抽水。水干下去了，然后用三个千斤顶一起往上顶，大石头终于松动了，待到把大石顶了一尺高左右，用一条五十米长，直径2厘米的粗钢丝把大石头绑好，用钢锁扣锁牢，以后随时都可以起吊了。

四

石其中做梦也没想到，关于鱼化马石的纠葛才刚刚开始。

当晚，石其中一家在家里议论河里那个大石头。

次日，二碛有一群人正要吊那个大石头。石其中一听这消息，肺都气炸了，来到河边一看，领头是村里有名的刺儿头小混混李成渝，仗着他的姑丈是现任村支部书记，想捡个便宜。

石其中听到消息时想了想，马上跑去给叔叔石亦辉打电话，将情况详细说了，他知道叔叔会给村书记打电话。他又来到二碛，对李成渝说："这个石头是我顶起来的，钢丝也是我绑的，你凭什么来抢？"

李成渝恬不知耻地说："这个石头是我顶起来的，怎么说是你顶的？我早就顶起来了。"

石其中知道碰到无赖了，他大声说："我昨天请了两个帮工，他们可以做证。"

当石其中叫父亲和两个弟弟帮着去找那两个人却没有找到时，才知道李成渝是设了局的，他志在必得。

石启强和石奇伟交头附耳说了几句分头走了。随后石启强肩上扛着一把鸟枪，另一肩斜挎着火药盒子，石奇伟右手举着一把马刀，左手握着一根短棍，两人一前一后，汹汹而来，石启强端起鸟枪对着李成渝，狂叫："旁人闪开！李成渝，你今天要横着走，咱俩今天就一起见阎王，到阎王府上再来论短长。"

李成渝看来了不要命的，心里有点怵了。

石奇伟挥舞着马刀和短棍指名道姓要与李成渝拼命。

正在千钧一发之际，石永汉来了，他先制止了两个儿子的鲁莽，胸有成竹地对李成渝说："人在做，天在看，我儿子打死你，他也要偿命。你死了，人没了，还要这石头有什么用？你和我，咱一起到清安寺佛祖庙去，在佛祖面前跪下，双手掷筊，如果是阳筊，说明佛祖允你的筊，证明这大石头是你挖的；如果是阴筊，你就用这把马刀把你的右手剁掉，走，大家都去做个见证。"

"走啊！"石永汉大喝一声，夺过奇伟的马刀，扔在李成渝的脚下，"不去也行，自己把右手剁下来。"

河滩上围观的人越来越多。

李成渝终于噗地坐在地下。有一个人匆匆赶来，对李成渝说："你姑丈叫你马上回去，有话与你说。"

李成渝只好讪讪带着人走了。

围观的小孩们平时怵他，这时都冲着他的背影喊："你成鱼！你成鱼！你成鱼！"

五

经过这个事件，石其中知道鱼化马石的来龙去脉已经泄露出去，如今当务之急是抓紧把石头弄回来。这个石头要弄回来不是简单的事，是需要谋划的一个工程：首先，要在枯水时节，又要华安水力发电厂拦河闸坝没有泄水的时候才能操作。闸坝泄的水经河道流到九龙湾还有几公里，是可以操作的。泄水不泄水是需要有人去关注闸坝的动向的。石其中有一个朋友在拦河坝下方的江滨路开店，就请他帮忙关注泄水情况，一旦关闸，这边即刻下河里劳作，石永汉在家里守电话机，那边如果来电话说泄水啦，在河里劳作的人就要准备撤退；其次，要请一个吊过石头的人来当头目，指挥众人协调动作；还要买手拉葫芦和钢丝，钢丝可能要100米；人，就先请三个帮工，人手不够临时再加，以免误工；还有矿产局的巡逻队经常沿江巡逻，要避开他们的眼睛，最好选星期天动工。

石其中谋划一番，觉得太费事，干脆让人全程承包，4000元包吊包运到家门口，石主则负责监视矿产局的巡逻队，如果被查扣而产生的罚款则由石主负责。

石其中最怕的就是矿产局的巡逻队，俗话说：越怕越来真的。零点起吊时石其中布置了三处暗哨，监视矿产局的巡逻队。凌晨五点前都没动静，刚要装车时，矿产局的车轰轰开过来，事后当然知道有人举报，但当时石其中一下全懵了。只知道小声叮嘱弟弟石启强赶紧去给叔叔打电话。

由于石亦辉请了一个副县长出面调停，也由于当时九龙璧还没有引起领导和群众的过分关注，鱼化马石没有被没收，连车带石扣在一个临时停车场，第二天矿产局研究罚款4000元。石其中凑不足这笔钱，郝君洛汇来2000元凑齐交了罚款，鱼化马石才回归主人，竖在石家门口的公路旁。

鱼化马石在家门口竖起来的当天晚上，父亲就与石其中谈话："其中，这个石头能够弄回家，是你一个人的力量吗？"

"爸，你不用这么说，要不是启强和奇伟舍命相助，要不是爸你以柔克刚，说不定石头弄不回来还出了人命呢。真的，开头我还想今天可能要白刀子进去，红刀子出来才能解决问题，不想爸你真是大将之才。"

"家和万事兴，众人拾柴火焰高，打虎抓贼也要亲兄弟。这些古话说得好啊。所以这个石头你要考虑你两个弟弟的那份。你觉得怎样？"

"这个自然没问题，只是郝君洛的欠款要还。"

"一共花费多少？"

"两桩大数8000元，请帮忙说情的人吃饭500元，抽水机800元，钢丝80元，两个帮工100元一共花了9480元。"

"他们一人3300元，余下将近2880元算你的，石头是你找的，要补你一些才合理。"

"他们一人3000元，余下我来出。"

父子把鱼化马石的股份方案敲定。但是石奇伟和石启强各自拿出1000元，说再也没钱了，各自余下2000元分期付款。

石其中身为大哥，也不好说什么，把2000元汇还给郝君洛。暂且按下不提。

奇缘令命运翻新，一身正气服众人

一

这一天石启强记得牢牢的：1995年9月1日。因为这是他命运转折的一天。昨夜他做了个梦，梦见公路边有好几块金砖，金光闪闪，他扑上去抓，金砖就钻进土里，等一下它又出来，翻来覆去，腾、挪、扑、跳，搞得浑身疲累。醒来后他坐在床头，十分诧异，不一会儿，天就亮了，他心里总是放不下这件事，吃了一罐八宝粥，骑上摩托出村上路。摩托在公路上驰行了20分钟，来到一个名叫双港坑的路口。九龙江北溪在这里形成了一个湾，河岸与公路是靠在一起的，他看到路边停着交警的车和不少围观的闲杂人，猜是有一部车掉进了河里。

石启强没有停下摩托参加围观，当时有一股神秘的力量牵引着他的摩托风驰电掣一掠而过，不一会儿，眼尖的他看到公路里侧排水沟里一丛猫耳藤边一个很漂亮的咖啡色提包，他即刻停下摩托，下沟、弯腰，拉开提包，满满一袋钱跳入眼里。他脱下衣服包好提包，用橡胶皮带扎紧，跨上摩托启动前行，整个事件前后用了大约30秒，前后方既没有来往车辆，也没有行人。

石启强脑子里有一个声音在回响：昨夜的梦神了！神了！他又驰行一会儿，拐进一条通向江边的土车路，来到江边，因为天色尚早，周围一个人影都没有。他停车，支好脚架，上下左右观察一番，确认无人，解下衣服包，打开提包，一共有十二扎1988年发行的百元券人民币，当时机关干部一个月工资才两三百块钱，这是一笔怎样的巨款石启强当然清楚，他把钱用衣服包好，扎在车后座，把提包丢进江里，同时脑子急速运转：这很可能是一起抢劫案，歹徒胁迫车主，车主把包扔出车外，车主与歹徒搏斗，车掉进九龙江。但是这两个人有没有死？如果有一人没死，就会追查这笔巨款。看来要远走他乡了。怎么走得合情合理呢？看来要设一个局。

石启强摩托车重新上路时，他头脑里设计的局已经成型。

石启强进了漳州城，他去供货主家里进了三箱假烟，运到零担车场托运，写上九龙湾他的名字和店名，接货电话写上父亲的座机号码。然后用公用电话给县工商局打了举报电话，说下午四五点钟处某人有假烟到货。当天下午他则坐上前往深圳的大巴。

傍晚，九龙湾石启强杂货店出现了县工商局查封假烟的场面。可怜石永汉战战兢兢，手足无措，不知如何是好。他做梦也想不到儿子今天所经历的一切。

石永汉让石其中去漳州城找石启强："你三弟到底怎么了，要有个准信我才睡得着。"石其中觉得在理，决定去找郝君洛。

凭他的阅历和察人的眼光，郝君洛对琪玉有恋情，虽然很不现实，谁也不知道以后有什么故事，但目前找他应该能有求必应。郝君洛有交警的朋友，只一会儿就给他一条很重要的信息：长途汽车站大门口有一部挂华安牌的摩托车，你去认一下看看。石其中去看了摩托车，果然是弟弟的，他围着车转了两圈，觉得装电池的盒子有异样，打开一看，里面果然有一张小字条，写着"深圳"两个字。这个弟弟城府太深了，他知道他的兄弟会找他的车，他用这种方式传递信息。他这个弟弟不但成熟了，而且智商相当高，真不可小瞧啊。

石其中请修摩托的师傅把摩托车锁弄开，配了钥匙，他把摩托骑到郝君洛家楼下，然后给爸爸打了个电话，告诉他弟弟去了深圳。

二

有一天晚上，村主任杨林恺来到石奇伟家对他说："明天市长到咱村视察种果大户，你家杨梅园在大路口，视察点就定在你家园头。"

石奇伟说："行啊，只要不把我的杨梅树踏死就行。"

"村委会研究了，全村在那一片山的杨梅园都说是你的。"

石奇伟大吃一惊："说是我的就是我的了？"

村主任解释说："那当然不是，主要是应付上级视察，创造种果大户典型。"

"那不行，我说不出口。"

"你就含糊一点，话由我们来说。这样呢，可以为村里争取一些资金。"

"为村里？那不行，叫我卖老婆当大舅子，我不干。"

"你不是一直找村里，想申请一块宅基地吗，你帮了村里，村里也会考虑你的困难的。你的果园比较连片，又在路口，只有找你了。"

第二天，石奇伟被叫到果园，在那边等视察。一会儿，一队小车来到他面前。

村主任赶快拉石奇伟来到领导面前，介绍说："这就是我们村里种果大户石奇伟。"

领导问："这一大片水果树都是你的？"

村主任赶快抢答："是，都是他的。"

领导问："你叫什么名字？"

村主任抢答："石奇伟。"

领导不快："他是哑巴？"

石奇伟赶快回答："是，叫石奇伟。"

领导问："有多少亩？"

村主任抢答："1200亩。由于规模大，资金紧张，他有点撑不住了。"

领导爽快地说："行，你的困难我们会考虑的。"他转过头对身边一个人说："秘书长，记住，以后多帮助他。一个人经营这么大规模的果园，不容易啊！我们应该在全市树立一个种果典型。"

秘书长赶紧递给石奇伟一张名片："以后多联系，有困难可以找我。"

石奇伟拿过名片欣赏了一下，赶快藏在内衣口袋里。

三

领导们走后这几天，石奇伟总感到很别扭，他想啊想，就是想不明白，那书记村主任怎么可以瞒天过海，欺上瞒下？儿子骗父亲？他们这不是儿子向父亲要钱的问题，向父亲要钱，你直说：村里财政没钱了，上级啊拨一些钱下来吧。他们这是儿子向父亲骗钱。这样骗下去共产党怎么办？你看，他们是拿我这个假种果大户当牌牌向上骗钱的。骗来的钱他们会做什么？请客吃喝，旅游兼买高档东西，他们会用在百姓身上吗？不会，说不定会落入他们自己的腰包。你看村主任才当了三年，他家的小洋楼盖起来了。这些人不正派！

石奇伟想啊想，想到第五天，终于下了决心：不行，我要给秘书长打电话，说我这个种果大户是假的，1200亩不是我一个人的，是全村人的。我应该为共产党做一件好事，这样才对得起自己的良心。

石奇伟打通了秘书长的电话，刚报上自己的名字，秘书长马上说："你是九龙湾村的种果大户吧，我已经协调农委拨了10万元支持你创业，好好干，别辜负市长对你的期望啊。款很快会到的。"

石奇伟没有说话的机会，秘书长已撂了电话。

石奇伟想，既然共产党没机会让我当一回好人，那我就要当硬人，这10万元该是我得的，不能让书记村主任白白拿去乱花。

石奇伟找到叔叔石亦辉把这事说了，叔叔说："这款肯定是戴帽子指明给你这个种果大户石奇伟的。你就朝村主任要，态度强硬点，可能会给你的。"

"好，那我就回去找村主任要。"

"你别急，我先打听，待款拨到乡里了，你才行动。"

石奇伟等啊等，等了十来天，这天早上接到叔叔的电话说10万元今天会拨到乡财政所。他立刻跑到村主任家，拿出秘书长的名片给村主任看："我给秘书长打了电话，秘书长说支持我创业的10万元十多天前就拨下来了，这是我该得的。"

村主任惊讶得说不出话来："当时不是说好了，话由我们说，你做做样子，主要是为村里争取资金？"

石奇伟说："我当时说得很明白，叫我卖老婆当大舅子，我不干。这10万元戴了我的帽子，指了我的名就该我得。"

"你、你也太不讲理了。"

"你们欺上瞒下，向上骗钱有什么理？再说，比如你叫我帮你打架，打赢了你要不要给我钱？"

村主任语无伦次了："给点工钱是应该，也没那么多。"

"我们这些人做官不会，但是用头脑想事是会的。一个人值多少？如果有人把你弄死了。要赔多少？何止10万元。"

村主任又入了石奇伟的圈套："你又没死，赔什么赔。"

"我的名誉死了，石奇伟的名誉何止值10万元！"

"名誉？名誉值那么多钱？"

"当然，我一个堂堂正正的村民，名誉值的钱不比村主任少。"

"你瞎纠缠，越缠越没道理。"

"我没道理？那好，我给秘书长打电话，说村里把给我的钱扣了，不给我。"

村主任屈服了，说："别、别打。我和书记研究一下再给你答复。"

石奇伟想起叔叔说态度要强硬的话，便说："什么时候给我答复？时间长了我不耐烦。"

"明天。"

"不行，晚上八点没给我答复，我就给秘书长打电话。"

"八点就八点。"

村主任果然在晚上八点找到石奇伟："村里研究了，给你4万元。"

"4万元，不行。"石奇伟装出一副无赖相。

"奇伟，这样已经不错了。"村主任痛心疾首。

"不把十万给我，我就给秘书长打电话。"

"有关领导已经跟秘书长沟通了，你就是打十次电话也没用了。奇伟啊，不能人心不足蛇吞象啊。"

石奇伟回家把事情的来龙去脉对老婆说了。

郑雅惠满脸惊讶："你找死呀，找整啊，你也敢跟当官的斗？4万元很好啦，别不知足了。"

"现在又不是四人帮的时候，我怎么不敢？现在是法制社会，他们能把我怎样？得罪土地公养不了鸡？他不批给咱宅基地，咱过两年到县城买套房。他们理亏，我怕什么？"

郑雅惠仍然嘀嘀咕咕，石奇伟走出家门，在村里街道上溜达。他心里有一个声音在说："一定不能泄气，不全赢不放手。"走着走着，他又想出一招：表侄不是在报社当记者吗，把这事捅出去，让他们吃不完兜着走。

第二天，石奇伟进城找到表侄，表侄大赞堂叔的硬气，他说："我拟个稿子，你拿着找村主任，保证让你10万元都拿到手。"

石奇伟拿着表侄的稿子给村主任看："我侄儿说了，落实不了就上报纸。"

村主任一看稿头某某日报的印刷字，手就抖了，待看完全文，脸都白了。他说："你把这稿给我，我向上汇报。"

第二天早上，村会计叫人给石奇伟带话，说报个建设银行的卡号来。石奇伟赶快在一张小字条上写了卡号，亲自拿去给会计。等了小半天，石奇伟骑着摩托车拿着银行卡到县城建设银行自动取款机查询，卡里果然多了10万元，这时，他才相信这事办成了。

四

石奇伟心里好一阵喜悦，好像小时候用弹弓打下了一只鸟，在河边钓到了一条大鱼。哎呀，10万元呀，一只鸟怎么跟它比，一条大鱼怎么与它比？可是，回到家以后，兴奋的情绪只持续了一阵，总感到有哪一点不对劲。

这算不算不义之财呢？不算！他们撒了大谎，他们要树立种果大户典型，他们要政绩，他们想升官。他们抓我当典型，这钱当然该我得。

可是，可是那一千多亩杨梅园是我的吗？不是，那是全村人的。

这就对了，我独自拿了这笔钱，就是骗了全村人。

他们是骗子，我可不能当骗子。他这样一想就想通了。

那这笔钱该怎么办？分给大家？

不对，村主任他们也会说这笔钱本来就是全村人的，石奇伟出风头而已。

石奇伟中午吃过饭，在村街上瞎走，不知不觉从村小学门口经过，他忽然灵机一动，心里形成了一个决定。

石奇伟平时很少与父亲交谈。这时候突然很想与父亲谈谈。他来到父亲住的老房子。

父亲见了他说："你呀，你呀，这么大的事你也不开开口。"

石奇伟把刚刚形成的决定说了，他父亲沉吟了一下，说："是啊，你拿了这钱，尾巴长咧，小鞋多咧。这是最好的一步棋。不过，你一人捐款，不如把那片山上有杨梅园的人都叫来，大家商量后一起捐。"

石奇伟拍案对父亲说："好，你的办法好，更绝！"

"这是你大哥说的。"

"哦，好，就这样办。"

晚上，石奇伟把那片山上有杨梅园的户主叫到小学校的教室，他说他愿意和大家一起把10万元捐给小学校整修教室和添置新课桌椅。校长叫了好几个校领导和老师来参加会议，教导郑远道是郑雅惠的父亲，他一直盯着石奇伟，听了石奇伟说出这一决定，教导和大家一起使劲鼓掌。种果户一众人等也异口同声赞成。

石奇伟提议推举几个人成立一个理事会，监督这笔钱的开支。于是众人推举了五个人的理事会，又推举石奇伟为会长。

十天后，县电视台采访并播放了石奇伟带领群众捐款10万元修缮村小学的事迹，题目是：致富不忘培养新一代。

某日，石奇伟在村头碰见村主任。

村主任笑笑说："奇伟，你这不是脱裤子放屁吗？村里争取资金也是要修缮村小学的。"

他大声说："过瘾就好。"

这句闽南话的含义很复杂，既有欢喜就好，又有我们这样做自有我们这样做的理由。还有捉弄你们一下过过瘾的意思。闽南话真是神妙无比。

第七章

奇情巧遇意中人，举手之劳百万金

一

石启强来到深圳，先把钱分别存进中国建设银行、中国工商银行和中国农业银行，各存3万元，留下3万元在工业区前边街道租下来一间店面，开了一间杂货店。

有一天，一个头发有点花白的老人进店买香烟，走出店门口没几步，突然晕倒在地。石启强一看，冲到老人身边，把他扶起来，看他仍然不省人事，赶紧招手叫来一部的士，用遥控把店门关上，把老人送到医院，医生急诊处理，过了一会儿，老人就醒了，石启强帮忙办了住院，代交了1000元，帮忙联系了亲人，当老人指定的一个人来到后，他就从医院出来招了一部的士匆匆返回店里。

大约一周后的傍晚，一部锃亮的黑色奔驰停在石启强的店门口，车上下来一个人，走进店里对石启强说："请你把店门关好，我们老总要请你吃饭，请跟我走。"

"你们老总？我不认识他呀！"

"那天在医院我们不是见过一面吗？"

"对呀，老人他是？"

"他就是我们老总。台资舒立有限公司董事长。走吧。"

石启强惊讶不已，坐上奔驰车跟那人走了。

奔驰司机把石启强带到一家酒店的十一楼，豪华包间里一张大餐桌，桌边只坐着三个人，那个老人和一对青年男女，石启强一进门，那老人立刻站起来致意，握手，请他入席并一一介绍："本人叫窦舒立。"

石启强马上跟着称呼："窦董事长好。"老人指一下男青年说："我儿子，叫窦清民。"石启强马上跟着说："窦总好！"老人指一下女青年说："我女儿，叫窦清芬。"石启强马上跟着说："窦小姐好！"老人最后指一下司机说："司机兼我的私人秘书，叫叶伟强。"石启强马上跟着说："叶先生好！"

石启强无师自通，应对自然而大方，给大家印象还不错。接着石启强也向在座的众位做了一番自我介绍。

窦董事长一边说着感谢的话一边把一叠钞票推过来给石启强。

石启强瞄了一眼，估摸有5000元，他也不推让，拿过来点了1000元，余下的推给窦董事长："该拿的我拿了，余下的不讲客气，我绝不多拿。"

"那只是一点谢意，没有其他意思。"

"窦董事长请我吃饭，这就是谢意，我不推让，来，喝酒。"

"好，快人快语，我喜欢这种性格。来，喝酒。"

石启强拿下窦董事长的酒杯，把酒倒掉，打开一瓶矿泉水，倒满酒杯，递给窦董事长："您身体刚在恢复，不要喝酒。"

"你不怪我没有诚意？"

"不会，您身体恢复得好，才是第一要紧的事。"

"其实我的身体没有大碍。"

"还是多注意的好。您就安安心心把这瓶水当酒，咱互不见外，好吧。"

窦清民兄妹互相交换一下眼色，难以察觉地微微点了点头。杯觥交错之际，窦舒立对石启强说："小石，你那店太小，你是否考虑开一间超市，资金如果周转不开，我可以帮你。"

"谢谢窦董事长提携，资金我可以自己解决。"

"那叫清民帮你筹划筹划，教你一些运作原理。"

"那我就领情了。"

窦清芬突然插嘴："大哥很忙，我来帮他。"

窦董事长意味深长地笑笑，点了点头。

石启强吃了一惊，这才注意起这个台湾小姐。只见她容貌清秀，五官精致，皮肤白皙，在九龙湾，除了两个妹妹，没有人可以与她相比了。

在窦清芬眼里，石启强也算是外表俊朗，英气外露的人。特别是他来到这里后的言行，给她的印象是实在、不夸张、不虚荣。最重要的是第一眼看到他时，心头好像有个地方微微动了动，使她时不时忍不住要瞄他一眼。这种心境她也无法解释，当父亲劝他开超市时，她便脱口而出，说愿意帮他。帮他又不是答应了他什么。帮他才可以再考察他。

二

第二天，窦清芬来到石启强的小杂货店，她第一句话便说："自己一个人开店太辛苦了，你应该把老婆叫来帮忙。"

"哈哈，我是一人吃饱，全家不饿，哪有老婆啊。"

"女朋友也没有吗？"

"还没有哪一位女豪杰看得上我，所以没有女朋友啊。再说，过了年我才20岁啊。我还是少年家呀。"

"那你要叫我姐啦，我今年21岁啦。"

"姐就姐，称姐也只能叫小姐，不，应该称呼小姐姐，是吗？"

窦清芬听了他的说法感到很得体，很爽心，说："听你的口音应该会说闽南话？"

"我是闽南人。"

"我以为你是本地人。我们那边也讲闽南话。"

石启强便用闽南话介绍起来："我是福建省漳州市华安县花峰镇九龙湾村的。过来这边做生意的。家里有父母，两个哥哥两个嫂嫂，两个妹妹。就这么多，没有了。"

"九龙湾，这个名字好美。"

"我们那边叫闽南，是福建省西南部，没有严寒，没有酷暑，一年四季水果飘香，春季枇杷、桃李、杨梅；夏季西瓜、荔枝、龙眼；秋季柚子、香蕉；冬季芦柑、蜜橘，沙糖橘，想吃尽管吃，没吃也不后悔。"

"为什么不后悔？"

"马上有别的水果接上来呀。"

"水果你别吹，再怎么多也比不上我们台湾。"

石启强说不清有什么期待，只是下意识地尽量多地提供家乡的信息。两人用闽南话交谈，倍感亲切，常常说着说着便相视一笑。窦清芬接着讲一些超市运作注意事项，第一要有一个好名字，干脆就叫万家福超市；第二是进货，找到好的供货商是很重要的；第三，砍价，因为给超市供货是长期的、批量的，所以一定要把进货价砍到最低。价格越低，超市的利润空间就越大。

石启强忍不住问："你在台湾开过超市？"

"没有，我是在大学学的知识。现在批发给你而已。"

一提到大学，石启强又有说不完的遗憾。说着说着竟然掉下眼泪，窦清芬也泪光闪闪。

闽南话真是一个神奇的语种，在异地他乡，两个人不管多么陌生，用闽南话一交谈，马上就拉近了距离。石启强与窦清芬接触不到半天，两人却感觉好像是认识了多年的朋友。

三

石其中特意去地矿局聊天，得知九龙璧在本县范围内储藏量有一亿立方米以上。地矿局局长给他看了本县地矿分布图，说："原省委老领导给我们题'华安九龙璧'时，建议说为什么不叫'华安玉'呢，县里正在联系中国宝玉石协会有关专家来论证，我们现在叫九龙璧，过不了多久就会称为玉的。这可有无限商机啊。"

从县城回来后，石其中连着两夜睡不着，脑子里老是晃着那张图，最后，他下了决心：男子汉要干就要干一两件像样的大事情，开发九龙璧，办厂，这肯定需要一笔大数目的贷款。石其中找到叔叔，说了他的想法，叔叔说："你这么宏大的计划，我恐怕没有办法。"

石其中不语。他叔叔接着说："树挪死，人挪活，县里银行搞不动，你可以找市行啊。你可以想办法啊。"他对侄儿附耳低语，然后说："这是我在书上看来的情节，略加改造，天机不可泄露，对任何人都不能说啊。"

石其中点点头，说："我知道轻重，我不会说的。"

石其中仔细谋划，总觉得孤掌难鸣。他想到郝君洛，他决定到漳州找郝君洛。

石其中算是找对了人，郝君洛不愧是见过大世面的人，头脑活络，思路清晰："你要在市行贷款可能性不大，在区行贷款较有可能，你要先把户口迁入区内，放在我的户里，然后注册一个公司，然后申请贷款。然后用你那个办法。"

　　郝君洛在市区居然有一套房子。虽然比较老旧，但住起来还是挺舒服的。石其中在他家没有拘束感，像在自己家里一样，他叫郝君洛的母亲阿婶。叫得自然而顺口。

　　老人喜欢吃仙草，他每天下午都会到菜市场买回来一块摇一摇会颤抖的仙草，再买来一小瓶蜂蜜，回到家把仙草切成小块，盛在碗里，加上蜂蜜水，老人就吃得眉开眼笑了。老人最爱讲她年轻时吃的苦，郝君洛小时候受的难，还说现在住的这套房子是君洛继父哥哥的，我要叫他大伯，他要去美国和儿子团聚，就把房子贱卖给了我们。石其中听得十分认真，老人说多少遍，他就认真地听多少遍，终于水到渠成。这一天午后，石其中支支吾吾说要认她做干妈，老人眉开眼笑说："好好好，我有你这个干儿子，是我的福气。君洛孤单一人，太没伴了，以后有你这个干弟弟，凡事有个商量，是不是啊。"

　　"是啊是啊，干妈说得对，干妈好脾气，好脾气的人都有好福气。"

　　石其中赶紧接着说："我想办一个做九龙璧建筑板材和工艺品的工厂，想贷一些款，银行要我把户口迁进来才能贷款。"

　　"行行行，你和君洛商量，该怎么办就怎么办。"

　　石其中原来怕户口迁了老人不让落户，这时他一颗心放到了肚里。

　　这天晚上，石其中与郝君洛商量："款贷出来后我们就去开矿山，办工厂。我一个人的力量操纵不了，咱俩合作，股份平分，一起干，怎么样？"

　　"怎么干都行，但是你用贷款去开矿山办厂，刚开始产品就要畅销是不可能的。而贷款利息月月要交，你会被利息拖死的。"

　　"那怎么办？"

　　"要把银行的钱变成我们自己的钱才可以做这个事业。"

　　石其中十分惊讶："这怎么可能？"

　　"怎么不可能，什么都有可能。"

"难道你有什么高招？"

"且听我慢慢说来，我有一个朋友是城边村的书记，我们把贷款搞出来，买下一片土地，我详细研究了城市规划，这一两年就会被开发的，到时候卖出去，想赚多少就是多少啊！不过赚来的钱要分三个股份，书记也算一份。"

石其中刚毅果断的性格帮了他，他同意了郝君洛的计划。

石其中注册成立了"华龙饲料有限公司"。经过几天寻找，在饲料市场租下了租期十天的一座饲料仓库，里面层层叠叠满仓库都是饲料，协议上写明，仓库里的东西原封不动，仓库大门上方挂上"华龙饲料有限公司"的招牌，挂一日牌租金1000元，从协议之日起10天为期，其间只开一次大门。到期摘牌，仓库及所有饲料原封不动归还。

第三天，郝君洛和石其中带着几个人来参观了饲料仓库，石其中刷地把仓库门打开，郝君洛对那几个客人说："里面空气不好，别进去了。"

几个客人看到两边层层叠叠堆到屋顶的饲料，异口同声连连说："好、好、好，你们是做大事业的人。应该支持，应该支持。"

第四天傍晚，石其中把仓库和饲料退租，4天租金4000元，他给了5000元。对方也满意，无话可说。

半个月后，200万元贷款放下来了。除预扣利息外，实际到款195万元，石其中和郝君洛一起去找城边村书记，签下一个合同，以每亩15000元的价格买下了130亩城边村的土地。

四

13个月后，正是国务院"三改四建"落实到漳州的时刻，城边村130亩土地以每亩4万元的价格卖给镇政府，镇政府以每亩76000元的价格卖给一个房地产公司，石其中、郝君洛、村支书三个股份得款520万元，还清贷款，扣除利息以及杂费，每股分得100万元多一点。

石其中分到款后，当晚失眠了。这是怎样一笔巨款啊，前两年，万元户还上街游行呢，而他们轻轻把脑瓜一动，就成了一个百万元户。他感到这款好像是偷来的，骗来的，先是骗贷，然后是投机取巧买土地赚差价。这是怎样赚来的钱啊。这些钱让人时刻不安啊，郝君洛说"资本是带血的"，他用各种方法赚钱，难道杀人不见血？就没有血腥味吗？

石其中整夜睡不着，眼皮刚一粘连，脑海就跳出一个人来，指着他的鼻子说："你那些钱是哪里来的？你怎么就比别人有钱？"

天刚蒙蒙亮，石其中就把郝君洛叫起来。郝君洛一边揉着眼睛一边说："肚子里装了钱袋子，撑得睡不着了？"

石其中把夜里的梦幻讲给郝君洛听。不想郝君洛哈哈大笑："你在电视上经常看到拐卖儿童的新闻吧，他们卖孩子赚钱，有的把人骗了绑了，去干什么？挖器官卖钱，他们那是犯罪，你跟他们是不一样的，你没犯罪，你是合法的，你心里不必不安了。还有，钱就像聊斋里的鬼魂，一旦让人知道了来路，它的魂就散了，找不到了。切记，切记。今后不管你赚了多少钱，你口袋有多少自己的钱都不能让任何人知道，包括你的任何亲人。"

"这未免太夸张了吧？"

"你想想，这样会省掉很多很多麻烦的，你以后慢慢体会就知道啦。"

郝君洛一席话让石其中茅塞顿开，去上海做香蕉生意回来如果按照郝君洛说的，确实会省去很多麻烦。他的话是很有道理的，如何才能使这笔钱用在刀刃上？怎样才能不让它随风散失呢？是啊，不能让任何人知道钱的来路，包括叔叔在内。他只告诉叔叔贷款办成了，其他没告诉他，以后开发矿山，办工厂，对外统统都说是从漳州贷款就是了。

最为奇怪的是，他的心情一直好不起来，胸口像有一块大石头压着，胸膛里像有一堆乱七八糟的东西纠缠不清。

石其中朦胧中走在九龙湾的街上，感到自己控制不了自己，要大喊大叫了，要发疯了，他自己也不明白这是怎么了，他想应该去问问黄教授。他来到十里香饭店的小屋里，摇摇晃晃来到梦幻城，来到黄教授的学堂，黄教授刚要出去，石其中拦着他说："黄教授救救我。我要疯了。"

黄仲琴把石其中让进屋里，叫小厮送上茶来，然后慢悠悠地说："现在只有一法可治你的病，梦幻城有一个神物叫省身镜，你去省身镜前站一站，听听它怎么对你说，你的病就好了。"

石其中连说愿意愿意。黄教授当即命小厮带路。

小厮带他拐来拐去，也不知道到了哪里，来到一面墙前，说："待会儿省身镜就出现了，站在它面前，你身心自然澄明。"

石其中站了一会儿，一个大镜子慢慢浮现，他感到一股清气从头顶直贯身体，心境澄明，有一个声音由远而近，轻声细语说："既然钱的来路是带血的，那你就不能拿去挥霍和享受，拿它来办事业，也许能将功补过。"

"你自恃聪明，慎防聪明反被聪明误。时世既然走到这一步，也不多责，以后好自为之。后会有期。"

奇怪，石其中感到万分奇怪，在省身镜前站这么一会儿，身心感到说不出的清爽和轻松，恍然醒来，身在小屋里。

第八章

千里之行第一步，爱情长跑举步难

一

石其中在九龙湾办了第一个切割华安玉的建材厂，1.8厘米厚的华安玉一面抛光的建材板，每平方米200元，4厘米厚的桌面板每平方米400~600元，运到晋江水头建材大市场，销路还不错。客户装修新房子用它做窗台、灶台、餐桌、茶桌。华安玉板材因为硬度高，光洁度好，色彩亮丽，在福建、广东一带渐渐为人们所接受。3个月后，建材厂更名唯美工艺品有限公司，观赏性的工艺品和实用性的板材生意都得到扩展。

石其中对郝君洛佩服极了。这一年春节邀请郝君洛来九龙湾过年，1月27日是除夕，当天早上，郝君洛用新买来的小汽车，把母亲带到九龙湾。

郝君洛的母亲蔡惠莲一见到石琪玉，就说："哎呀，这孩子跟我做姑娘时一模一样，只是我当时煎熬受苦，没几天青春就老去了。这样的孩子不知道要多少年才能出一个呢。"郝君洛赶快接着说："妈，你把她大哥收为干儿子，也应该把她收为干女儿才公平。"

"是啊是啊，姑娘你愿意当我的干女儿吗？"

石琪玉满脸通红，期期艾艾，最后说："这要问问我爸妈。"这时，石永汉和李翠花刚好来见客人，异口同声接着说："你大哥都叫她妈了，你也赶快叫就是了。"石琪玉很小声地叫了声："阿姆！"

"好好好，今晚围炉我要包个大红包给新女儿。我现在也儿女成群啦，君洛不孤单了。"

二

初一早上，天刚蒙蒙亮，郝君洛就醒了，他起床穿好衣裤，走到公路边，九龙湾的黎明清澈而温润，薄雾轻飏，树影婆娑。

郝君洛心情很好，这次来九龙湾算是来对了，一到就旗开得胜，母亲高兴地认石琪玉为干女儿，以后虽然要兄妹相称，但正好增进感情的发展。"有缘为妻，无缘为妹"乃是千古佳话。最重要的是母亲喜欢石琪玉，将来当媳妇想必老人家也是满意的。想着想着，对面鱼化马石闯入眼帘，郝君洛把这个石头叫"九龙璧之魂"，他不知道石家兄弟把它叫鱼化马石。清晨第一抹阳光照在"九龙璧之魂"那个洞洞上，使人产生一种虚幻的感觉，感到穿过那个洞洞就是彼岸世界。郝君洛赶紧回屋取了相机，把这个灿烂的时刻拍了下来。

郝君洛正围着石头漫步发呆，石其中也来到他身边，郝君洛壮着胆子但很没底气地问："这个石头你想过转让吗？如果转让需要多少钱才会转让？"

石其中郑重其事说："这个石头不考虑转让。"

"为什么？你不是需要资金吗？"

石其中情不自禁把开漳圣王和这个石头的故事讲给郝君洛听。

郝君洛问："这是传说？"

石其中本想把梦幻城黄仲琴说的讲出来，转而一想，毕竟虚幻的东西，说了让郝君洛笑话，便随口说："是祖辈口口相传的故事。"

郝君洛说："传说如果没有文字或其他实物佐证，是比较虚幻的。昨晚围炉，听奇伟的话意，这个石头是你们三兄弟的？"

"石头是我找的，但是两个弟弟是出过力的，所以就都算股份了。"

"哦！"郝君洛回应了一声往回走。

三

琪香的饭店与大哥的公司遥遥相望。招牌是大红字"十里香饭店"，生意出奇地好，从早上开门到晚上10点关门，几乎是座无虚席。有许多年轻人不饿假饿，来店喝酒是为了看琪香。看琪香其实也不容易，你点菜要巧立名目，提出不一样的煮法，才能看一眼掌勺的琪香。后来琪香听从大哥的建议，高薪聘请了一个名厨，就成了名副其实的"十里香"，很多过路的客人正是闻香而来。

外地客人不像本地年轻人那么八卦，他们闻香而来，吃饱就走，实在得很。但是，有一个外地人却不一样，他第一眼看到琪香，心里便升起一个念头：这个姑娘一定要当我老婆，不管付出多少代价，我也要娶她。他浑身肌肉像注入兴奋剂，十二条神经跃跃欲动。

他叫吴步宁，是石其中聘请来的玉雕师傅。吴步宁常年在外面闯世界，见过的女人也不少，虽然也有能入眼的，但是绝没有见到琪香的这种感觉，看琪香一眼就令他几近眩晕。

男方爱一个女人是无条件的，爱就是爱。但女方却有条件，不幸的是吴步宁在老家结过婚，而且死了老婆，而且老婆是喝农药死的。你说这样的条件女方如何能够接受。

吴步宁唯一的有利条件就是他的美术天赋和对华安玉的钟爱，一块华安玉荒料拿在手里，左看看，右看看，端详一会儿，心中便浮出一件华安玉艺术品的雏形，动手雕出来的产品八九不离十是精品。这天分难得，这天分很得石其中的欣赏。

吴步宁太不自量力了，琪香是多少年轻人的梦中情人，多少"少年家"追求的偶像，你还敢暗下决心：不管付出多少代价也要娶她。这就注定他的爱情之路是曲折的，充满戏剧性的。

琪香不是一个浅显的、没有眼光的姑娘，她的上一辈也出过一个村里数一数二的美人，可惜头脑简单，见识浅薄，男人随便耍几招就把她拿下，结果没嫁到理想的丈夫，日子过得很凄苦。没过几年姿色一减，大家便忘了她。琪香不是这样的姑娘，她"目头很高"（闽南语，指眼界很高，一般人瞧不上眼），她不会轻诺，特别是自己的婚姻，她慎之又慎。她闲时会把村里的女孩的婚姻一个一个过过滤，确实，理想的婚姻没几个。她想找一个好丈夫，做一番事业，即使做不到村里第一，也要人们久久忘不了她。

吴步宁人高马大，五官端正，帅气外露，他追求琪香，琪香并不反感，反而因他是哥哥看重的人而另眼相看，但后来她知道了吴步宁的老婆是喝农药死的，当即在心里把他否定得一干二净。闽南俗语说，"要嫁死某夫，不嫁离婚牛"。意思是说离了婚的男人是牛一样没有人性的，一个男人令女人忍受不了，离了婚，或者是抛弃女人而离婚都是牛而不是人。而死了老婆的男人还是比较正常的，值得同情的。闽南文化中这种对夫妻关系的认识是深入人心的。吴步宁你老婆是死了而不是离了，但是，她不是病死而是喝农药死的，一个女人要陷入何等绝望的境地才会放弃生命，放弃孩子啊，你吴步宁比离婚的牛更可怕。琪香这种心理上的否定是很要命的。

吴步宁如果知难而退，那他就不是吴步宁。就像当年当学徒一样，他要是知难而退，就没有今天的艺术修养和水平。

吴步宁采用迂回战术，石其中的父亲石永汉驻守工厂值班室，吴步宁常抽空跑去找石永汉老伯聊天。平时有人慕名想拜师和一些想探讨华安玉雕刻艺术的人拜访他常带些茶叶当伴手礼，有华安本地产的铁观音，也有福建产的金骏眉、正山小种。吴步宁每次去带几泡，找石永汉品茶，如果老汉说那种味道好，那么几小时后吴步宁就把这种茶整盒送给他，还美其名曰："你懂茶，这茶在你这儿就金贵，我不懂茶瞎喝，这茶就喝瞎了。"石永汉常呵呵大笑，乐意接受。他哪知道，吴步宁这是糖衣炮弹，靶子是他女儿石琪香。

石永汉当然知道火车上下来那个憨少年看一眼琪香要付10元钱，更知道多少小年轻在追求他的琪香，他知道自己这个闺女是个宝贝，所以吴步宁一把话题引向琪香，他立刻变脸，让吴步宁心底发凉。

四

有一次，石其中引荐了一个年轻人拜吴步宁为师。这年轻人叫谢盛思，他要请拜师酒。

吴步宁说："那就十里香饭店吧，石总是推荐人，你要把他请来。"

石其中来是来了，但是酒喝了一半有事先走了，吴步宁喝醉了，谁知道是真醉假醉，反正东倒西歪的，谢盛思仗着父亲与石总的关系，就把师傅扶到琪香的小屋小憩。徒弟轻轻带上门，吴步宁一步三摇地走进梦幻城，他凑巧走进一个高大的展览馆，看到了一件稀世珍品，因为琪香的干预，吴步宁只看这一眼就被徒弟扶出小屋，但这一眼也值了。

吴步宁回到住处立刻把那一件作品画成图，修修改改完成后送给石总审阅，石总大为赞赏，让吴步宁立刻找材料实施。这就是后来获得全国金奖的华安玉雕作品《双龙戏珠》，这件作品让吴步宁得了个外号叫"无所不能"。

但是，这么一件作品获奖并获得大家的肯定并不能改变琪香对吴步宁的看法。

吴步宁满脑子都是琪香的影子，实在受不了，他便动起了心思。想了很久，灵机一动，在十里香饭店对面三楼租了个房间，他本来住在厂里，他给石总说的理由是厂里太吵，搬出去自己住有助于寻找构思灵感。石总也没深究，点头同意。

吴步宁住进出租房，一天可以好几次看到琪香迎人、送客人等活动。虽说远远地看，但勉强能慰藉一下渴望看到琪香的心。

有一天晚上10点多，吴步宁心里咯噔一动，似有什么事来临，他走到窗前往十里香看过去，琪香推出电动车估计是要回家。

吴步宁头脑像高速旋转的电机："她这样独自回家是很危险的，碰到坏人怎么办？那么多年轻人都在打她的主意，不行，不能让她这样走。"但是你有办法让她不回家吗？吴步宁承认不能，他无法阻止她。唯一的办法就是骑着摩托车远远跟在她后面，如果她碰到危险，他吴步宁就天神般出现在她面前，演一出英雄救美的大戏。对，就这样，马上行动。

吴步宁风一样下楼，发动摩托车，远远跟在琪香的后面。

人生万般皆有一失，世事百有十之不顺。有的事情的发生只是瞬间考虑不周。

琪香的电动摩托车不知道碰到什么，突然就摔倒了。吴步宁这时候是不能冲上去的，他只能躲在后面看着。但是他是个男子汉，不可能看着心爱的人摔倒而无动于衷，他架好自己的摩托车，冲上去扶起琪香。

琪香嘴里丝丝吸气，她揉了揉脚，缓过劲来，看一眼吴步宁，立刻柳眉倒竖："你跟踪我？你想……"

"我，我路过。"吴步宁虽急中生智，但一下子滑进了错误的泥潭。

"你骗人，路过是跟我同一个方向吗？"

"我我我……"吴步宁支支吾吾。

"我……我……"吴步宁刚要实话实说，可惜琪香骑上电动摩托悻悻而去。

吴步宁心里像钻入一只虫子，咬得心是一阵一阵痛啊。

吴步宁熬到天亮，终于熬不住了。他跑去向石其中坦白，说了事情的经过："琪香说我……我不是啊，我是想暗中保护她，我没有别的意思啊。"

"石其中笑笑说：那怪你不会表达。"

"石总帮我，不然我跳进黄河洗不清了。"

"那你以后用你的诚心做解释。"

"她已经误会我了，不会理我啦。"

"解铃还须系铃人，别的任何人也帮不了你。"

第九章

丧父厌妻生嫌隙，出卖神石兄弟怨

一

石其中对李初叶产生了一种深深的厌烦，她对自己的厂应该说是真心维护的，自己的衣服舍不得买，厂里的食堂也要亲自管理，每天早上大包小包地自己去菜市场买菜，但是她的做法令人哭笑不得。有一天，管理切石板机台的师傅刚刚换了新的切石锯片，正在磨合，所以，切石头的进度就放慢了。李初叶刚刚走近，不问青红皂白，破口大骂："磨洋工你回家跟你老婆磨去，别以为我看不懂，你这叫切石头吗？你这是在按摩石头，你以为电就像河里的水不用付钱？瞒官骗胥，瞒爸骗母，不得好死。"一阵连珠炮，哪有师傅回应的机会，师傅一咬牙，马上调成高速切入。突然一声巨响，刀片破碎，机台故障。

李初叶大叫："报警，报警，他是故意破坏，故意破坏。"

石其中闻讯赶来，制止初叶报警，问师傅怎么回事，师傅带着哭腔说："新换的刀头在磨合，老板娘她、她骂我磨洋工，就、就加快了，就坏了。"

"你懂机台，她不懂，干吗听她的？"

"她是老板娘，她就在我身边咒骂，我该怎么办。不听她的能行吗？"

石其中说："算了，赶快修复，换刀头。"

李初叶还没完没了嚷嚷，石其中叫她回办公室再讲。

二

这几天石其中到河南去考察玉雕，那个管大切的师傅辞职走了，订货方要求赶货，石永汉便亲自去管大切，也是合当有事，端午节刚过去几天，天气十分炎热，石永汉拿起高压水枪想把周围喷喷水降降温，喷着喷着摔了一跤，水柱喷向闸刀开关。石永汉即刻被电流击晕。厂里员工见状立刻关闸断电。

李初叶知道这下祸闯大了，立刻叫人打120把公公送县医院抢救。

石奇伟闻信赶来，大哥不在，叔叔在福州开会，他一时乱了阵脚，交了急诊费后头脑一片空白，过了好一会儿才借用医院的电话打了郝君洛的手提大哥大，郝君洛叫他别着急，叫医院全力抢救，钱不够再想办法，他现在在外省，事情办完会尽快赶回去的。

石奇伟就像热锅上的蚂蚁，父亲的抢救费用每天要交三四千元，第一天他找大哥的财务只支出3000元，再找亲朋好友借一下，第二天下午资金就产生了困难。

石奇伟回家时，看到有一个不认识的人围着鱼化马石看看摸摸，看到石奇伟走近开口说："这个石头是你家的吗？"

石奇伟点点头说："是，您贵姓？"

"免贵姓林，这是我的名片：林天杰。听说你父亲在医院抢救，正急需用钱。"

"你怎么知道？"

"村里的人都在说呀。"

"是啊，正急需用钱啊。"

"那你就把它卖了吧。我出10万元。"

"10万元，那不可能，要是20万，我还可以考虑考虑。"

"12万元？不行，那太高了，现在石界没有这个价，这样，给你12万元。"

"18万元，石奇伟有心想卖了，脱口说出这个数。"

当然，林天杰也看出来了，说："你有心卖，我有心买，我再加2万元。"

"16万元，再少我坚决不卖了。"

那林天杰也是个爽快人，打开密码箱，拿出8万元交给石奇伟，说："明天石头吊上车再付8万元。"

这一桩交易就这样完成了。

三

16万元没有挽救下石永汉的生命，抢救到第四天，他终于还是停止了呼吸。整个丧事，都是石奇伟一手操办，村里的"兄弟群"（哥们）都来帮忙，倒也有条不紊。出殡那天早上，石其中回来了，他放下行李，就问有没有联系到启强，奇伟回答说仍然联系不上。石其中立刻参加围棺，然后送棺上山。石其中第一次感受到人生的虚幻，前几天还有说有笑的父亲，怎么说没就没了呢？他哭得特别伤心，原来父亲是他们兄妹的靠山，父亲在的时候，一切不好的事物离他们都十分遥远。如今，靠山倒了，死亡对他们露出了狰狞的面目，他和弟弟妹妹们从今往后就是没有父亲的孤儿啦，说不定哪一天他也会突遭横祸，像父亲这样说没就没了。那人活着还有用吗？苦苦奋斗还有用吗？他哭得更加伤心了。

石其中参加完整个仪式已是夕阳西下，陪帮忙的亲友喝点酒，吃了饭，天已经黑透了。他招呼奇伟过来，问这次抢救和丧事钱从哪儿筹集的。

石奇伟这才紧张起来，语无伦次地说：这次抢救和丧事一共支出47000元。

"我不是要查你的账，有的先拿了东西还没有来报账的也是有的，别急着结账。我是问你怎么筹钱的。"

"你厂里的财务说户头没有资金，只借来3000元，第一天入院就用掉了。我没有办法，16万元卖了那个大石头。"石奇伟以为大哥会赞赏他卖得不错，不想大哥的脸一下子变得十分吓人。

石其中冲出屋子，往对面一看，朦胧中放石头的地方只有一些半倒伏的草随风摆动，石其中一口气上不来，差点晕倒。他转头对迎面走来的弟弟一拳打过去，正打在奇伟的胸膛上，奇伟做梦也没想到哥哥会对自己出手，毫无防备，一个趔趄摔倒在黑暗中，竟委屈地大哭起来。

石其中对奇伟大吼："你知道那是什么石头吗？那是开漳圣王陈元光将军四脚鱼跳过去变战马的鱼化马石啊。"

"什么鱼化马石？那就是一个有洞的大石头而已。你们都不在，我要不要救爸呀？不卖我筹不到钱啊，我没有办法啊。"

"你不会去贷款？"

"贷款要审批，怎么救爸？"

"你不会去找叔叔吗？"

"叔叔去北京开会，这时候差不多才到家啊。大哥你又联系不到，不像郝君洛有手提大哥大。"

"你给郝君洛打过电话？怎么不向他借钱？"

"他说他在外省。"

"这个石头以后会值多少你知道吗？"

石其中看到弟弟不服气的样子，一跺脚，仿佛满腔怒气从脚底渗入地下去了。

石奇伟嘟嘟囔囔说："大哥，我错了，我当时只是一心要救咱爸，也没想周全，如今任凭大哥处罚。"

"救咱爸没错，这件事是你嫂子的过错造成的，水泼下地不能收回。也不能一味责怪于你。"

"剩下这些钱怎么分？"石奇伟问大哥。

"按三份分，一份37600元，启强那一份存银行利率低，放在我厂里算股份，以后给他分红利。"

"大哥，石头是你找的，我和启强，一人还有2000的欠账，包括利息，我们俩一份30000，余下归大哥。"

石其中说："不用这样，提取10000元给妈当零花钱，扣除你们每人欠款2000元，你和启强每份33000元。"

"这样你吃亏。"

"就这样吧。"石其中时刻把自己当大哥头，他顾全大家庭。

四

闽南歌曲唱道："家有老伴第一宝，白头到老贴心袄。少年夫妻老来伴，身苦病痛有依靠。粗茶淡饭不嫌弃，知冷知热离不了。"

李翠花失去了老年第一宝，感到一种伤筋动骨的重伤，觉得很虚幻。老头子在的时候，一天跟她也说不上几句话，他饿了自己去吃饭，渴了自己喝水，她也没管过他，但只要他在那里走来走去，东哐当一下，西碰撞一下，就有一种杂碎感，也有一种实在感，日子是踏实的。

现在人没了，像被人从头顶上抽了主筋一样，整个人空了，软了，感到身子少了一边，摇摇晃晃，站都站不稳，坐下又像坐在棉花堆上，感觉屋子空荡荡的，一种刺心的寂寞像水浸泡全身，孙子方达叫奶奶，那声音像在云雾里，隔得好远好远。她现在觉得日子是虚幻的，特别难熬，她心里千遍万遍诅咒自己的命，有时候又咒骂石永汉自私自利，自己跑了，扔下自己在人间受苦，她的日子过得十分黯淡。儿女们各忙各去了，谁会来问问她心里的感受是什么样的呢？

李翠花心里有万千叹息："人啊，怎么就这么经不起敲打呢，怎么说没了就没了呢？这人啊，这么一走，世间的所有都跟他没有牵连了，什么富贵啊钱财啊，好吃好喝啊，都与他无关啦。这样，做人还有什么意思呢？"一想到这些，李翠花心灰意冷，浑身无力，一日一日多难捱呀。直到有一天，郑雅惠告诉她说："妈，我……我也要当妈了。"

李翠花就像被人打了一针强心剂，哗一下浑身力气全来了。

"怎么就有了？怎么那么久都没有呢？怎么这会儿就有了呢？"面对婆婆一连串的问号，郑雅惠只好实话实说："那时候我们两个日子都很不好过，哪敢要孩子？我爸又不认我们的婚姻，哪敢要啊。"

"你那么久都没有动静，我还以为是……是不会生呢。这样你不委屈自己吗？"

郑雅惠脸忽地红了："我们有新方法呢。"

"记住，你现在赚钱是第二，照顾好自己，照顾好孩子是第一的。"

郑雅惠感动地答应："好。"

五

石其中对老婆十分头疼，管理切台的师傅辞职走了，父亲被电击身亡，这两件事都与李初叶有关，如果李初叶没有骂走师傅，父亲便不会去管切石机台，也就不会死亡。他不懂电，他死得冤枉，死得不应该呀。这样一想，石其中对李初叶便心生不满，觉得这个女人成事不足败事有余，内心虽烦，但嘴巴上又不能讲，李初叶对他说什么话，他也懒得听，就当没有这个人存在。

石其中和李初叶的儿子石方达，对母亲很排斥，虽然只有3岁多，但是内心世界已经很丰富，看到母亲老跟父亲吵吵吵，见而畏之，从1周岁多起，就喜欢跟爷爷奶奶住，平时都很少回到父母身边，爷爷过世了，他没有再看到爷爷，就老问奶奶："爷爷去哪儿啦，怎么这么多天还不回来？"常常问得李翠花答不上话，泪水嗒嗒直掉。儿子不愿回家，李初叶落得空闲，但是总感到有点虚幻，有点心虚。心虚什么？她又说不出来。

儿子一天天长大，多少日子没有夫妻之实？差不多有三年了吧？不止不止。初叶对此事一直耿耿于怀。

夫妻间的私生活是一种天籁奇趣，往往会使双方产生血肉交融的快感。自古以来，它就是夫妻关系中的黏合剂，古代的侠义男人，只要与一个女人发生关系，就从骨子里认为"你是我的女人"，因为这其中已包括你给了我最珍贵的东西，我也已经把性命中最珍贵的给了你。就如一个古代女诗人写的："我们的生命里的一切，都是一个整体；你融进了我的生命里，我也融进了你的生命里。你中有我，我中有你。"这样两个人生活在一起便会产生浓情蜜意。缺点可以容忍，语言冲撞可以谅解。平淡的日子变得有滋有味，漫长的时间仿佛转瞬即逝；否则就像久旱的土地，龟裂丑陋，不得甘霖，绝望崩塌。剩下两个自然人生活在一起，一个热得发烫，一个冷漠如冰。"剃头担子一头热"，比喻的就是这样一种情景。这样两个人生活在一起便会怨意丛生，你拽一边，我拐另一头，连话都说不到一块。你说针眼大，我说扁担长。于是，你争我吵，不可开交。李初叶哪里懂这些呀。她的婚姻出现了裂隙，自己却浑然不觉，一味把过错加在石其中身上。

福建邵武诗人咏樱说："婚姻中的契约关系有时很脆弱，就像一个透明的玻璃杯，手一松，就成碎片。那么多婚姻都没有碎。那是因为你没松手。不松手的原因有很多：父母、孩子、财产、习惯。于是将就，于是婚姻成为空壳。

"现在很多婚姻都有问题。交流不够，尊重不够，珍惜不够。大家都关注自我的感受，以为把对方看牢就可以防止出墙或者出轨。其实，有时结果正好相反。就像握在手里的沙粒，握得越紧，流失得越快。

"好的婚姻需要信任和距离。一方是鱼，另一方是水；一方是风筝，另一方是线，有默契才能成为同盟。"

　　这个女诗人说得多么好呀，这一对夫妻哪知道这么多，哪怕知道三分之一，事情也不会向坏的方向发展。他们在现实中劳顿，在生活中磨损自己而不自觉。

第十章

梦幻巧遇识天眼，谁知从此踏错脚

一

琪香看到他时，心里一动，有了那么一点感觉，她自己感觉好像走进一棵大树的荫冠之中，轻轻舒了一口气。刚刚看了一眼，也不知道他的根底，没来由就产生了一种依赖感，这种感觉是什么？好奇怪呀。

那个人第一眼看见琪香，也有一种被什么东西击中的感觉，愣了一下。浑身不自在起来。

"你是？"那人开口问琪香。

"我是九龙湾'十里香'饭店石琪香。你是？"

"我是漳州来的客人。"

"既然你是客人，那我带你去一个十分好玩的地方。"

那人表示乐意，跟在琪香后面漫步。

前面一个十分高大的城楼，"梦幻城"三个大字十分醒目，他和她漫步走进了天街，整条街都是用玉铺砌的，玉色滋润，光彩照人。街里人来人往，熙熙攘攘，跟世间并无两样。奇怪的是这里空气好像弥漫着一种说不清，道不明的香气，男子闻了以后看到异性莫名地产生了一种亲切感，女子闻了以后莫名地想靠在男人的肩上。

琪香看到有不少人在赶路，她就带那个客人尾随而去。

这是一个奇异的地方，开阔地站满了人，纵深处有一个半米左右高的台子，用墨绿色的九龙壁砌成，十分耀眼。开阔地上的人眼睛都注视着台上。"他们在看什么呢？"琪香问自己身旁的人，没有人回答她，她身后那个客人悄悄对她说："这些人与我们不是同一世界的，别问。"

就在万众瞩目的时刻，台上升起一个既像柱子又像树桩的东西，顶端有一个圆圆的洞洞，柱体像树根缠绕，凹处还有洞穴，远看似树根，近看却是石头，而且就是九龙湾附近河中的石头。怎么会有这样神奇的石头呢？你看，人们排成一队，每人手里都拿着一个小盆子，人一走上前，那个奇石就矮下来，最前面那个人把小盆子伸出去，石洞便汩汩流出一种有颜色的液体来，小盆子装满，液体便不流，好像一台全自动的机器。接完液体的人一离开，那神物便升高，下一个人跟上去，要站一小会儿，那神物又矮下来，又汩汩流出有颜色的液体，琪香正惊异于这个器物怎么这样神奇，客人小声说："你看，台两边还有一副对联呢，左联：梅兰菊落英有二；右联：蟾宫桂折得一枝。"

琪香小声说："我也想上去接接，那液体到底是什么，你看他们那么珍贵，肯定是好东西。"客人拉住她小声说："这不是真实世界的东西，别去。"

二人继续往前走，琪香还不停赞叹那神物。她带着客人来到街道拐角，一棵大树下，居然卧着一头狮子，琪香吓得倒退一步，那客人居然伸出手摸摸狮子的头，狮子从嘴里吐出一张纸来，伸长舌头把纸送给客人。琪香定睛一看，那不是狮子，那是一个极像狮子的石头。琪香忍不住问客人："你看那是狮子还是石头？"客人摇摇头说："刚才看是狮子，现在看是石头，怪了。"

琪香问："那张字条写了些什么？"

客人看看字条，摇摇头说："好像是手绘的地形图，我看不懂。它可能指示我们按图上的路线往前走呢。"

二

琪香每天中午忙完已近两点，通常要小睡一下。琪香在小屋醒过来，拼命回想：那客人呢？那客人在哪里？她看看表已是3点15分，就不睡了，呆呆坐着。大哥好像掐着时间，这时候来敲门了。

琪香赶快把梦幻城所见告诉大哥，大哥也很疑惑，问："你不知道那神物流出来的是什么东西？"

"不知道啊，我想去接一点喝看看，那个客人说那不是真实世界的东西，不可近前。"

"客人？还有客人跟你去？"

"是啊，我只陪他一会儿，也不知道他从哪里来，到哪里去。"

"你把那个神物画出来我看看。"

琪香边画边说："明明是我们北溪的石头，怎么会长得像树根呢，太奇怪了。"

"你有没有注意看看，周围还有什么暗示？"

"哦，对了，台子两边有对联，一边是'梅兰菊落英有二'，另一边是'蟾宫桂折得一枝'。当时想不出它的意思，现在我想起来了，这好像是说'三花'，你说是不是啊。"

"对对对，你这个鬼灵精。按照这个对联，是说这个石头就在九龙湾三花这一段河里。这事你暂时不要告诉任何人，我们要尽力把那石头找回来。"

第十一章

山月不知心里事，夫妻反目谁人知

一

李初叶性格的形成应该追溯到童年，那时候父亲在当草峰大队当大队长，后来当大队党支部书记，他公事多，骨子里又重男轻女，他重视两个儿子，对初叶几乎不闻不问。书记夫人也跟丈夫差不多，所以不管初叶对妈妈说什么，她妈一概不理会，李初叶只好倒地翻滚，大叫肚子疼，她妈才会来看看她，问问她到底怎么了。她虽然还叫肚子痛，但心理上已经得到了满足。

闽南谚语说："三岁成君就到老。"意思是说，从小养成的个性到老都无法改变。结婚以后，李初叶本来是很爱石其中的，但是，她太在意丈夫了，在意到极致，就会活在这个人的阴影里。她骨子里又继承了父亲对权力的痴迷和挚爱，所以时时处处都想要掌控石其中，但石其中的大男子主义也太严重了，不管你对他说什么，他都一声不吭，顾自想他自己的事，好像你李初叶像风，是空气。面对他的大男子主义，她常常感到窒息，感到自己很轻，轻得像风中飞絮一般。这样，她童年的性格便故态复萌了：你不理我，我就闹你。所以，作女不是天生的，与她相对应的一方也有责任。你做丈夫的如果多与她交流，多关心她，也许她就不作，你越讨厌她，不想理睬她，她就越作。

有一次，初叶正在与丈夫说话，可是其中没听她讲，想自己的事情，初叶突然捂着肚子，拼命呻吟叫唤，石其中着急起来，急忙把她背到车上，亲自开车把她送到医院。过了几天，初叶又自己坦白，说那次去医院，肚子没有痛。初叶原意是要与其中和解，不想其中一下子翻脸不认人，臭骂了她一顿，好几天不理她。

石其中一不理人就是好长时间，李初叶就怀疑他现在有钱了，变了心，自从石其中办了公司，李初叶就像一只睁大眼睛的猎狗。猎狗以嗅气味为特点，初叶也是从气味入手，先是感到其中身上有香水味，有时又有化妆品的味道，就开始注意起他的行踪。这一注意马上有了新发现，石其中的衣服脏了有个女工在替他洗，每天早上有个女工从县城给他带早餐。初叶就拿这两件事跟其中吵，越吵越厉害，石其中气得手脚发抖。

第二天早上，石其中明明看见早餐放在桌头，一转眼不见了，他问初叶："早餐你拿了？"

初叶说："那个女人买的早餐只配喂狗，我把它扔到垃圾桶了。"

"那你给我准备早餐了吗？"

"你的心不在我这儿，为什么要我给你准备早餐？"

石其中用闽南话骂道："臭查某（臭女人），像毛神狗（疯狗）一样乱咬什么？"

这时候，展示厅刚好进来三个穿着税务制服的人，石其中想尽快结束争吵。

可是李初叶摆出一副不胜不罢休的激情状态，指天跺地，咬牙切齿，把石其中往死里骂。那三个税务干部看得心惊肉跳，不辞而别。石其中更加愤怒，顺手抓了个石雕笔筒朝初叶扔过去，正好打在初叶的肩膀上。李初叶尖叫一声，抄起一根木头杠子，张牙舞爪扑打过来。这时，赶来劝架的员工从背后抱住初叶，石其中才幸免于这当头一棒。

二

石其中陷入深深的矛盾之中，想到她建厂之初在烈日下给运土车发运土票单，他就感到她爱这个家，是这个家庭的一员。想到她把他的早餐丢进垃圾桶，他就恨得牙根痒痒的。觉得她不配做家庭的一员，想到几年来从不停歇的吵闹，他从骨子里鄙弃她。真是应了叔叔的三不对的说法：恋爱不对；结婚时机不对，不了解对方的性格瞎结婚；生孩子时机不对。都是为了孩子，不然一脚踢了她就是。

李初叶没完没了这样闹下去，我石其中以后还有什么面子，还有什么威信管理公司？

石其中刚强果断的性格主导了他的决定。他决定与李初叶离婚。

石其中把这个决定对李初叶宣布，李初叶愣了一下，问："你要分给我多少钱？"

石其中故意让她开个大口："你说要分多少钱？"

"30万元，不，不，我要50万元。"

"给你38万元，分三次给你。"

三

李初叶抱着13万元钱，感到很异样，很虚幻，她不禁喃喃自语："钱啊钱啊，你们都是长耳朵长眼睛的，我跟着石其中从姑娘家走到现在，吃了多少苦，你们说说，你们说说啊。我今天拿了这么多钱，这是在做什么生意？我是卖了家庭，卖了丈夫才得到的。"

李初叶抱着这堆钱，感到一种威胁，拿了这些钱，自己一个人抱着这堆钱孤苦伶仃过日子？自己不会做生意，这些钱花着花着总有一天会花完的，到时候，丈夫没了，儿子没了，我要它做什么？为什么要抱着它啊，不行，我不离婚。

李初叶整宿整宿睡不着，从自己做姑娘时开始想，嫁入石家后，为何婆婆说她是虎伯母。她想自己，想孩子，将丈夫与别人比，丈夫的确比别人强，当年她有多苦，别人无法想象，她心有不甘，吃了那么多苦，现在让一个别的女人来顶替她，与丈夫睡在一起，她没那个度量，她咽不下去。

这天晚上，李初叶把钱照样用黑塑料袋装好，来到办公大楼她和其中住的房间，用钥匙打不开门，才猜测可能是其中把门锁换了。她坐在门前的地下，大放悲声。

石其中闻声赶来，对初叶说："你又中了什么风（疯）？"

"我不离婚，我要改正啦。"

"你如果嫌13万元太少，我明天去借，38万元一次性都给你。"

"我不是要钱，我不要钱啊。"

"那你想要什么？"

"我要家，我要你啊。"

"我们确实是性格不合，这日子没办法过下去了。"

"我改，我一定改。"

"到底有没有改，真金不怕火炼，我把你放在火里试一下不就知道了吗？"石其中很严肃地对李初叶说，"你说你能认识自己的错误？那你知道我爸是怎么死的？"

"他被电死的。"

"你如果不把管切台的师傅骂走，我爸会去管切台吗？不去管切台，他会死吗？"

"你什么都怪我吗？这样说你爸是我害死的啦？"李初叶跳起来大骂，现出她的本来面目。

"你看，你说你要改，就这样改？我明天把钱凑齐全部给你，不要再说了。"

"我不会跟你离的。"

"那你以后不准踏入公司和工厂半步，我会在九龙湾装修一个比较好的房子给你住。你如果敢来，我就把你从四楼窗口扔下去。"

"我死了，你也要挨枪毙。"

"哈哈哈，那也是你逼我的，你死了我立刻报案，说夫妻口角，你跳楼自杀。"

李初叶相信了，怵了。

石其中和颜悦色解释说："那些钱可以放在银行生利息，也可以放在公司分红利，等将来儿子大了照样叫你妈，将来他也会给你养老的。有那些钱，你不会有后顾之忧的。"李初叶沉默了。

李翠花找到儿子，对他说："初叶确实是一个虎伯母（母老虎），看在你儿子方达的份儿上，饶她一次，看她能不能改。"

"妈，我每天晚上都要在办公室坐，等到她睡实了才敢进去你知道吗？"

"她会把你吃了？你不会干脆躲开，住别处？"

"半夜初叶睡醒见不到人，就一定要找到我，而且会闹得你屋子都没有屋盖，她会没完没了跟你吵到天亮，长期这样吵下去，我命都会没了。"

李翠花沉吟良久，说："这样啊，这样就没办法了。"

第十二章

巧得天眼怜其困，意中人转成邻家女

一

石奇伟入党这一天刚好是他的生日，郑雅惠说今天晚上一定要好好庆祝一下，石奇伟认为入党应当低调，生日倒是可以喝喝酒，买个蛋糕庆祝一下。石奇伟抱住郑雅惠，手摸着她的肚子说："小子，你明年该会给你爸唱生日歌了吧。那时候你爸就是正式党员了。"郑雅惠噗嗤笑了："明年还不行。"

"那就后年吧，那时候，你爸该是村长了。雅惠，我心里最过意不去的是咱俩至今也没能风风光光办个婚礼。"郑雅惠安慰他："我爸不让办，等你当上村长那天再办。风风光光地办！咱们奉子成婚。"

"对，那时候一定风风光光地办！"

晚上7点左右，除了大哥出差，两个妹妹和母亲都来了，郑雅惠的母亲也来了，大家为奇伟的生日举杯，琪香说："我今天听见人家在议论，说二哥你入党了，是真的吗？"

郑雅惠点点头说："是真的，你二哥说入党要低调，不能宣扬。"

琪香说："不宣扬，但是我和琪玉敬你一杯。"

石奇伟说："来，来，一个一个来。"

二

石其中听琪香讲，她看到的那个身子像树根，顶上有洞的神奇的石头，就想亲自去招摇山梦幻城看看。他戴上碧玺，来到琪香的小屋，摇摇晃晃来到梦幻城，可是他走遍全城，也没看到那神物，只好来到黄教授的学馆。黄教授告诉他："那个石头叫'天眼'，是开漳圣王父子在九龙山被困时，三公尊王点化为唐军出米出面粉的神石，它是有灵性的，只要兵士手持器皿近前。它通人性似地矮下身子，从顶端的圆洞里汩汩流出米来，只要你去接，它就流，你离开它就停，你说是不是有灵性？开漳圣王父子带兵离开后，当地一个恶霸找到'天眼'，把它搬回家，大声喊叫让它出米，它不为所动，恶霸叫家丁拿大锤要打碎它，天上突现祥光，一只'天眼'高悬，瞬间飞入石头顶端的洞洞里，石体缩小成一根猪股骨模样，门外冲进来一只白狗，一口叼走，恶霸命家丁追赶，却不见踪影。村人见者奔走相告：'天眼''天眼'，因此，这个神石后来就叫'天眼'。"

"它在梦幻城每月初一、十五才会出现，你今天怎么会看得到？你如果在世间把它发掘出来，可获得一千五百赞。"

石其中听了黄教授的话，很高兴地说："我一定把'天眼'发掘出来。那两边的对联是不是指九龙湾的三花？"

"你自己慢慢体味，如果我全告诉你，那就没有一千五百赞了。"

"好好好，我懂了。"

石其中等到七月初一这一天，又一次来到梦幻城，果然让他看到"天眼"，这件神物估摸有一吨重，高约一米九十多厘米，加上玉雕底座，就显得更高了。那个洞是通透的，看着没有东西，矮下来以后却会从洞中流出液体。按这件神物的离奇结构，在九龙璧石种中排名也是很靠前的。石其中在心里默念："你别躲着我，你要让我找到你。"

三

石其中管理公司，闲暇的时间十分有限。有一次郝君洛来到唯美公司，看到员工事无巨细都要找他请示，于是提议他聘请一个总经理，而他自己当董事长，跳出来把握大方向，这样也许会双赢。石其中思考再三，终于聘请了一个浙江商学院毕业的大学生来当总经理管理公司。

这一天，石其中忙里偷闲，骑上摩托，来到北溪九龙湾的三花河段。满滩白花花的九龙璧奇石，该怎么找呢，石其中找了一块石头坐下，在心里默念："天眼，天眼。"然后站起来，任由意念指挥着双脚，心里有个声音在说："往前，再往前。"就这样，他来到几个大石头互相顶牛形成的一大石洞里，洞里大小石头很多，很杂乱，他用小钢钎撬动它们，一个一个地筛选。找了半天却一无所获，当他来到公路边的摩托车旁边，毫无来由地站了一会儿。这时，一个人骑着摩托驰过，他仿佛看到摩托的后座上绑着一个石头，与"天眼"很像。石其中赶快骑上摩托，箭一样追上去，原来是同村的一个大叔，后座上绑的果然是"天眼"。他心里想，今天这个石头无论多少钱都要把它买下来。他骑着摩托与大叔并行，说："叔你今天只捡到一个石头啊？"

"是啊，不知道够不够工钱？"

"你要多少工钱？"

"半天50块总要吧。"

"你把石头卖给我，我给你100元。"

"好。"大叔把摩托车停下来。接过一张淡蓝色百元大票，把石头解开递给石其中。

石其中太高兴了，他终于找到"天眼"，但它太小了，高才30厘米，整个石头也差不多只有十来斤。"难道变成骨头模样被天狗咬走的就是你？"石其中不知不觉眼泪涌了出来，"你在梦幻城是那么伟岸，那么神奇，在我们世间你是受足了委屈吗？要不，你是'天眼'的孩子？那你爸在哪里受苦受困呢？"

他把一件神奇的九龙壁奇石埋在深深的乱石堆里当成它在里头受苦受难，所以每挖出一件好石总是欣喜若狂。如果能找到在梦幻城看见的那件高大的"天眼"，那这一大一小配成的一对就是绝世奇石啦。

四

郑雅惠没有考上大学，但她毕竟是个高中生，而且她有思想，这就有别于普通的农家姑娘，她虽然没有正式嫁给石奇伟，可是她已经把这个临时的家当作她的安身立命之所了。

她第一次认真审视了村里人从河里捡回来的九龙壁奇石，那么光滑，那么滋润，2000年之前人们叫它九龙璧，2000年后专家将它定名华安玉，国石候选石排在第九位。

郑雅惠看到了九龙璧奇石独特的前景，她是本县第一个开奇石店的人。

石奇伟也是个有思想，有眼光的人，他贷款安装了一台切石的机台。村民已经有不少人下河捡石，通常九龙璧奇石是很有变化的，但不可能都变化得恰到好处，往往一头有山形另一头就圆溜溜的，石奇伟向他们收购那种一二百斤的原石，安在机台上一切，有山形的做一个底座套上去，一座很漂亮的切底山就呈现在眼前，买的人不少，还很抢手呢。圆溜溜的一头扔成一堆，也有人买去贴围墙。

郑雅惠"九龙湾奇石店"对外经营石奇伟切的假山，有一座山的山峰是斜的，这时来了几个客户，其中一人说："你这座山怎么是斜的？"郑雅惠说："正的你没感到很单调吗？斜斜的才显出英雄气呢。"其中一个同伴说："你看，她那么会说话，难怪金链子那么粗。"郑雅惠说："我那金链子是假的。"另一个客户说："假的拿来送给我。"郑雅惠："假的怎么好意思送人呢？说闲话没用，你来看这山峰像牛的犄角，牛角不是斜的吗，斜山可以驱邪。"那个看上这座山的客人说："这样说也有道理，最低价多少？"郑雅惠说："实话实说，600赚一点点，500就没赚了，不可能卖。"那客人说："那就算550吧，包起来，要扎好。"客人付了款，抱着石头走了。石奇伟从门外闪了进来，郑雅惠说："你也不早点到，帮我包石头。"石奇伟说："我刚才在门外被你做生意的技巧迷住了，挪不动腿了。"郑雅惠扑过去擂丈夫的背："你坏，你坏。"

五

郝君洛的母亲对儿子说："儿啊，你不赶快替我娶个儿媳进家门，我就老了，没法帮你带孙子了。"

"妈，你喜欢什么样的儿媳呢？"

"儿媳啊，每天晚上都来找妈呢。"

"是吗？我怎么没看见呢？"郝君洛大吃一惊。

"她在我睡着的时候来，我醒了她就走了。"

"那她是谁？长什么样呢？"

"咱们隔壁的李素华，她很乖呢。"

"我不喜欢李素华，你觉得你干女儿好不好？"

"憨孩子，她好是好，但人家还是学生娃呢。李素华虽然从工厂下了岗，人家开店卖衣服呢。琪玉如果去读大学，那还要多少年才能让你等到，那时候人家要是看上别人呢？你会丢在半路呢。李素华呢，她乐意当我的儿媳，明天娶进门，我明年就有孙子抱啦。"

妈妈这些想法以前君洛不清楚，现在知道了感到很郁闷。这一晚，他失眠了，他想起前一段与琪玉的一段对话。

石琪玉问郝君洛："大哥哥，你什么时候给我找个大嫂子呢？"

郝君洛没有思想准备，一时不知道怎么回答，脸憋得通红：这么多年，她难道不知道我的心意？郝君洛突然灵机一动，说："我想让你自己当自己的嫂子。"

琪玉说："什么意思，我不明白。"

郝君洛如获至宝："我的意思是不让其他谁谁来当你的嫂子，我想让你自己来当这个嫂子，行吗？"

"我是你妹妹啊。"

"有个小品你记得吗，有个小姑娘说：'我奶奶交代，出门不要跟人家哥哥妹妹的。'这句话的意思是说，哥哥妹妹就是谈情说爱。"

"你坏人，故意绕弯子。"

琪玉从来没有真正把郝君洛当哥哥，也没把他当过别的什么，如今他这样表白，虽然曾隐隐约约感觉到一点什么，但仍然使她有点措手不及。

她的心还是懵懵懂懂的，还没有给她生命中的男人留下一个位置，她的心田还是一片空白，现在突然在这片空白中冒出一个男人，而且这个男人声称可能要与她过一辈子，这要让她如何能够接受？她还想去读大学，她以后人生的道路还很长很长。她也无须思考，回答说："我更愿意叫你大哥哥。"

"我早生17年，就是为了辅助你，教你更多！为你铺垫，让你的将来更幸福。"郝君洛说得很诚恳，泪花在眼眶里打转转，他是动了真感情的。

"可我不愿意年纪小小就绑在一棵树下不能动。"

郝君洛沉默了，他还能说什么，说我供你读大学，我等你毕业回来再结婚？显然这些话没有什么底气，说出来琪玉也不一定能接受。

六

郝君洛的母亲突然病了，这让郝君洛措手不及，他把母亲安排住进医院，外面还有许多事情需要他打理，他不可能时时刻刻守住母亲。他正想请一名诚恳又勤劳的护工，李素华突然出现在医院病房，一见郝君洛就埋怨说："惠婶住院怎么也不说一声？你自己忙得过来吗？"

李素华两句话说得郝君洛心头暖暖的，他说："我是忙不过来，正想请一个护工呢。"

"请什么护工，我来照顾她就是了。"

"那你的店呢？"

"店关几天有什么关系，惠婶重要。"

郝君洛为她的爽快感动，这才仔细把李素华从上到下瞧了一遍，发现这个女孩长得很丰满，胸部高挺，五官也端正柔和，皮肤也还过得去。

郝君洛拿了500元钱给她，李素华不收，推来推去，自有肢体接触，郝君洛感到有一股电流传遍全身。

后来，老人发话："素华你收下，我需要点东西你好去买呢。"李素华这才把钱放在口袋里。

过了几天，蔡惠莲病情日见沉重，说话都有点困难。郝君洛慌了手脚，老人把李素华和君洛一人一只手拉在一起："我走了之后，你们俩要在一起，结婚，结婚。"两个人一起点点头，老人说："一定。"两人更使劲地点头。

蔡惠莲毫无遗憾地走了，石其中和石琪玉都来帮忙，忙了两天，老人终于入土为安。

7天后，按闽南"热孝"的风俗，郝君洛和李素华结了婚。

第十三章

追根溯源除心病，"跑路"抱得美人归

一

石启强来到深圳以后，日子并不好过，倒不是生意有多繁忙，而是心灵得不到安宁。每一天夜里都会做一些莫名其妙的梦，不是梦见被人追赶，就是梦见被日本鬼子砍头，要不就是到法院当被告。那12万元成了他的心病，如果可以还款，他宁愿还给失主。可是，他没办法找到债权人，他也不能去找债权人。他不知道债权人还在不在人世。

窦清芬帮助石启强建成万家福超市后，她心里喜欢石启强，每每有空就过来看看他，一来二去过了好几年。窦清芬感到很奇怪，据观察，石启强对她是有好感的，可为什么总是云里雾里，躲躲闪闪？有一天，她鼓起勇气对石启强说："我们如果能够做男女朋友，你是否应该请我去你老家见见你的父母？"石启强慌了神，本想编一番话搪塞，转而一想，既然我喜欢她，她喜欢我，就应该实话实说，共同面对。于是，他把自己来深圳的离奇经历告诉窦清芬，并说："因为这件事没了结，我不敢对你表白。怕连累了你。"

这个台湾女孩惊讶得张开的嘴久久不能合拢："这可能吗？这简直是电视剧啊。"

石启强说："就是这种情况，我不知道后来怎么回事，不敢回去，也不敢联系我哥。我的心也没有一刻清静。"

窦清芬安慰他："你是捡的，不是偷的抢的，这在我们那边根本不是什么大不了的事。要不这样，我扮记者替你回去看看。"

窦清芬这样说有她的小算盘，她想去暗访一下石启强的根底。

"你自己一个人能行？"

"你也太小瞧人了，我是特区报的兼职记者，记者是神通广大的，这个世界上还没有哪个地方是记者走不到的。"

这之后的几天，窦清芬去特区报社拿到了记者证，石启强详细画了几张路线图，并交代窦清芬尽量保密，不要惊动家里人。还给大哥写了一张简短字条，以防碰到什么解决不了的问题，到最后关头拿出来请大哥帮忙。石启强想得实在周到。

二

窦清芬到漳州稍事休息，就来到了九龙湾。想想不妥，又改变主意从九龙湾赶往县公安局，了解1995年9月九龙江畔的车祸案件。县公安局办案人员告诉窦记者，那起车祸中的两个人都溺水而死，车主尸体家属认领回去处理，另一个人头脸被河里的鱼啃得模模糊糊无法辨认，后来与一个报案失踪很久的人对上了号，他的家属领回去处理了。

窦清芬走出公安局大门，兴奋得差点掏出手机打电话告诉石启强说这个事了结了，转而一想，应该去九龙湾走走再说。县报道组请窦记者共进午餐，稍事休息，下午两点半，用小车送她采访九龙湾村委会。路上，窦清芬听到了石奇伟捐款10万元的故事，便有意无意地打听起石家的事，知道石启强的父亲已经过世，石其中办了唯美公司，石奇伟要参加竞选村长。石家兄弟还真是挺有作为啊。

窦清芬故意问："听说他们兄弟还有人贩卖假烟？"

"那个排行第三的，就是因为假烟被工商局查封，外逃了，不知道去哪里了。"

窦清芬在九龙湾村委会有意引导被采访人谈论石启强，但听到的都是正面评价，并表示可惜不知道这孩子"跑路"（外逃）到了哪里。

既然要办的事情都搞定了，窦清芬感到没必要去见他家里的任何人，随即启程回深圳。

三

窦清芬回到深圳故意不告诉石启强到达的时刻，她很想看到他听到好消息后的傻样子。

窦清芬来到超市，石启强马上领她进了办公室并随手关上门。窦清芬简短讲了经过，说："没事了。"石启强马上紧紧地抱住窦清芬，一起半躺在沙发上，使劲乱吻，手乱摸。

窦清芬含混地说："你还没求婚呢？"

"我这就求，这就求！说着单腿在沙发前跪了下去。"

"不行，我爸还没同意呢。"

"我这水闸关了好几年，关不住了，今天要泄水了。"

窦清芬也禁不住石启强的激情喷发，浑身发软，于是，两人便销魂蚀骨地绞在一起了。

四

农历八月初八，石启强带着窦清芬回到九龙湾。

九龙湾沸腾了，原来石启强不是"跑路"，而是去深圳娶了漂亮的台湾姑娘回来了。石家门口围了许多人，老的老，少的少，石启强和窦清芬请大家进屋喝茶并散发糖果给大家。还有人指认："那不是前不久来咱这里的记者吗？"有人回应："对啊，是她。"

石启强与窦清芬商量一下，留下窦清芬与母亲李翠花谈心，石启强赶快跑到工商局接受贩卖三箱假烟的处罚并交了罚款，承认错误的言辞很诚恳，工商局领导同意将这一起案子结了。局长听说石启强在深圳开超市，很是勉励了一番。

石其中也来与弟弟聊天，问起当时怎么会在摩托车的电池箱里留字条，石启强说："一时着急，急中生智。"

"着什么急，是因为那三箱假烟吗？"石其中不相信弟弟是因为贩卖假烟案外逃的，他觉得其中另有隐情。

石启强十分警惕，说："那时年纪小，没经过事。"

"你坐几点的车去深圳？"

"下午3点。"

"工商局来查封你的店是下午5点。那你是未卜先知？接货人是咱爸不是你。你跑什么？"

大哥不愧是大哥，什么事能瞒得了他？真相不能告诉他，但你需要自圆其说。石启强终于开口说："我早想去深圳闯荡，说服咱爸有困难，才出此下策。"他说话时镇定自若，无懈可击。

石其中告诉弟弟："那块大石头因为抢救父亲被奇伟卖了，抢救和丧事花了47000元，剩下提取10000给妈当零花钱，咱仨每人分得33000元，你那一份在我厂里，你这次要取走吗？"

"不用，我暂时用不着。"

"那就先放我厂里，每1000元算一个股份，以后给你分红。"

接着他们一家开始商量他和窦清芬的婚事。

石启强说："涉台的婚姻手续比较麻烦，等办好手续再说。"李翠花不赞同这个说法，她拿主意说："我们先不要请客，你和清芬穿上咱民间的婚服，我领你们俩先去拜祖宗。"石启强还想争辩，窦清芬反而劝他随俗。石其中说："你已经逆过咱爸的意私闯深圳，现在就听妈的吧。"

闽南每婚必做"新娘"（一种古老的民间结婚仪式），即新郎官要穿浅蓝色长衫，头戴礼帽；新娘子则凤冠霞帔，如戏台上古装小姐扮相，双双拜天地，拜祖宗，十分隆重。民间只认这个为结婚大礼，其他手续啦、仪式啦那是年轻人的事，他们不管。

李翠花把石启强和窦清芬按风俗打扮好，带他们在大门口拜告天地，又到祠堂给祖宗行过大礼。

李翠花笑着对窦清芬说："不管你们什么时候办好手续，从现在起，你们给我生多少个孙子，都合祖宗的规矩了。"

窦清芬也笑了，原来婆婆想的是这一层。

第十四章

鼠目寸光憾失巨璧，一追到底神石回家

一

新千年已经近在咫尺，县委县政府开始筹备"首届中国华安玉奇石节"。拟在跨千年之际举办这一活动。石亦辉临时抽调参与筹备工作。主要是将一片旧厂房改造为奇石展览场所，邀请国家级专家研讨"华安玉"，邀请若干省市书法家协会会员举办一次现场书法笔会，要在2000年元旦如期举办"首届中国华安玉奇石节"。

地矿局放出风声：从11月份起到石展期间不下河抓采运奇石的人和车了。原来下河采集奇石都要东张西望，看有没有地矿局的人埋伏在河边的杂草丛中、小树林里等着抓人罚款，这一段时间放开了。九龙湾奇石村沸腾了，男女老幼，能走能动的都下河搬运石头回家。也确实有人借此赚了钱。也有人借此扬了名，比如九龙湾的龙隐洲。

二

龙隐洲对自己这个名字有很高的期望，他经常对人说："我家姓龙，我爸给我起这个名字是大有深意的，你想，龙隐在洲里，是不可能长久的，总有一天它肯定是要飞的。"

龙隐洲父母早亡，单身一人，爱赌六合彩，目前比较穷，但是他对自己有信心。他在李公坪公路旁开了一间奇石店，因为没有本钱进货，就自己下河采石，所以生意很平淡。但是，他有他的经营方法，他三个石头100元也往外卖，美其名曰："我这是批发的，别人那是零售的。"因为贱卖，生意还是不错的。

有一次，石奇伟看中龙隐洲的一块石头，说好1000元，先给500元当定金，晚上，龙隐洲却把500元拿到他家，说："那个石头我亲戚要了，定金还给你。"石奇伟大怒："你这样以后怎么在石头界立足？"

"我明天不捡石头了，要去做工啦。"

石奇伟拿出一张纸和一支笔，说："你把你刚刚说过的话写下来，签上名，我拿它在村布告栏贴上三天，三天后算你反悔成功。"

龙隐洲支支吾吾地说："我那亲戚说那石头不止值那个数。"

"我那个有洞的大石头卖了16万元；16万元，够多了吧，可我大哥说不止那个数。石头这东西，你说一百，我说不止，要二百，这有个准价吗？就像以前你妈做粿，大一点也是粿，小一点也是粿。'麻糍手里出，大小不一定'，说的就是这个意思，你知道不知道？做生意讲究的是'诚信'二字，你反悔一桩生意，就会失去一批客户，知道吗？"石奇伟拍拍纸和笔，"写吧，你不写？那你不准跟我反悔。"龙隐洲喃喃说："好吧，不写了，听你的。"他就是这样一个人，服硬不服软。

龙隐洲每次出门，即使有钱，也全部放在抽屉里，口袋里只放5元钱，奇石村里的人都知道他的习惯，背后都叫他"五元钱"。

这天临近中午，龙隐洲揣了5元钱出门，在李公坪卤面店吃了一碗加了很多料的卤面，付钱时龙隐洲照例递过去5元钱，老板说："12元。"

"差7元，明天付。"

"不行，今天付，明天你走了怎么办？"

"哇，我又不是明天会驾鹤西去，我会来还的。"

店主不肯，两人继续争执。

旁边一个吃面的看不过去了，替他付了7元钱。龙隐洲感动极了，握住吃面客人的手，说："我叫龙隐洲，你这样仗义，解我燃眉之急，实在感谢你，走，到我店里泡茶！"

"我叫蔡启勉，好，去泡茶。"两人久久握手。

蔡启勉参观了龙隐洲店里的石头，啧啧称奇。

龙隐洲说："你如果喜欢石头，我朋友家里有一个很好的石头，要卖900元，可惜我没钱买。我带你去，咱们算合股，卖了钱，刨去成本，利润一人一半好不好？"

蔡启勉很豪爽就答应了。

龙隐洲的小算盘是："如果赚钱，我得一半；如果亏了，本少爷我毫发无损，这种买卖何乐不为呢？"

随后龙隐洲带着蔡启勉来到九龙湾的朋友家。家在县城的蔡启勉这时对石头还懵懵懂懂，但他有赌一把的豪气，便掏出900元把石头买下。二人一起把石头拿去喷沙，原来这石头早期经过很好的水冲，只是后来沾满泥沙，夹了一层风化物。高压枪里喷出来的细沙唰地一下把风化物除掉，还给了它梦幻仙境的本来面目。

龙隐洲连呼发财了、发财了。

石头放在店里，第二天，这块"梦幻仙境"以18000元售出。刨去买石成本900元，喷沙10元，二人各分得8545元。

一天收获8000多，这样的暴利把蔡启勉镇住了。

一星期后，蔡启勉对龙隐洲说："我想了好几个晚上，我决定做石头生意。"

龙隐洲侃侃而谈："收石头靠眼力，买对了赚钱，买错了交学费。你不要一听就被吓住，开头嘛，先玩便宜的，入了门再玩贵一点的，玩精了再买大卖大的，这样子包你万无一失。"

这一番掏心掏肺的话把蔡启勉感动得喉头发紧。他有点忐忑不安地说："要不你这里的石头先转让几个让我玩玩？"

"可以可以，你挑，你挑上的价格由你定，你说多少就多少。"

"这、这怎么可以？"

"可以，怎么不可以？你说出来的价，如果够本就给你，不够本我就叫你再加点，我相信你是不会让我亏本的。"卖家做到这样，蔡启勉还有什么可说？就这样蔡启勉买了龙隐洲五块石头，花了1500元。回家以后，蔡启勉愈想愈觉得有问题：龙隐洲知道石头的底价，我价出高了他不说，出低了他叫加价，这样我占输他占赢啊。不行，我要亲自下河去采石头。于是，两个人合作下河采石。

三

地矿局开放让人下河采石，二人结伴而行，这是很特别的一天，龙隐洲眼尖，看到一棵倒垂的老树下有一个大石头像一座大山，可是石头太大了，把它搬运回家肯定要花不少钱。龙隐洲又打开了小九九："我应该在这河滩做买卖，把这个石头卖给这个憨仔，那我今天就稳赚了。"于是他开口说："这个石头可能很值钱，今天嘛，见者有份，就算咱俩股份，一人一份，运这个石头回去可能需要900元，一人要出450元，但是我呢，没钱。"

蔡启勉说："你前几天不是刚分到8000多元吗？"

"还债，都还了，还了六合彩赌债啊。这样，我呢，出不起钱，干脆把我的股份卖给你，算500元，行不行？"

蔡启勉被他这么绕来绕去一说，有点晕，但很豪爽地答应："行！"当即把500元给了龙隐洲。又说："你帮我筹划筹划，是不是用风钻把它钻掉一半再抬回去，可以省不少人力。"

"不要啊，你如果钻坏了，就财本无归啊。这个要请人来吊，吊到公路边就可以装车了。整块完整石运回去用大切把多余的切掉，这样才保险啊。"

四

那一天，吴步宁正好看到一辆土车运来一座山形石要切底，是蔡启勉的，吴步宁一看魂飞天外，这座山形石切好了与招摇山梦幻城外右手边的那一座山一模一样啊。哪有这样的巧合，这座山形石肯定是个宝贝，吴步宁当机立断，与蔡启勉砍价，最后以3900元成交。2000年前，工匠一天的工钱才30元，净赚利润是一百天的工钱，那不是小数目啊。当晚，九龙湾村里茶余饭后都在谈论这桩买卖，这个晚上最难以入睡的人要数龙隐洲了。

吴步宁把山形石按照招摇山看到的样子切好，请木匠师傅做好底座，看到的人无不啧啧称奇。漳州、厦门的奇石客商听到消息络绎不绝来看这座大山，争相出价，可是吴步宁不松口，他相信奇石节将近，肯定还有惊喜在后头。

五

石其中为小"天眼"配了个底座，放在寝室的桌头，这一天晚上，石其中梦见小"天眼"变成一小娃娃，对石其中说："快救救我爸爸，他明天就要被卖到很远很远的地方去啊。"

第二天早上，石其中开着新买来的桑塔纳顺着沿江公路开开停停，双眼滴溜溜注意河边的动静。当他的车停在三花路口，前面一辆运石头的车刚刚开走，他赶紧下车，问帮忙装车的人："石头是不是有一米八九高，顶部有个圆圆的洞洞？"

"是啊，你看过？"

"现在要运到哪里去？"

"漳州的客人买走的，现在要运到漳州去的。"

"卖了多少钱？"

"8800元。"

石其中赶快上车，发动汽车紧紧追了上去。

石其中开着车紧追，在"热水"路段终于追上了运石头的微型车。在石其中招手示意下，运石车停在路边。石头主不在车上，运石头的司机说："你有大哥大吗，赶快打石头主的大哥大，9078181。"石其中爬上车看石头，顿时心脏狂跳不止，正是招摇山梦幻城看到的那个神物，跟家里的小"天眼"正好是一对父子。石其中想，今天无论花多少钱都要把它买回家。

石其中打通电话，说明意思，等了十几分钟，石主开着车返回来了。两人展开了一场讨价还价的谈判："你花8800元买到手，要赚多少钱？"

石其中一下捅出底价，对方支支吾吾说不出话。

"这样，1000元给你赚。"

"说什么笑话？"

"你想赚多少？"

"5000元。"

"3000元给你赚。"

"4000元，没有这个数要运回漳州了。"

最后以12800元成交。

石头运回九龙湾，在石家门口树立，顿时轰动了整个村子，卖家叹惜"要是多留一会儿卖给石其中就多赚4000元啊"。琪香站在"天眼"前，兴奋不已，久久舍不得离去。

石奇伟看了石头也十分兴奋，说应该搞一个华安玉奇石回归仪式，石其中不同意。不知石奇伟怎么鼓捣，居然请来了县电视台拍了专题片：叫《母亲河的宝贝归家啦》，在县电视台播出了好几次。"天眼"父子在县城引起了不小的轰动；想不到弟弟还有这样的活动能力，石其中自是对弟弟另眼相看。

第十五章

以退为进合人心，上层支持重民意

一

今年九月，九龙湾村委换届选举，石奇伟决定要参加竞选。如今距九月还有近两个月时间，但还有许多需要打点疏通的事，比如发动村民代表提候选人啦，找镇领导请他们研究候选人时多多提携啦等等，这些细枝末节石其中都包揽了。他需要弟弟去政界混混，为家族保驾护航。村里有一股谣言像风一样流荡，说石奇伟当初带头捐款就是为了竞选村长，多数人则为石奇伟喊冤叫屈。有的人碰到奇伟，殷勤询问："这是怎么回事？怎么会有这种说法？"

石奇伟摆出架子，说："我也莫名其妙，人家爱说，由人家说去吧。"

这天下午，奇伟来到琪香的饭馆，琪香问起这事，奇伟说他也很苦恼，不知道该怎么办。琪香把他拉到小屋，从抽屉里拿出碧玺绕在奇伟的手上，说："你快去梦幻城问问黄教授，他会告诉你办法。"

"怎么去？我不会。"

"你戴好碧玺，坐在沙发上，闭上眼睛就可以去了。"

可是，奇伟遵嘱坐了好久，没有任何动静。琪香也感到很奇怪，说："你把碧玺给我，我去看看。"

琪香来到梦幻城黄教授的学馆，打听二哥竞选村长的事，黄教授说："以退为进，功德自成。"又问二哥怎么来不了梦幻城，黄教授说："他带头捐款获得二千赞，卖了鱼化马石被扣了三千赞，欠了一千赞，来不了啦。"

琪香回来后告诉二哥，奇伟惊讶得合不上嘴："这么说大哥说鱼化马石是开漳圣王的宝物是真的啦，早知道再穷也不能卖它。妹妹，你要记着，关于鱼化马石不能走漏任何消息，以后如果有条件我要再把它买回来。"

琪香点头称是。又叮嘱："黄教授说的那八个字你要好好想想啊。"

二

石奇伟终于悟出黄教授八字真言的深意，在村里走动时，有人谈起竞选的事，石奇伟装成痛心疾首的样子："人家既然这样说，那咱们就退出，不参加啦。"

听的人比石奇伟更加痛心疾首："你别傻，怎么那么轻易就认输呢。"

石奇伟心中暗笑：我要的就是这种情绪和效果。于是，村里传言说石奇伟要退出竞选，茶余饭后大家谈论都觉得可惜。其实，石奇伟要参加竞选村长只是放出去的一个风声，是舆论层面的一个策略而已，真正的候选人要等选举公告公布出才行。

这天晚饭后，石奇伟骑着摩托车来到县城办事，在河堤边听到有人在叫小石，停下车一看，原来是县委邹书记在散步。石奇伟赶快停好车，毕恭毕敬地说："邹书记好！"

"小石呀，来县城办事啊，"

"是啊，是啊。"

"这次参加村长竞选有没有信心呀？"

"邹书记啊，不是我爱打退堂鼓，我不参加了。"

"怎么回事，说来听听。"

"村里放出风声，说我当初带头捐款就是为了今天竞选村长。请问人一生下来就知道以后要干什么吗？太奇怪了，既然人家不喜欢，我不参加就没事了。"

"这是你的真实想法？说说你的想法。"

"我只是想让村里不管什么事都不要暗箱操作，做事光明磊落，为村民办点实事。"

"你说说看，假如村民把你选上了你有什么施政设想？"

"我先讲四点：一、把九龙湾建成奇石村，2000年后奇石上互联网展示。二、建一个奇石、工艺品大市场作为奇石工艺品交易平台。三、村里的水漫桥贻害无穷，已经失去两条人命，一定要在九龙湾建一条正规的跨九龙江大桥。四、改水果散点收购为合作社统一收购，这样对外才有竞争力。"

"这四点就不错嘛！你先别忙着退出，让村民做个民主选择嘛。"

"我怕引火烧身啊。"

"真金不怕火炼。"

"邹书记批评得对。"

石奇伟辞别邹书记，骑上摩托车回家，心里增加了不少底气。

三

这一天是星期天，石亦辉吃过早饭正跟一个朋友聊天，传呼机突然响了，一看是村支部的电话，连忙打过去，原来是李清湖书记说想跟他说说话。李清湖在九龙湾当了十几年书记，石亦辉与李书记的交情比较深，20世纪80年代初，李书记还没当书记时曾暗示过想把女儿嫁给他，石亦辉笑笑，不拒绝也没答应，没两个月，他女儿跟一个外地人私奔了。这件事就这样不了了之，也没伤害李清湖和石亦辉的感情，反而是李清湖觉得对不起石亦辉，两人心照不宣却形同亲戚，之后每次见面，表面上没有客套，骨子里却很客气。石亦辉结婚时李书记还包给一个120元的大红包（那时候的红包一般都是4元）。当然，石亦辉在李书记小女儿出嫁时也回了一份大礼。

石亦辉来到村支部，李书记客气迎接，两人先东南西北扯了一通，李书记突然说："你哥做人不错，可惜出了这么个不该出的意外，现在呢，只有你这个当叔叔的说话有分量了。"

石亦辉不知道他葫芦里卖什么药，只好实话实说："其中跟我走得比较近，其他几个接触不多，我也很少过问他们的事。"

石亦辉在踢皮球，李清湖也只好实话实说："是这样，听说奇伟这一次换届想参加竞选村主任，我想请你出面跟他谈一谈，这一届镇里的意思是想让李世杰当第一候选人，然后叫李树军陪选，当第二候选人。这次没考虑奇伟，我的意思呢，奇伟先当个村委，进步嘛，一步一步来，你看呢？"

"是吗，我倒没听说什么，我去了解了解再跟你说。你这个意见也是出于对奇伟的爱护。"

"是啊，你想，如果霸王硬上弓，得罪了镇里，也不好工作嘛，是不是这个道理？"

石亦辉连连称是并借故告辞。

石亦辉首先去找石其中，刚一开口询问，石其中就说："是李书记找你谈的？"

"你怎么知道？"

"这时候最着急的就是村里和镇里了。"

"他们的意见是这样，你的看法呢？其中你说心里话。"

"奇伟他有这个想法，我想我们应该支持他，我看他有点能力。"

"李书记是想让奇伟先进村委。"

"现在他在群众中很有基础，只要再做点工作，选上的希望很大。"

"那我知道了，你们去弄吧。"

叔叔走后，石其中苦思不得良策，按照镇里的考虑，奇伟不作为候选人，这就不好办了，如何破解这一难题呢？只好打奇伟的手机，把弟弟叫来。

石奇伟说："在这种情况下只有走上层路线了，但是，我已经向邹书记夸口了，说我要退出竞选村主任了，现在也不好去找他。"

"看来只有我去了。"

四

石其中左思右想，邹书记不太熟悉，硬去找他也不好开口。正在为难之际，县政府办公室打来电话，说明天下午3点，县长要到唯美公司现场办公。

第二天下午3点，县长如期来到唯美公司，县长是从农村走出来的大学生，没有官架子，说话很随和，问石其中有什么困难。

石其中说："其他倒没什么，我有1000万元贷款要到期了，如果到期还不回去，银行会不会给我断贷？"

"一般不会的。"

"川峰钢铁厂倒闭不就是断贷吗，想起来不寒而栗啊。"

"钢铁产能过剩，属于优胜劣汰的企业，你不一样，玉雕是朝阳企业。你如果担心，县政府给你保驾。"

"有县长这句话，我当然放心。我还有个问题不太理解，想请教县长。"

"你说。"

"这一次村委换届，比如有很多代表联名提候选人，但镇里不同意这个人选，该怎么办？"

"发扬民主，尊重代表的意愿，多个候选人让群众选嘛，你是说九龙湾村吗？"

"是呀，是我弟弟，我都不太好开口说话。"

"自古有'内举不避亲'的提法，何况你只不过是反映情况而已，最后的决定权在群众手中。"

"我弟弟前天在街上碰到邹书记，书记还问起这事呢，书记也叫我弟弟不要退缩，让群众发扬民主。"

"哦，那我回去跟书记碰个头，这可是发扬民主的一个典型事例。"

"谢谢县长，我弟弟他有这个积极性，要是我，才不参与呢。"

"你的事业这么大当然不可能，当村主任是要讲奉献的。"

第十六章

天上馅饼有来历，失之交臂悔恨迟

一

　　九龙湾村的选举波诡云谲，第一候选人李世杰派出他的亲戚、亲信挨家挨户走访，只要表示要选李世杰当村长，马上每人发给50元。石奇伟得到这个消息后，心里说："完了完了，我哪有那个财力！即使大哥愿意出这笔钱，我也不敢接受啊，2000选民，过半要1000多票，每人50元就是5万元啊，去年万元户还上街游行呢，5万元是多大的钱啊，我只不过想为村民办点事，哪需要付出这么大的代价啊？"

　　选举前十天，县电视台两个记者扛着录像机和录音棒来采访石奇伟，说要做一个关于选举的节目，石奇伟受宠若惊，天上怎么会掉馅饼？没有去运作哪来的这等好事？他赶紧请记者喝杯茶，然后跑到门外打电话告诉大哥石其中。

　　大哥很严肃地告诉他："准备一下，一定要好好说。"石奇伟嘴上答应大哥一定认真准备，其实他认为无须造作，实话实说群众才爱听呢。

　　石奇伟面对录像机是这样说的："我本来想为村里办点实事，提出参加这次选举，村里有人风吹沙子揉眼睛了，说我当年带头捐款10万元就是为了今天选村长，我们今天会知道明天会发生什么事吗？今年能知道明年的收成吗？我老婆怀着孕我知道她要生男生女吗？这是多么可笑的说法，村里有人为了选举，说选他的人每人发50元，过半票要5万元啊，这钱会白花吗？我不说大家也会明白。我只是想为村里做点事，我干吗要付出这么大的代价，我现在也不敢说我如果选上了会为村里办多少事，但是我敢说我做事会明明白白的。大家选不选我随你们的意。"

这通讲话，两个记者马上表示不同看法。他们告诉石奇伟："是县委邹书记在大会上讲了你参加选举的例子，电视台领导特别交代要做好这次采访的，你这样讲好像不是很合适吧？"

石奇伟这才知道"馅饼"的来历，但他是有个性的人，他认为对的，别人怎么教也没有用，他不会照着说的。两个记者几乎是求他照着稿子说，石奇伟犟着性子不照办，他说："选举的事我都不按别人安排的路子走，这小玩意儿算什么，行就行，不行就算了！"

两个记者走后，石其中知道了这事，把弟弟叫来骂得狗血喷头，要他马上联系记者重新采访，石奇伟头也不回，扬长而去。

两个记者回到电视台，愁眉苦脸如实向台长汇报，台长马上带着U盘找县委书记汇报，书记看完哈哈哈大笑，笑得台长心里直发毛，连忙说："怎么了，怎么了"。想不到书记笑完却说："没事，没事，我们要的就是这种效果。石奇伟不是还有四点施政设想吗？好好编辑一下，加点解说词就很好。"

果然县委书记比台长高瞻远瞩，电视台的采访播出后，效果出奇地好，不止九龙湾议论纷纷，全县都在说石奇伟，对这次村级换届选举起了积极的推动作用。

选举结束后，石奇伟高票当选村委会主任。听说后来那些拿了50元的人偷偷地把钱还给了李世杰。

二

新千年刚刚来临，"首届中国华安玉奇石节"胜利闭幕，有两个消息在全县引起轰动：中国宝玉石协会的专家们将九龙璧定名为"华安玉"；"梦幻之峰"参加展览获得金奖，拍卖168万元。

吴步宁牛了，他向蔡启勉买下那座山命名"梦幻之峰"，获奖还拍出天价，奖牌是纯金的，价值6000元。

吴步宁好几个晚上都睡不着，扣除定金，还有160万元，要是拿到手，那是一笔怎样的巨款啊。前年，万元户还上街戴红花呢，自己要辛苦多少年才能攒下这么一笔钱啊，有时候一辈子都没办法攒下这么多啊。

龙隐洲在睡梦中都快把床捶坏了，168万元，我头一个发现的人才得到500元。这也太不合理啦。他觉得蔡启勉应该更心痛。

龙隐洲找到蔡启勉，说："你应该去找那个雕刻师傅，再讨十几万元回来。"蔡启勉支支吾吾说不好意思去找人家。龙隐洲说："你授权，把这事交给我，我来讨，讨回来五五开。"蔡启勉含含糊糊说："那你去试试看吧。"

龙隐洲整天跟着吴步宁，唠唠叨叨："'梦幻之峰'是我下河采的，现在拍了那么多钱，你应该再分给我一些。"

"我向蔡启勉买的。"

"蔡启勉是向我买的。"

"蔡启勉向谁买的跟我没关系，你找他去。"

"哎哎，你怎么这样说，起初，这石头是我与蔡启勉合作股份的，后来我把股份转让给了蔡启勉。我怎么就不能说话了呢。"

"你有女儿吗？嫁了吗？"

"没有啊，没有怎么嫁呢？"

"那你说如果嫁女儿会不会收彩礼和聘金？"

"会呀。"

"假如你嫁女儿可以收第二次彩礼和聘金吗？"

"是不能。"

"蔡启勉把石头卖给了我，我把钱都付清了，你们现在找我再分钱，那不是跟向你女婿收第二次彩礼和聘金一样吗。"

"不一样。你拍卖那么多。"

"你女儿如果生了两个或三个男孩，你就去要第二次第三次的彩礼和聘金吗？你能说，你生了那么多男孩，要再收第二遍，第三遍彩礼吗？"

"我没有女儿。"

"那这个理你认不认？"

"你多少给一点我就认。"

"这500元拿去。"

"这也太少了吧？"

"我这500元是买你认这个理，不要你走吧。"

"要要要。"龙隐洲抢过钱就跑。

龙隐洲找到蔡启勉，说："那个家伙，只给500元，咱们一人分200元，100元留作活动经费。"蔡启勉说："都给你，我不要了。"

没几天，龙隐洲又缠住吴步宁，雕刻师傅在机台上雕刻作品，他就站在机台旁边，吴步宁被扰得心慌意乱："走走走，你赶快走。"

"你再给我500元我就走。"

"为什么？我欠你了吗？"

"横财被你得了，你不'布施'不会有好运的。这是上一辈老人说的。"

说到这一点，吴步宁心头动了一下，不为别的，为了好运，就再给他500元。

于是吴步宁突然醒悟："168万元我还没有拿到半分钱，却被你挖去那么多。"一时怒从心起，一拳打过去，砰的一声龙隐洲倒在了地上。

龙隐洲不动了，装死。后来派出所民警来了，民警批评龙隐洲瞎胡闹，让他把钱退还吴步宁，吴步宁摆摆手说："算了算了。"转而一想，改口说："不再找我麻烦就算了，再纠缠就新账旧账一起算。"这个烦恼的尾巴才算切掉了。

可是尾巴并没有彻底切掉，第三次龙隐洲又来烦扰，这一次他不敢讨要得奖石头的差价。龙隐洲悄悄说："你再给我一些钱，我给你说一个秘密情报。"

吴步宁上当了，忍不住问他；"什么情报？"

"跟琪香有关的。"

"300元。"

"300元太少了，500元，少一分不卖。"

"你讲了我就给。"

"你给了我就讲。"

"钱放这儿，快讲，敢要我就把你打趴下。"

"有一个漳州来的客人在追琪香。"

"这算什么情报？"

"再不给你就来不及了。"

"拿去，快说。"

"琪香带着那个客人到九龙湾她家里去了。"

三

吴步宁犯了一个低级错误，东舒会计软件公司拍得"梦幻之峰"，8万元押金本该吴步宁获得，但是那些工作人员告诉他说："我们请示了有关领导，这8万元作为组委会的经费已经支出了，你不要计较，等购石全款来了就不收你的所得税了。你可以净得160万元，你看看这多合算呀。"吴步宁觉得这个方案挺合理的，被胜利感冲昏了头脑，在一张纸上签了字。签了这张协议后，8万元就是组委会的了，购石款迟迟不来，吴步宁只能干瞪眼。

吴步宁只好保持适当的低调，那些好一点的朋友和普通的朋友都要求吴步宁请客，吴步宁就说："我还没拿到钱，等我拿到钱，我一定请，到时候你把你老婆一起喊来，咱一醉方休。"

这就是吴步宁的拒绝，听的人不但不怪罪，反而哈哈大笑地说好好好。

吴步宁最最头痛的是不知道该怎么面对琪香，他内心并不希望这时候琪香突然对他的态度来个一百八十度的大转弯，这样虽然收获了爱情，但那不是他想要的爱情，他不希望琪香是个把金钱看得很重的女孩。吴步宁很想念琪香又怕见她，这种煎熬是很要命的。

石琪香的心里没有吴步宁，她听说吴步宁得了金奖，赞赏他有点眼光，又听说"梦幻之峰"拍了168万元，她想象着一大群女人缠着他，便忍不住偷偷笑出声来。

这一天中午，石总带着五六个客人和吴步宁来吃饭，吴步宁正与客人有说有笑，看到琪香出现在包厢门口，突然脸红得要滴血，手足无措，斜眼瞄一下琪香，感到琪香在看他，又赶快挪开视线。琪香感到很有趣，就有意观察他。吴步宁围着桌子转来转去，找不到合适的位子，石总和客人都已就位，吴步宁居然坐空了凳子，跌了个四仰八叉，石总和客人忍不住哈哈哈大笑，琪香也笑得弯了腰，大家仿佛觉得笑得不太礼貌，笑声戛然而止。琪香仍然大笑不止，吴步宁脸更红了，那种窘迫的样子委实好笑。

四

琪香第一次碰到漳州客人时，惊讶不已："怎么这样面熟？"他和几个人一起来吃饭，一进来就坐在座位上，沉默寡言，琪香没有机会和他说上话。第二次碰到是几天后的中午，琪香主动上前招呼他："欢迎光临，吃过饭再走。"

这个客人和在梦幻城见到的客人一模一样，也有一种走进大树荫里的感觉。这个客人的目光十分柔和，那眼睛好像在说话："我们好像在儿见过？"

客人自我介绍："我叫魏荣生，光荣的荣，生产的生。你叫什么名字啊。"

"我叫石琪香，你是漳州人？"

"是啊，我家住在常福雅苑，你去过？"

"我知道那个地方，没去过。"

客人没有提起梦幻城的经历。琪香出于羞涩也不好意思说，但是琪香对客人的好感是镌刻于心底的，一个女孩子对一个成熟男人产生好感用道理是说不清的。琪香试图唤醒他关于梦幻城的记忆，说："我大哥买到一大一小一对'天眼'。"她一边说一边用动作描摹石头的模样，整个人看起来十分可爱。魏荣生对琪香心生爱意，说："那也太神奇了，你能带我去看看吗？"

琪香带着魏荣生回到家门口，魏荣生一下子走到对面去看"天眼"，啧啧称奇，说："世间怎么会有这样的石头，而且还有一大一小，一模一样，这也太神奇了。"

琪香在他身后站了一会儿，说："小的在我大哥房间藏着呢，你慢慢看，我妈不在家，我去烧一壶开水泡茶。"

魏荣生心里一动，似乎感到这个漂亮的姑娘在暗示什么，说她妈妈不在家，说要去烧水，那就是说家里没有任何人？对，是这个意思，这个魁梧的男子，全身肌肉象注入了数不清的激素，兴奋地尾随琪香进入大门，并随手把门关上，插上门栓。

　　吴步宁得了龙隐洲的情报，赶快骑上摩托车驰到九龙湾的村口。他不敢进村，心里特别矛盾。他把车架住，爬上一棵特别高大的老枫树的顶端，把石家的一切都看在眼里。他刚好看到那个男子进了大门以后还随手插上栓，他知道他要图谋不轨。吴步宁左思右想，犹豫了几秒钟，最后他给石奇伟打了他新买的爱立信手机，因为两个人一起找熟人买的，虽然是从深圳来的二手货，但还是很新，很漂亮，两个人都爱不释手，就互相留了号码。他在手机里对奇伟说："刚刚一个小孩告诉我，你们家院子里进了一个贼，还把大门插上了，你看要不要报派出所？"

　　石奇伟说："不用，我就在附近，我翻墙进去，你赶快来，守住大门口，别让贼跑了。"

　　吴步宁来到石家门口，守住大门，等了很久很久都没动静，等得心急如焚，他心里一直问自己："要不要翻墙进去，要不要翻墙进去？"

　　吴步宁甚至怀疑石奇伟是不是遭遇毒手了。谢天谢地，石奇伟终于打开大门，拉住吴步宁说："走，我们去喝酒。"

　　吴步宁不甘心地问："没贼？"

　　"没贼。"

　　"我明明看见贼进去的。"

　　"你不是说是小孩告诉你的？"

　　"你有没有每个房间都看看？"

　　"有，贼可能从边门跑了。"

　　"那怎么可能？"

　　"边门打开着呢。"

　　"哦。"

第十七章

虎落平阳受妻欺，痛失爱石暗恨生

一

郝君洛爱石如命，李素华是生意人，爱财如命。五个多月前，郝君洛资本运作进入了瓶颈，买卖邮票已经过时了，他迷上高利贷，比如他筹集10万元，一个月可得利息6000元，这比买卖邮票要好呀。前后不到3个月，郝君洛筹资近200万元借给朋友放高利贷。某一天，放高利贷的朋友资金链断了，郝君洛的200万元讨不回来了。郝君洛向法院起诉欠款人，朋友只好对簿公堂，但是，钱没那么快就能讨回来。

郝君洛的另一项大开支就是买石头。看到他心爱的华安玉奇石，就忘记自己姓什么了。有一次，他揣了3万元要去还给朋友，刚出门没几步，手机响了，九龙湾有人捡到好石头了，他马上开车直奔九龙湾。那个大石重8吨，花了35000元，付了3万元，5000元写欠条。石头是买回来了，可是资金越发紧张。李素华因为生孩子，把服装店转让给别人了，日子就过得更加紧巴巴了。

今年过年李素华攒了2000元，她把这件事告诉了郝君洛，君洛也说行。不想腊月二十六傍晚，他在漳州石头市场看到一个石友从九龙湾买回一个象形石，既像雁，又像鹰。这个后来命名为"鹰、雁"的奇石简直让郝君洛发狂，谈好价格2000元，可是郝君洛身上只剩下几十块钱，一时情急，赶紧发动摩托驰骋回家，翻箱倒柜找到准备过年的2000元，又返回把钱付了，把"鹰、雁"载回家。李素华回家，郝君洛马上让她看石头，连说"好石、好石！"不想李素华瞬间翻脸："刚好2000元，你用什么钱？用过年的钱？"

"先周转一下而已。"

"马上要过年了，你怎么转，怎么转回来？"

"我买石头也是为了事业。"

"什么事业？你抱着石头过年吧。"

"我买石头，又不是拿钱去玩女人，你何必那么凶。"

"就是凶，就是凶，过了年又是庙会，没有钱怎么过？"

"我又不是拿钱去玩女人，再唠叨揍死你。"

"你把我杀了，你把我吃了吧，你一个人去过你的穷年吧。"

忍无可忍了，这女人！跟结婚前完全是两个人。郝君洛气得跺脚。

孩子也大哭起来。隔壁李素华的母亲也被惊动了，赶来劝架。老人听了女儿的倾诉，也说君洛是你不对。

郝君洛性格也有果断的一面，他马上打电话给一个姓苏的朋友，说急用钱，有一个好石头要贱卖，要他马上过来。

那朋友来到郝君洛家，一看石头，魂都要没了，问转让价多少，郝君洛轻描淡写说："多少价你自己先说说看。"

那朋友说："不要上万，8800元给你，让一下嘛。"

搁另一个时段，郝君洛怎么也不会转让这个石头，今日心里窝着一股火，赌气就转让了。

朋友扛走石头以后，郝君洛把8800元摔给李素华，头也不回出门去了。李素华确实是个爱财如命的女人，把孩子放在床上，和母亲一起数钱。

她一张一张查看那些100元、50元面值的钞票，常常一惊一乍："妈，你看看，这张是不是假的？"她沉醉于这场战争的胜利：2000元变成8800元，她不知道、也不想知道郝君洛这时候的感受。

孩子突然在某个角落大哭，原来是摔到床底下，抱起来一看，额头上磕出一个大包。

二

郝君洛心理状态落到了最低点，他想找个地方好好哭一场都找不到。"爱我的老母亲呀，你爱儿子，却给儿子找了这么个女人当老婆？儿子心里的苦楚找谁说去？当初为什么要结婚，如果不结婚，一个人来去自由多好呀，现在不但有女人，还有个哇哇乱哭的孩子，心里别提有多烦了。"什么是幸福，他感到很迷惘，某中国作家说过："幸福其实是一种内心的稳定。""或者简单地说，幸福其实是灵魂的成就。"郝君洛记不起来什么时候什么地方看到的这段话，当时正好打中他心中的迷惘和痛苦，正所谓"别有幽愁暗恨生，此时无声胜有声"。他在心里对李素华产生了一种说不清道不明的幽恨。

郝君洛自小就有一种志向，他不想这样浑浑噩噩度过一生，他的灵魂想要一种成就，不要说惊天动地，起码要让人们念念不忘。他退伍以后，正不知道该做什么时，市政府领导让他考察九龙江北溪。当看到满溪白花花、润如凝脂的华安玉奇石，他的灵魂马上与奇石融成一个整体：我要让世人知道它，我要让世人欣赏它。

当他有了这个想法以后，就开始了赚钱的宏大计划，炒邮票，炒地，利用当年的战友关系，当时有一段时间部队不提倡抽烟，他把海陆空三家的供应香烟统统买下来，然后再批发给市里各家私营商店，这种铁定赚钱的买卖让他获利不少。

他赚来的钱当然不会让李素华知道，他买来的华安玉奇石花了多少钱也不会让她知道，李素华做她的小生意，赚她的小钱，本来可以这样相安无事。

谁知道时代在变，行情也在变，那几项铁定赚钱的生意不好做了，他阴差阳错地碰上放高利贷的朋友，出了个资金链断裂的事。虽然告上了法院，但一时又拿不到钱。真所谓"虎落平阳被犬欺"，搞得过年都没有钱，没有钱又碰上好石头，才被李素华闹了这么一出。春节期间有好几个石友来访，都异口同声问他："你不是一直要收好石吗？怎么这个石头8800元就转让出去了？"

郝君洛不好意思说过程，只能打落牙齿往肚里吞。他心里慢慢萌生了一个念头：这个女人不能要。家有这种老婆他今生的梦想不可能实现。

可是，他已经和李素华生下了一个儿子。他能这样不负责任地把他们母子踢出去吗？显然是不能的。

讨厌的种子一旦种下，他就对妻子失去了好感。郝君洛不想与李素华再有孩子了，所以他不喜欢与李素华过夫妻生活，而李素华对这个却满怀兴趣，每天晚上都搞得他不胜其烦。刚好高利贷的官司判下来了，第一期先讨回了20多万元，他为了摆脱李素华的骚扰，干脆在外面租了个单身公寓，白天黑夜都不回家了。

过了一段时间，又讨回了50万元。郝君洛这一下警惕了，再不敢与高利贷沾边了，可是资本怎么运作呢，他苦闷了一段时间，偶然看到一个经济学家解读国务院"关于进一步深化城镇住房制度改革加快住房建设的通知"的文章，文中肯定地预测中国将会走土地财政的道路。中国房地产市场将进入快速上升的通道。他马上找到旧城改造指挥部，用60万元买下街上最好的两间80平方米的店面。不久，有人清醒过来，要用80万元买他的两间店面。郝君洛不卖，把它装修起来，两间店面每月收3600元租金，一季度收一次10800元，一年就有了43200元收入。

过了一段时间，通过法院强制执行，又讨回了130万元，他毫不犹豫地用120万元买下公园边一排四间店面，10万元用于装修。后来租出去每月收入8000元。两处合起来每年有近14万元收入，在那个时代也算是富人了。郝君洛这些运作，都没有让李素华知道。收入则用于买九龙璧奇石。

三

李素华是一个对夫妻生活要求比较强烈的女人，自从郝君洛搬出去另住以后，她忍受不了孤寂，经常打郝君洛的"大哥大"，问他："你到底在忙什么，怎么老不回来？你不想我，孩子你也不想看看吗？"

郝君洛不置可否，哼哼哈哈，还是没有回家。李素华心里清楚，郝君洛对她不感兴趣了，她想玩，但孩子是个拖累，于是，她常常找各种理由把孩子交给母亲看管，每晚都去舞厅跳舞，开头是"姐妹群"招呼她一起去，后来在舞厅认识一个钟情她的男人出钱让她去跳舞，一来二去，两人有了感情。

有一天晚上，大约11点钟，郝君洛有事回了趟家，他闻到烟草的气味，听出卧室有异样声响。

郝君洛知道自己的预感成了现实，下意识轻轻拿出原本放在家里的照相机，打开了卧室的门，把灯打开，朝床上一对男女拍了两张照片，扭头就走。

郝君洛敲开了岳母的门，坐在客厅默默无语，岳母一直问他"怎么了？""怎么了？"，郝君洛张了张口，却说不出话来。岳母一再追问，郝君洛打开相机，给岳母看了一眼照片，岳母身子一歪，坐在沙发上。房间里突发孩子的哭声，岳母赶紧进屋抱孩子，郝君洛站在房门口，接过孩子，轻轻拍打孩子，哄他再度入睡。岳母看着女婿默默无语。也不知道过了多久，岳母试探着说："孩子这么小，看在他的分儿上？"郝君洛摇了摇头。

四

郝君洛十分郁闷又无处诉说，便独自驾车来到九龙湾。他首先去找石其中，石其中听了他的陈叙，说："既然这样，除了离婚别无他法。"

"离婚是确定的，问题是我现在心情坏到极点，要是有枪，我都想朝自己头上开。"

"你也不必这样悲观，我带你去一个地方心地自然澄明。"

石其中不能确定郝君洛能不能去梦幻城，但他还是带郝君洛来到琪香的小屋，给他一串碧玺让他缠在手腕上，说："你去碰碰运气，如果能找黄钟琴教授的学馆，叫小厮带你去照照'省身镜'就好啦。"

小厮带着郝君洛来到一个四进大院的一间侧房，说："你站在这里，等一下这面墙上会出现一面镜，叫'省身镜'，你看，出来了，看，第一条：借刀杀人，扣二千赞。"

郝君洛辩解说："我怎么借刀杀人啦？这是谁记的，你带我去鸣冤。"

小厮说："你站在'省身镜'前，澄明心境，自会感悟。"

郝君洛澄明心境，凝神屏除杂念，一会儿，有一个声音由远而近，轻声细语说："你娶妻后悔，欲休妻而心不安，停妻外躲，待妻婚外私情，你便可踢出门外，妻便分文不得你的家产。此非'借刀杀人'又是什么？"

郝君洛头上好像响了一个炸雷，那个人是谁？我想到的他知道，我没有想到的他也知道了。他对小厮说："现在我该怎么办？"

"照良心去做，功德自在。'省身镜'即'吾日三省吾身'，心存'省身镜'走遍天下不愧心。"

郝君洛在琪香的小屋醒来，回想所历，如在眼前，他自问："我借刀杀人了吗？我借刀杀人了吗？"

郝君洛回漳州后和李素华谈了一次，说："再过下去是不可能了，这一套房子给你，孩子给我，咱们离婚吧。"

"错的是我，我不该得房子，你把孩子给我吧。"

"你还会嫁人，孩子跟你不好，这套房子给你，算是弥补你的青春损失吧。"

李素华号啕大哭，边哭边说："那你住哪里呢？"

"我一个人好办，随便找个地方很容易。"

"你是好人，孩子给你吧，你忙的时候，就让我妈帮带吧。"

郝君洛点点头，剩下就是去民政局办手续了。

第十八章

百万豪车助身价，超级婚礼曝劣根

一

九龙江北溪是一条很有特色的河流，从福建玳瑁山中心地带的连城县曲溪乡黄胜村发源，经过180多公里跌宕起伏，流经人烟稠密的村镇，阒无人迹的崇山峻岭，溪流来到华安县城盆地，冲刷着亿万年前形成的华安玉奇石。

石琪玉坐在一块一吨多的华安玉石头上，双脚戏水，思绪飞扬。

她喜欢这些石头，她很想知道它们的前世今生，但是，她还无力研究它们。她仅仅是一个刚刚参加完高考的学生，还没有那么丰富的知识。何况她现在满脑子装的是分数，分数可是她的命运之泉啊，泉流大小就是她的宿命啊。除此之外，还有一个令她烦恼不已的事情，班上那些男同学，平时对她很拘谨，高考一结束，他们就像一群散养的鸭子突然连飞带跳，一天三四拨，有时五六拨，都是单枪匹马地来找她，找她也没说什么事，坐着坐着就尴尬了，就走了。石琪玉有点烦了，她约略知道他们的心思，姐姐失足痛苦万状，已成前车之鉴，她哪敢谈恋爱？她干脆躲开，到河里捡石头是首选。美女的几大特征，比如说身材高挑，胸部高耸，下巴尖削，鼻梁挺直，眼睛大，眉浓长，石琪玉都具备，而且搭配得恰到好处，难怪那些男同学看她的眼光都带勾勾。这些眼光她都感觉到了，但她没有被欣赏的喜悦，只有烦恼。相反，只要一走进河里，她就心胸开阔，百虑全消。河里一大群雪白圆润的奇石就像她的朋友，敞开胸怀欢迎她。她甚至会在冥冥中与它们谈心。

石琪玉在一个可容人俯伏的大石洞里发现了一个圆润可爱的石头，

她爬进去用巴钉挖呀挖呀，有一缕声音从远远的地方飘来，琪玉敛起精神倾听：原来有两个女人在不远处讲话。

一个女人说："听说琪香有身（孕）了。"

另一个女人说："早年不是说看一眼10元钱吗？还以为要找一个什么样的人呢？怎么那么快就被人家睡了？"

"有身（孕）还不去打掉，看以后怎么嫁人？"

"古话说，好人无好命啊。"

石琪玉退出大石洞，在一块平一点的石头上坐下，被阳光逼得眯着眼，心里好生郁闷，姐姐怎么就不会拒绝呢，怎么就会跟那个人呢。她有一千个想不通，一万个想不通。男人是什么东西，为什么有那么大的吸引力呢？女人难道要靠男人才能过一辈子？假如碰到一个自己喜欢的男人我会怎么样？我才不会跟他在一起呢，我就把他当哥哥或者当弟弟，在一边看着他，观察他的一切，直到看清这个人是可以信任的、可以依靠的，让我动心了，我才会把他放在心里。我不会像姐姐，我石琪玉不会那么傻，不会随便答应哪个男人的。

这就是石琪玉此时的爱情观，她把它放在心田里某个发亮的地方，前后左右审视它，把它看个仔细。她恍然感到自己似乎爬到大石头的最顶端，看得很远很远，甚至可以看到自己的未来。

二

石启强1999年7月与窦清芬登记结婚，和老婆回了趟中国台湾，拜见了窦清芬的三姑六姨和一众亲戚。窦清民是舒立公司的副总经理，他对这个妹夫总是冷眼相看，他多次劝妹妹不要找大陆男子，可是妹妹不听他的，老爸不劝止反而纵容她。

窦舒立身体每况愈下，干脆退休，窦清民升任董事长兼总经理，本来窦清芬应该是副总经理，她不当，推荐老公石启强当副总经理。窦清芬自己提出当人事部经理。这样，两个人倒也掌握了公司的一大半。

有一天临下班前，公司的人找不到石启强，打手机回应说关机，窦清芬很着急，他会去哪儿呢？她想啊想，才想起今天是他进公司半年整，她知道他在哪儿了。

窦清芬来到万家福超市旧址，这个超市已经不存在了，变成一个喧嚣的建筑工地。果然，石启强坐在旧址对面一堵还没拆干净的矮墙下，窦清芬走近了他都没发觉。

当石启强发现窦清芬来到身边，有点孩子气地笑笑。

窦清芬说："你在怀念过去的生活？"

"压力很大呀，业务也不熟，我想回家乡发展。"

"我们放弃这里的公司？"

"我也不是说现在，我们只要统一认识，慢慢往那个方向考虑。"

"你有什么想法，说来听听。"

"我只是有个意向，就是成立一个房地产公司，招几个台湾股东，就可以打着台商的大旗，会有许多优惠的，你能不能帮我安排一下，趁奇伟结婚，我回去一趟，考察一下再做定夺。"

"可以，等二哥结婚日子定下来，我帮你安排。"

三

郑雅惠生了个男孩，石奇伟喜得手舞足蹈，他想应该办个像样的婚礼了，于是，想了半天终究不得要领。突然，他灵机一动，马上找县城卖录像带的哥们，让他尽量多找些办婚礼的录像带给自己参考。

石奇伟看了十几个婚礼模式，选中其中一种加以改造。历史的脚步刚要跨进2000年，当时人们的眼光已经向台湾，向香港看过去了。

石奇伟刚刚当上村长，更无法免俗，村里和县城一帮哥们更是趁机起哄，要石奇伟搞十部豪车来助阵，他们说："如果每部100万元，你石奇伟就是1000万元的身价啊。"可是，100万元的小车到哪里去弄啊。

有一天，李翠花对石奇伟说："你要办婚礼，应该给你三弟打个电话，你好好办，你三弟也可以一起补办一下。"

石奇伟灵光一现，马上给三弟打通电话，告诉他自己结婚的打算和母亲的说法。

石启强说："我在这边已经办过了，就不要再凑热闹了，你呢，早该办了，你现在当了村长，要办得热闹一点。"

石奇伟有点期期艾艾地说："是该热闹一点，我那些朋友建议搞十来部豪车，可是到哪里弄呢？"

石启强说："我这边朋友不少，借几部车不是问题，争取搞20部回去，要搞就要搞大一点。"

"好！"石奇伟那个高兴啊，简直无法形容。

四

石奇伟婚礼的前一天傍晚，石启强带一个庞大的车队回到九龙湾，一溜20部铮亮的小汽车，晃得人眼花缭乱，整个九龙湾轰动了，男女老幼争相围观，啧啧称奇。石奇伟跟20个司机握手握得手都发抖了，马上派一个人到宾馆定20个床位，他灵机一动，又把那人叫住："21个，21个床位。"石启强说："不用21了，我在家里就可以了。"石奇伟说："说什么话，三弟的级别就是给个县处级也不过分。"

石奇伟围着车队转来转去，石启强特意过来搂着二哥的肩膀："你一打电话我就知道你的心思，刚当上村长，这些豪车像坦克一样来给你助阵，够威风吧，这车队，每一部车都超过100万元。"

"每一部都超过100万元？"石奇伟两个眼睛睁得铜铃大。

"要不要我给你介绍介绍？"

石奇伟说："我只知道宝马和奔驰，这五花八门的大牌车我哪知道啊，你也不用介绍，我听都听晕了。你们那边的人怎么那么有钱啊。"

"这跟有钱关系也不是很大，做生意啊，这车就是一名片，你一部豪车往那里一停，内行的一看就知道你级别到哪里。有一个人来我们公司谈业务，坐三轮车来的，不敢进大门，又返回去借了一部奥迪来，刚好我从楼上落地窗看到了，我对岳父说：这个人不诚实。我岳父就不和他谈了。"

"哦，我懂了。"

"你懂？你碰到难题啦。这车队现在交给你了，什么人坐这些车，这些车走什么路线？这些都要你来规划。"

石奇伟正伤脑筋的时候，突然，有人打他的手机，原来是采访过他的电视台摄影记者。石奇伟当选村长后，特地请这两位记者喝过酒，一来二去就成了朋友。他们俩打电话是想证实村长的婚礼从深圳请来了20部百万级豪车是不是真的？石奇伟说："是啊，是真的，我正为路线怎么走苦恼呢，你们快来帮我规划规划吧。"

二位记者赶紧向台长汇报，台长又赶紧打电话向县委邹书记汇报。

县委书记召见石奇伟，说："听说20部豪车是从深圳开来的，每部都是百万以上，我们也沾沾特区改革开放的人气，县里正开经济分析暨表彰大会，你那些车可以借给经济模范们坐一坐，在街上游一圈吗？"

石奇伟满口答应，又顺便告诉邹书记豪车是三弟石启强带回来的，他还想回县里开发房地产。

邹书记高度重视，马上打电话给县长，让他安排接待与洽谈，又说了借用20部豪车的事，交代把20个驾驶人员叫到宾馆一起接待。

这一下，给三弟挣足了面子，石奇伟高高兴兴与邹书记握手再见，回到九龙湾。

第二天上午9点，20部豪车载着县经济会议的80个模范沿着县城的主要街道绕了个四方阵，当然，还有腰鼓队，大鼓凉伞凑热闹，那种万人围观，啧啧称奇的场面自不必细叙。最大的赢家还是石奇伟，县城很多群众下午跑到九龙湾参观石奇伟的婚礼，人山人海，村口公路都挤满了人，县电视台把两个场面都加以播报，全县都在议论石奇伟，比上次选村长还轰动。

五

郑雅惠的父亲叫郑远道，先是九龙湾小学教师，后来是教导主任，再后来是副校长，今年初提升为校长。母亲叫邱华珍，当了18年的民办教师，去年也转为公办，夫妻俩可谓夫唱妇随，原也圆满。可最近为郑雅惠出嫁愁白了头，缘起于石奇伟的母亲李翠花的一句话。李翠花带石奇伟来提亲。郑远道搔搔头说："现在嫁有点麻烦了。"李翠花当即回道："是呀，当时若肯出嫁空笼担，这阵（时候）若要出嫁满厅空啊。"

邱华珍不是地道闽南人，对闽南话的理解还比较浅，没有掂出这句话的分量，李翠花和她儿子走后，她见丈夫长吁短叹，表示不解，郑远道说："你听不懂啊，亲家母这句话，毒啊，有她这句话，雅惠的嫁妆还能少吗?"

"她这句话怎么解?"

"闽南有句古话,叫:嫁妇仔(女儿)满厅空,娶媳妇满厅红。就是说嫁女儿要备很多很多的嫁妆,把家底都掏空了,以致家徒四壁,满厅空荡荡啊。李翠花说这话后面的意思是说:当时是我们不让雅惠嫁给奇伟,当时要是肯嫁,雅惠空手出嫁他们就心满意足了。如今女婿有身份了,我当岳父的也有身份了,嫁妇仔就会满厅空啊。"

邱华珍说:"人说王不见王,如今你和女婿是二'王'相见,嫁娶规矩自然是'人情世事照头来'"。

郑远道点点头表示只能这样,夫妻俩既然统一了看法,就开始筹备。

邱华珍既然吹了大话要"人情世事照头来",那就简单不得,问题是她对嫁娶规矩知道的不多,常言道:笨鸟先飞,邱华珍就到村里找比较懂的老婆婆询问。

邱华珍用一星期的业余时间访问了村里好几位老婆婆,在笔记本上记了好几页,终于把本地的嫁娶风俗搞清楚了。

邱华珍准备了两只带路鸡,是一公一母两只刚刚成年的嫩鸡。让石奇伟的小侄子石方达用手提了提,然后交给大人,交代新娘子入新房时,两只鸡要放进新床下,新娘女婿一起在床前撒米,小公鸡先出来吃米,新娘头胎必生男孩。如果小母鸡先出来吃米,新娘则生女孩。郑雅惠已经生了男孩,但祖祖辈辈都这样说,该遵循的还是要遵循。

邱华珍准备了两根刚刚砍来的带着尾巴的甘蔗,交代带到新房后要由新娘女婿亲手放在门后,四天里都不能动它们。表示以后的日子像甘蔗一样节节甜。

郑家买了一只红皮箱,准备了两个枕头,用一百元大钞粘成长条把枕头包起来,包满两个枕头估计要5000元以上。如果穷一点的人家可以在枕头中间扎一圈大钞就可以,差不多1200元就够了。再贫寒点也可以用十元钞扎,那就用不了多少钱了。郑家当然是用百元大钞包满两个枕头。

红篮子有两只,分别装上红龟粿,甜龟粿,发粿,喜糖。喜糖装在表面,在新房门前散发给围观沾喜气的人。

邱华珍备了一个净炉，燃上净炉香，新娘车来后，她便亲自拿净炉净车，送嫁婆很客气地接过去，说："还是我来吧。"她拿着净炉围着新娘车念念有词："净炉净车镜，让人做契（做手脚）做不成，净炉净车后，新娘女婿吃到老老老。净炉净车内，子子孙孙发大财。"

六

郑远道有点懵了，嫁妆都搬走了，可是，运嫁妆的皮卡还一直往家开。

这不排除石奇伟故意给岳父难堪，也不排除朋友主动巴结、主动帮忙闹喜把车开过来等等不确定因素，反正郑远道慌了。要是换了另一个虚荣心没有那么强烈的人，就对那些帮忙闹喜的人说："运完了，回吧，回吧！"可是郑远道虚荣心太强烈了，他想："我堂堂一个校长，怎能让喜车空着回去？"他拿起手机，马上给九龙湾电器店打电话说："我原来定的冰箱和电视你怎么还没有全部运过来呢？"

对方很委屈地说："您仔细点点，都运过去了。"

郑远道说："你现在店里的电视和冰箱全部都给我运过来，赶快，吉时马上到了。"

邱华珍说："电视和冰箱都装上去了，你忘了吗？"

郑远道不回答，翘首盼望运电器的车。终于盼到了，装上去了，可是，还有一部空车，郑远道看看表，还有10分钟吉时就到了，采取什么措施都来不及了。他当机立断，叫人把客厅正用着的电视和冰箱拔下电源，抬上车去。真应了那句古话，满厅空啊。

按照闽南风俗，女儿出嫁，第四天回娘家，娘家除了宴请女儿、女婿，还要做一盘八宝甜糯米糕（饭），让女儿带回新房敬拜送子娘娘，寓意连生贵子。改革开放以后，改为当天出嫁，当天回门。当天傍晚，郑雅惠回娘家，看到家徒四壁，放声大哭。石奇伟说："雅惠，咱都老夫老妻了，你还哭嫁呀？"

"咱爸妈为了给我办嫁妆，把家都搬空了啊。"

"这有什么，风俗而已，我明天把那些嫁妆都运回来给咱爸妈。"

邱华珍说："说什么傻话，嫁妆哪有往回搬的道理，叫我们俩脸往哪搁？"

"那明天咱们去买新的！要多少搬多少！"石奇伟一本正经说。

做完风俗要求的事后，夫妻俩坐上三弟公司的百万豪车，回到新房。

石其中的儿子石方达今年5周岁，他天性聪明，外表又帅气可爱，奶奶搂住他说："你叔叔和婶婶要结婚，你要去给他们翻床铺，提领路鸡，要听话，做完事叔叔会给你一个大红包。"

"奶奶，我不理解，人家都是结了婚生孩子，叔叔婶婶他们不是生了弟弟了吗，干什么还要结婚呢？"

"我们方达好聪明啊，你婶婶的爸妈当时不让你婶婶嫁过来，才拖住了没结婚。"

"那现在怎么又肯了呢？"

"现在你叔叔当了村长，你婶婶又生了弟弟，他们就肯了嘛。"

"那是不是当了什么长了，就好娶老婆了。"

"是啊是啊，我们方达真是绝顶聪明啊。"

"奶奶，那我以后也当个大大的'长'啊。"

"好好，奶奶等着你呢。"

石方达感到大人们的行为很怪异，婶婶还要穿得像戏台上唱戏的一样，叔叔还戴宽边礼帽，穿长长的蓝长衫。早就是你老婆了，还要装着不认识自己的老婆。娶一个旧老婆，还用那么多的小汽车！

还有那个送嫁婆更奇怪，说什么"吃鱼尾叉，快快做大家（婆婆）""吃鸡母屁股，生团很古锥（白胖）""吃鱼翅，生子做书记""吃肉丸，生团做中央委员""吃红龟，钱银归大堆"……哈哈，怎么学也学不完。

石方达带着新奇和不解进入梦乡，梦见自己骑着高头大马，气昂昂走着。

七

新婚之夜，虽说是老夫老妻，但从母亲转换为新娘的角色，郑雅惠还是很不适应。儿子1岁多了，但是还很黏人，婆婆李翠花把他带走了，特意给她留出了时间和空间，她从心里感激婆婆。石奇伟还没回来，她自己一个人坐在桌前，找出一个好久没记日记的日记本，拿了一根石奇伟用的圆珠笔，把这种奇妙的感觉写在日记本上：

> 原来婚姻是一种很奇妙的东西，当时没有结婚证没有办婚礼自愿来当石奇伟的老婆，好像小孩子过家家，觉得自己是自由的，想住就住，想走就走，没有什么感觉。现在证有了，婚礼办了，有感觉了，一种责任感压上来了：我是石奇伟的老婆，我是孩子的母亲。我不再是自由身了。

郑雅惠放下笔，仿佛看见一条长长的路。望着今后长长的人生路，她倒抽了一口气：童年结束了，青年时代结束了，等着她的是长长的母亲之路。这时候石奇伟变得十分重要，他如果在今后漫长的人生之路上肯搭把手，她郑雅惠肯定会轻松很多。这时候，她想起以前听大嫂李初叶说过，觉得应该在新婚之夜做点手脚。

正想着，石奇伟回来了，跟往常一样，一边脱衣服一边说："关灯，睡觉。"

熄灯后，郑雅惠脱下衣服，蒙住石奇伟挂在衣架上的衣服，口中默念："我衫压你衫，叫你头担担（仰视、听话）。"又把自己的鞋子压在石奇伟的鞋子上，默念："我鞋压你鞋，叫你头犁犁（低着头跟着走）。"

石奇伟什么都不知道，不一会儿就呼呼大睡。

郑雅惠不知中了什么魔，整夜睡不着，两片眼皮一粘连，眼前便出现一片奇幻的景色：旭日初升，山野闪闪发光……

第二天，郑雅惠把花了不少钱做的新娘头舍弃，重新做了一个明星发型。发型师说："哇！这一下立马变成一个明星啦！"

郑雅惠说："本姑娘底子好，没有整理而已。"

郑雅惠回到家不久，石奇伟也回来了，看到郑雅惠的发型啧啧啧称赞。郑雅惠没有表现出高兴，反而仔细查看丈夫的脸色："看起来你很累？"

"刚上任，少不了烦心事。"

刚好今天儿子去了外婆家，郑雅惠扒在丈夫的耳旁说："我有礼物送给你，闭上眼睛。"

　　石奇伟闭眼再睁开时，郑雅惠已经脱得一丝不挂，扑过来紧紧抱住丈夫，两人很快同时进入巅峰状态。

第十九章

未婚妈妈犹豫彷徨，离婚女改名命运翻新

一

山坡静静的，只有偶尔的鸟鸣从远远的树林里传来，显得有点虚幻。琪香坐在山坡上傻傻地东想西想，她不来月经了，她去医院检查尿液了：阳性。小腹部虽然还没有动静，但是，她常常感到小腹里某个地方会颤抖一下。天上软软的太阳照在身上，像无数的小虫在贴身衣服里面爬着爬着，她最近对十里香饭店冷淡了，没热情了。魏荣生给她带来的快感是无可比拟的，她本来想就此与他做一世的夫妻，哪想大哥很严肃地叫她死了这条心，"漳州的朋友调查了，魏荣生是有妇之夫，他老婆是官二代，他不会来跟你结婚的。你抓紧把腹中的胎儿打掉，而且要尽量秘密。"

琪香是个持重的女孩，要不是受到梦幻城奇遇的迷惑，她是不会轻易委身于他的。当魏荣生从背后抱住她，又把她的身子转过来抱得更紧时，琪香失去了任何反抗的力气，任由这个男人亲吻、抚摸、揉搓，像一坨面团。男人怎么解她的衣裤都任由他了，她的力气被一种莫名的从来没有体验过的快感抽光了。她感觉身体变得好轻好轻，好像浮在云雾之中。突然，一阵刻骨铭心的颤抖袭来，她想就这样走去、走去，不要回来。有声音像巨掌把她从云端击落，让她重重地摔在地上，那是二哥唱歌的声音。

二哥进门的时候，她和魏荣生已经若无其事坐在沙发上，二哥看了他们一眼，扭头就走。一阵风在天井旋起，卷起几片树叶打着转转。

二

风雨过后出现的不是彩虹，而是莫名其妙的愧悔，她一直问自己："我就这样失了身子？"

"他会不会跟我结婚？"

"他如果会跟我结婚我就要嫁到漳州去吗？"

"他不会跟我结婚我该怎么办？"琪香胡思乱想，每一个问题都暂时无解。

大哥的话如雷击顶，一想到孩子就要没了，她的心就一阵阵发痛，她感到拿掉孩子像叫她把自己的手或者脚剁掉那样难。怎么下得了手啊，天啊，十个月后，他将是一个活生生的生命，再养育几年，他就是一个会跳会笑会叫的孩子啊。你叫一个母亲亲手掐死自己的孩子，这有多狠呀。

李翠花对她说："查某囡呀，你憨啊，你不把肚里的胎儿打掉，以后嫁人不方便啊。"

"那我就不嫁人，自己一个人把孩子养大。"

"你这个查某囡傻呀，你以为一辈子像一年，忽啦就过了，一辈子风尖雨寒，磕磕绊绊，一个人过，凄苦啊。"

李翠花念念叨叨，她背着琪香把两个儿子叫来商量，大家一致认为应该想办法让琪香把肚子里的胎儿打掉。但是，谁也想不出什么好办法。

大家散去后，石其中对琪香说："你不要感情用事，你要对自己的人生做个规划，是学古时候的寡妇守住唯一的孩子凄苦一生，还是过现代生活？你认真地想一想。"

琪香哭着点点头。

三

石琪香独自来到县医院，李翠花本来说要跟她来，可是琪香故意不告诉她，她自己想独自执行这个艰难的决定。琪香头发有点凌乱，神情有点落寞，脚底有点飘。

在这关键时刻，吴步宁买到龙隐洲的情报，骑着摩托车风驰电掣赶到县医院，吴步宁一把抱住心上人。石琪香低低抽泣。

吴步宁说："人家说了，一个女孩未嫁就做了人流，很容易终身不孕的，我愿意当孩子的父亲，不管他是男孩还是女孩，我都愿意当他的父亲。"

石琪香趴在吴步宁肩上，放声大哭。吴步宁轻轻拍着她的肩背，心上人的哭泣像无形的水浸满全身，使他身心一点点融化。意想不到的是，琪香没有就此倒进吴步宁的怀抱，而是挣扎着跑出医院，吴步宁紧追几步跟了出去。

在医院的院子里吴步宁追上琪香，他把琪香拉进花圃里的草地上，单腿跪下，说："我现在没有戒指，没有花，但是我有一颗红彤彤的心，我恳请你嫁给我。"

石琪香不点头也不摇头，哽咽着说："谢谢你，我要好好想一想。"

四

李初叶回到九龙湾，石其中装修了两间房子给她住。一个人住挺方便的，孩子5周岁，跟着李翠花不跟她，她显得孤单无聊。石其中已经给她38万元了，她把钱都存进了银行。李初叶不知道这些钱要做什么，偶然听到一个从小一起长大的姐妹说有钱应该去旅游，她便产生了出去走走的欲望。听说桂林好玩，她就报了桂林四日游。

跟团旅游很方便，李初叶上午9点在县城上车，10点半就到了漳州，距离下午去厦门机场还有不少时间，就上街溜达。街边有一个白胡子老人，衣饰怪异，相貌清奇，光着脑瓜，也可能是和尚，他看了初叶一眼，突然用闽南话说："先看后付钱，说未（不）准免付钱。"

李初叶恍然如有所悟，对对对，这个老先生好像在哪儿看到过啊。她赶快蹲下，说："那你好好看看我，看能不能说准？"

"要说准，最好报个生时日月。"

李初叶遂把姓名和出生年月日时报给他。老头在一张纸上写写画画，说："你四柱中缺木，叶片无处可挂，名字不行。既然缺木，施主

若穿红衣，定然火烧五内，暴跳如雷。施主想想，可否说对？"李初叶
回忆往事，如雷轰顶，连忙蹲下，说："老神仙，你说得准啊。"

"施主应改名字，就叫楚月，楚字有双木，和姓氏'子上木'合为森，
就再也不缺木了，月呢，月圆有档（地方）赚钱，月阴有酒淌啉（可喝），
多好啊！只此轻轻一改，从此命运翻新。"

"请问老神仙，能不能赐我一句金玉良言呢，"

"'一个字一盏灯'。送给你这六个字，你这辈子与字有缘，你之
前自绝于它。所以事事不顺，你越疼爱它，它就越有助于你，你就事事
顺心。"李初叶连连答应："好好好！我会疼它，像疼儿子一样疼它。"
李初叶付了费用高高兴兴往厦门出发。

五

漓江有著名的五大美景，杨堤烟雨，浪石仙境，九马画山，黄布
倒影，兴坪佳境。两岸奇峰挺秀，水碧山青，倒映江中的疏林、群峰、
远山，有如淡墨浑挥，化入天际，竹排过处，犹如卷动的山水画卷。李
初叶身在画中，画在眼里，虽然她不像有文艺细胞的人那样一唱三叹，
但毕竟对她心灵的震撼是强烈的。跟着一大群男男女女，嘻嘻哈哈，看
着以前没有看过的风景，身心感到无限放松。世界这么宽大，以前怎么
郁郁寡欢，局促于一时一事？李初叶对自己以前的经历感到好笑。同行
的一个老阿婶讲了一个故事对她触动很大，老阿婶强调这是发生在她们
村的真事：有一天，天刚蒙蒙亮，两个男子把一头猪按在一条长凳上。
而后，一个抓住两个猪耳朵，一个拿杀猪刀，再来一个女人抓猪尾巴，
当拿刀的男子正要动手时，从猪圈里跳出另一头猪。先把拿刀的拱得四
脚朝天，又将头插过去把抓耳朵的人拱倒，那女的撒腿就跑，那猪就把
凳上的猪拱下来，两头猪一前一后就跑得不见踪影了。我们村一个会相
命的人说：那两头猪是前世夫妻。

听的人都表示不可思议，不相信。李初叶却陷入沉思：猪尚且相怜
相疼，人为什么要黑目对白目？

旅行归来。李初叶去了一趟派出所，正式改名李楚月，心理状态
也有了很大的改变。

她原本也是个高中毕业生，只是后来不看书，不写字，把原来认下的字还给了老师大半。她当然知道相命先生赐给她这句话的意思，是比喻只要饱读诗书，学有所得，便如灯在前，眼光自然高远。回来后，她先是去邮政门市买回来不少杂志，一有空就翻翻看看，慢慢就离不开它们了。有的想法原来不曾有，看了书就有了；有的道理原来不甚明白，看了书恍然大悟了。她甚至埋怨自己，为什么不早点看书呢。

今天，李楚月看到阿北的一篇文章《很多人活着就是为了气死你》，说她的亲戚今年快50岁了，特别看不开，老觉得邻居瞧不起她，人家买啥，她也要买啥。人家买了辆小汽车，愣是把她气得几天缓不过气来，偏偏那几天她跟人家打麻将，又输了很多钱，朋友开玩笑：你这么个输法，什么时候才能买车啊？

她心里特别堵，没隔多久，她果然也买了辆空间特别小的国产车，对于她的六口之家而言，相当不实用。车一买回来，她就后悔得不行。要命的是买车的钱，是原本准备着以后给儿子买房结婚的，这一下她更跳脚了，一逮着机会就怨这怨那，怨自己老公不会赚钱，怪邻居臭显摆，又怪卖车的骗了她，无时无刻不生活在怨恨之中。

李楚月看了这一段，心情很好，有一种大热天喝凉水的畅快。

这个阿北，简直是在写我李楚月，我不是整天生活在怨和怒当中吗？另一篇是一个叫玛德的人写的，他说："如果你总是讨厌别人，那就先讨厌这个爱讨厌别人的自己，先打倒狭隘的自己，才能接纳宽广的世界。"

啊啊啊，这话说得多好啊。

他又说："诸事放下，一切皆胜。放不下，自挣不脱。一个人能释怀，才能释然。能在内心修篱种菊，自不必避车马喧嚣。走千里万里，逃不出自我的喧嚣，就逃不开尘世的喧闹。也就是说，你安静下来，这个尘世也就安静下来了。"

哎呀呀，下面这一段更好：

"你若澄澈，世界就干净；你若简单，世界就难以复杂；你不去苟且，世界就没有暧昧。"

这是何等聪明的话，我以前怎么懵懵懂懂地活着，就不知道这些道理呢？

她看着看着，身心有一种解绑和放松的感觉。

第二十章

朽木可雕有底线，唆人追妻心留愧

一

龙隐洲在李公坪大公路边开的石头店就像瞎子戴眼镜，装样子。

龙隐洲"无某无猴，钥匙挂裤头"。"无某"好理解，指没有娶老婆；"无猴"就比较难理解，猴应该类似于宠物或者工具，比如耍猴，猴就是工具，没有老婆就够孤苦伶仃了，连个猴在身边做做伴也没有，那就是彻底的单身户了；"钥匙挂裤头"就是一人吃饱全家不饿，无牵无挂。这就是闽南话的神奇，短短九个字，包含了那么多的意思。龙隐洲不是坐得住的性格，要他连续在店里坐一小时就都不行。他爱东遛遛，西荡荡，他根本就不适合开店，店租已经一年没有付了。房东终于忍无可忍，一把锁把店门锁死了，龙隐洲和他理论，店主说："你把之前店租清了，以后都要提前预交3个月店租，别人租店都是这样交的。"

龙隐洲振振有词："你这不是要把人逼上绝路吗？顾客是上帝你懂吗？哪有你这样对待上帝的？"

"你是上帝，那我是玉皇大帝了。钱才是上帝，没有钱那是妖鬼。你什么时候把钱交清了，我就把钥匙给你。"

龙隐洲跳着脚大叫："你不给钥匙，我就不要你的钥匙，我自己会把门打开的。"

"你打开门我马上报派出所。"

"我马上砸给你看。"龙隐洲拿来一个石头砸锁。房东跑隔壁店打110报案。

龙隐洲还没有砸开锁，警察就来了。双方各执一词，警察听了也难辨对错。这时，恰巧石其中路过，双方都拉石其中帮自己评理。房东是谢盛思的父亲谢诚华，是石其中的好朋友。石其中叫他暂让龙隐洲一个月时间，让他去筹钱。

一个月的时间一晃就要过去了，龙隐洲浑是浑，但他还是有底线的，他找到石其中，假情假意千恩万谢："要不是你帮了我，说不定警察就把我抓去了，我那个店不开了，我干脆来给你看传达室，我晚上也住这里，全天都给你当保安。"

石其中也很爽快，说："好，但是你店租要去结算清楚。"

"可是我没有钱。"

"你算算，需要多少钱？我公司财务先预支，以后从工资里扣。"

龙隐洲捏着指头算了一下，说："一个月240元，一年又一个月是3120元。"

"我给他说一下，就付3000元，你月底赶快把石头清出来，把钥匙还给他。"

龙隐洲千恩万谢，赶快去清店。

龙隐洲挂出拍卖清店的招牌，本地有开石头店的都来看他的石头，龙隐洲带着"看破"的心态，够本就卖，不够本有时候也卖。拍完石头他跑去给石其中说："公司预支我2000就够了，我清店拍卖了1300多元，店主那120元你不用去说了，我如数照付。"石其中笑眯眯地连连说"好好好"，龙隐洲走后，他心里默默念叨："谁说朽木不可雕啊。"

二

龙隐洲正式上班了。他现在走路"三角身"（故意逞威风），踱四方步。他现在对女人另眼相看了，以前对女人不敢有非分之想，所以看女人就像雾里看花。如今看到好看的女人，他会揣摩她是姑娘还是有夫之妇。他想，有了这份工作，有了稳定的收入，就可以喜欢女人啦，可以成家了。要是以前看女人，他眼睛一定会发出一阵阵不纯粹的光，现在他看女人就用眼角余光一瞥，目不斜视，以示正人君子。对龙隐洲来说，最要命的是他的性格，可是他自己毫无察觉。头一周异样感还不是很强烈，第二周他感到骨头好像被捆住了，皮肤好像有无数毛毛虫在爬呀爬呀，他控制不住自己，只好走出传达室，在厂里东遛遛西看看。他看到工人们在机声震地的环境中，双手灵巧地转动产品去喂高速转动的钻头，看着还挺有味的。别看这些工人，计件工资，听说赚得挺多的。突然间，他脑瓜里灵光一闪，像豆苗钻出土面一样生出了一个主意："我应该学一两样技术活，管传达室将来怎么养家糊口，怎么养老婆？"主意一定，龙隐洲一刻也没停留，来到石其中的办公室，恰巧办公室没有其他人，只有石总在看报表。

石其中看到龙隐洲在门口张望，便招呼他进来坐。

龙隐洲巧舌如簧，出口成章："感谢石总这样疼爱我，让我有了一个稳定而又轻松的工作，我连睡梦中都在感谢石总。但是，我觉得我还年轻，我不该这样享清福，我应该学一种比较有技术含量的工种。"

石其中说："你能这样想我实在很高兴，你有什么想法直说。"

"我，我想学学雕刻。"

"按你的性格学雕刻恐怕坐不住。"

"我坐得住，石总你想啊，我总不能永远是一个人吧，我如果不学一门技术，以后怎么养家糊口啊，是不是？"

"很好，你能这样想我太高兴了，以后有机会我给你留意一个适合你的工作。"

龙隐洲补充说："要有技术含量的工作。"

一天，有一个工人路过传达室对龙隐洲说："石总找你，叫你去一下。"龙隐洲心里砰砰直打鼓，急匆匆来到石总的办公室。石其中招呼他坐下，说："有一个机会，公司半年后要增加一台挖掘机，你愿意去学开挖掘机吗？"龙隐洲喜不自胜，赶快答应下来。石其中打了一下电话，来了一个龙隐洲不认识的年轻人，石其中交代说："你给他移交一下，明天安排他去漳州技校学开挖掘机。"

年轻人带龙隐洲走了。石其中脸带微笑目送他。

三

石琪玉被漳州师范大学土木建筑工程系录取。刚开始她急得火烧火燎，人家别的同学都拿到录取通知书了，就她还没有收到，那几天实在是难熬，为什么就会慢人家几天呢？当跨进大学校门以后，她才得知，各个大学录取学生的进度是不一样的，只怪自己性急了。

石琪玉走进校园第一个强烈感觉就是新鲜，其实也不是大学与中学环境差别有多大，而是心态造成的。她意识里有一种爬山登顶的感觉，走进了大学校园，就意味着彻底脱离了农村，告别了柴啊草啊，告别了炊烟，她下半辈子不会成为一个惦记柴米油盐的农妇了。她的人生展开了一片开阔地，这让她兴奋不已，在她面前展现的花啊草啊，便出现了另外一种风貌，摇曳多姿，惹人怜爱，她几乎要叫起来了："花啊草啊，你们知道我的心事吗？"

石琪玉一接到录取通知书，大哥二哥四姐都给钱，三哥是用汇款的，郝君洛大哥给得最多，百元大钞一大叠，一看就知道是1万元。她的第一反应就是不能收，她知道他与李素华离婚了，就更不能收了。她好言好语说："大哥，我目前用不了那么多钱，先放在你那边，我要用钱的时候一定第一个跟你说。"

"你不拿，说不定什么时候我又花掉了。"

"这就对了，钱花在最需要的地方，就是物尽其用啊。我到学校安顿好了再给你打电话。"石琪玉对郝君洛摆摆手，一阵风跑了。

石琪玉进入大学校园的第一天，另外一个感觉更加强烈，看来能踏入校门的年轻人经过高考的筛选，都是一些出类拔萃的人，大家怎么都那么好，几乎个个都是活雷锋，这样说不准确，应该是：男生个个都是活雷锋。外面的车不能进校门，校门口下了车，就有三个男生争着帮她提行李，他们帮她把行李放上电动校车，不约而同转过头来看着她，好像怕她迷路似的，然后就像簇拥公主一样把她送到女生宿舍楼下，把行李交给迎新的女同学，才依依不舍离开。其中一个男生又返回来，说："这位新同学，请留个联系电话号码。"石琪玉说："对不起，我还没有买手机卡呢，以后联系吧。"

第二天，石琪玉更是一头雾水，她刚走出宿舍，下了楼梯，走出大楼，迎面碰到一个男生，那男生像要粘住她似，一边和她并肩走，一边搭讪说："我们好像在哪儿见过，你好像姓石？是吧，没错，我也是华安来的。"

"华安来的？你也是一中的？那应该同一个年段，我怎么从没见过你呢？"

"我是上一届的。"

"哦，那是学兄啊。"

"我姓谢，叫谢盛霏。"

"你，你怎么有个女孩的名字？"

"是啊，我想把名字改成盛非。"

"那不是成了盛满错误吗？"

"是啊，我怎么没想到这一层呢。"两个人一起大笑不止。

四

石其中陷入了苦恼。听说初叶改名为楚月，可是名字改了，性格有没有改呢？石其中在心里千遍万遍地摆初叶的好，可是摆来摆去却摆不出一条初叶的好，所以最后他还是决定与李初叶离婚。可是，李初叶拿了38万元却不去办离婚手续。日子过着过着，有一天，石其中突发奇想，要初叶离婚，除非她爱上了别人。他为自己这个灵感兴奋不已。

初叶也是一个有姿色的女人，不了解她的性格，光看她的外表还是会有很多人喜欢她的，主要原因可能是人家以为她是石其中的老婆，还有谁敢爱她？除非通过法院判决，向社会公开。奇怪，刚有这个想法，头就隐隐作痛，他赶紧放弃这个念头。要不，就鼓动一个人去追她？让她爱上他以后主动提出离婚？这个主意不错。

石其中想到吴步宁，他知道吴步宁喜欢妹妹琪香，但是琪香不喜欢他。应该由哪个人去找他捅破这层窗户纸呢，想来想去，没有一个合适的人，忽然他想到吴步宁的徒弟谢盛思。这个想法到底是哪里碰到了坎呢，整个上午石其中都感到不舒服，难道头脑里想来想去也有罪不成？可能是人选不对。郝君洛，由郝君洛跟吴步宁谈最为合适。

石其中打电话给郝君洛，让他如果到华安来，来公司泡泡茶，有事商量。过了两天郝君洛来到唯美公司。

郝君洛听了石其中的表述，沉吟了一下，说："你的想法我不认为合理，要让初叶重找另一半，应该把眼光投向漳州。你想啊，原来她的身份是老板娘，你现在叫他下嫁给一个工人，她是不会答应的。是不是啊？"

石其中兴奋地说："那你帮帮忙，在漳州帮她找一个？"

"我有一个朋友在做婚姻介绍，我交代他。你给我一张初叶的照片。"

石其中当即在抽屉找到了初叶的照片给郝君洛带走。

五

有人说：有期待的生活才是有意思的生活。李楚月对这句话有深深的体会，小时候，喜欢一件东西，因为没有钱，父母不让买，那种刻骨的期待至今记忆犹新。如今有了自己的钱，喜欢上一件东西，先观赏、再对比，比货，比价钱，这整个过程充满期待，终于下决心买下，期待才得到满足。如果喜欢的是一件衣服，穿上以后，自我感觉良好，期待里又多了一份满足感。洗了一件心爱的衣服，常常去看看干了没有，干了就希望赶快穿上，这也是一种美妙的期待。再往大一点说，有时候期待平淡的生活有点别样的惊喜也是很自然的事，比如碰上一个非常喜欢自己而自己也很喜欢的男人。

换了一种活法，李楚月自己都觉得新鲜，以前怎么那么傻，整天就把心思放在丈夫身上，与他犟，与他磕磕碰碰。现在这样也很好，他走他的阳关道，我走我的独木桥。用另一种眼光看世界，看来来往往的人，甚至看帅哥走路，都会有好心情！

最近她写日记写得更勤了。她常常把自己一些奇奇怪怪的想法记下来，记完了就像小时候把一潭淤水挖开一个口子，看着水哗哗地流去那样，手舞足蹈高兴一阵子，这种感觉是多么美妙啊。

李楚月开始爱在一些朋友家走动，有的人对她的婚姻表示同情，有的还抨击石其中，她反而嘻嘻哈哈打马虎眼，朋友见她这么乐观也很高兴，赞同她换一种活法的观点。

六

李楚月和朋友去漳州，那时候大约是上午近11点，她逛了万达大商场。从香阁儿店出来，迎面一个男人走过来，李楚月感到这个男人有点不一样，只是大概看了个轮廓，怎么觉得好像在哪里见过好多次，她就再看他一眼，没想到他也特意看她一眼。四目相对时，她没来由地感到有点不好意思。那个男人潇洒地往前走去，楚月的目光一直追随着他，他好像感受到背后有一束追随的目光似的，蓦然回首看了楚月一眼。楚月心头一颤，心里突然盛满感动。他是谁？这个念头久久萦绕在她的脑际，挥之不去。这个人比石其中有趣多了，看看他的眼睛，自己心里就有一大片地方是柔软的。

常言道：有缘千里来相会。下午，李楚月又在公园碰到这个男人。

这个男人竟走过来搭讪："我好像在哪里见过你。"

李楚月也赶忙应答："是啊，我也觉得很面熟。"

"你是本地人？"

李楚月回答："我是华安人。"

"啊，我叔叔也是华安人。"

"那你爸也是华安人？"

"不是，我叔叔上山下乡，娶了我婶婶是当地人。那个地方叫梁村。"

"哦，梁村离我们九龙湾才二十来公里。"

两个人就这样你来我往，一人一句，不知不觉谈了一个多小时。那男人自我介绍："我叫刘恒辉，1972年生，今年28岁。"

李楚月说："我叫李楚月，1973年生，今年27岁。""年龄这么相当，但是，要不要告诉他真实情况？"李楚月心里直打鼓，"是你石其中不义非我李楚月不忠。"最后，李楚月没有说出实情，男的邀请她去喝杯可乐，楚月跟着去了。

傍晚，刘恒辉邀请李楚月去他家喝喝茶，李楚月觉得碰到了真爱，也没多想，就跟他去了。

刘恒辉的套房也是满豪华的，刘恒辉客客气气请李楚月喝茶，品尝茶点，然后直爽爽地说："听说你的婚姻出了问题？"他看李楚月直愣愣的，赶快圆场说："现在这个社会，离婚不是什么大不了的，我也是年初刚离婚的，我的朋友郝君洛也离婚了。"

李楚月赶紧抢过话头："郝君洛是你的朋友？"她看刘恒辉点点头，接着说："郝君洛也是我老公的朋友。"

"是吗？那也太巧了。你能把你老公的照片给我看看吗？说不定我都认识他。"

李楚月哆哆嗦嗦从包包里找出一张石其中的照片，看了一眼，然后递给刘恒辉。

刘恒辉很认真地看了看，摇摇头说："不认识，真的不认识。但是，看这个样子，你真是一朵好花插在牛粪上。"

"我们闹到今天这个地步，我也有不对的地方。"

"你看，他小时候肯定是坎额，鼻梁也塌塌的，两边的嘴角往下垂，你要知道，往下垂是恶人形，往上翘是吉祥样。你当时没看清楚怎么就会嫁给他？而你呢，身材高挑、胸部耸，下巴尖、鼻梁挺，眼睛大、眉浓而修长，颧骨隐，脸红嫩。这些古人说的美女的特征你都具备，你有什么不自信的？"

"是吗？我有这么好看吗？我以前怎么没感觉到呢。"

"古人还有一句话，叫作'一眼见你，万物不及'，这就是我的感觉。"

楚月最近读了不少书，当然能够理解这句话的意思，她的脸一下子绯红了。

李楚月同来的朋友约她回华安了，她只好对刘恒辉说告辞了。离开的时候是晚上8点多，她自己感到很奇怪，她对这个房子怎么有点依依不舍了。她只是忍不住回看了一眼，刘恒辉马上扑过来，紧紧抱住了她。当电话铃声再次响起的时候，两人才从激情中醒来。

第二十一章

新官上任责任重，大风吹来黑女人

一

石奇伟当上村委会主任后，迎头撞上村合作基金会的烂账，上一届村主任离职，村合作基金会主任自然也要石奇伟担任。

李世杰虽然只有村委副主任的位子，但他毫无怨气，与石奇伟配合得特别好。石奇伟没有当村主任以前，无忧无虑，从不考虑身外之事，俗话说：两腿支个肚子，三个饱一个倒。当了村主任就浑身不自在了，上任虽然没有什么仪式，但是，一个男子汉当了父亲，他有什么仪式吗？没有，一个父亲的责任是自然而然。石奇伟当了村主任以后，责任感油然而生，他感到自己突然间成了九龙湾人的父母，他们的鸡零狗碎，都成了他要管的事情。于是，他以一种站在高处的姿态审视村庄，发现整个村庄一片颓败。

首先，赌博盛行，街头巷尾到处可见年轻人围住小桌子玩扑克、搓麻将，大呼小叫。年纪轻轻，不去劳动，一天到晚想着不劳而获，这种风气令人痛心啊！

村里许多年轻夫妻都在外面打工，半大的孩子丢在家里由爷爷奶奶带，想念孩子难免想视频一下，就买了电脑，买了手机留在家里；村里通了光纤，自然也就有了wifi，孩子躲在家里玩游戏，甚至逃学玩游戏，玩累了睡，睡醒了又玩。这两年，村里没有考上名牌大学的，考上一般大学的也很少，考上二本末、三本的倒是不少，高额的学费压得那些家长叫苦连天。

再次是赌六合彩屡禁不止。六合彩在中国大陆是禁止的，押中有四十多倍的彩金，没中则要向庄家上交你报码的金额，每星期二、四、六都开一期，有押特码、单双以及波段，还有押四肖、六肖的。每星期二、四、六晚上9点半以后，几家欢乐几家愁，今夜输了，说不赌了，不赌了！过两天又重来，本来积累了点钱筹划要做点事，资金都流到庄家口袋里去了，对发展经济破坏性极大。

石奇伟了解一番情况后，心情十分沉重。为了禁赌和禁止六合彩，石奇伟找到镇派出所长，与他交谈了两个小时。所长说："赌博在四千多年前的夏朝就已经盛行，是人的素质造成'碰运气'的强烈心理需求。时代到了今天，提高人的素质才能够根治这种现象，但是我们政府禁止赌博的决心从来没有改变，之前也组织过抓几次集众赌博和打击六合彩的行动，今后也会继续严打。但我想，你还是先制定一些乡规民约来约束村民。你想，你刚刚上任，就把那些赌博的人统统抓起来，你这村主任还怎么当下去呀？再说，抓赌博现在要讲究证据，要人赃俱获，这是要有详细的工作方案才能行动的。"

一席话说得石奇伟频频点头，但是，他的心情好不起来，他第一次感到村主任难当啊。

石奇伟还感到一种前所未有的压力，镇长带领一个清查合作基金会的工作小组进驻九龙湾开展清查工作。经镇党委研究决定，首先清查前任村委会主任杨林恺在村合作基金会的10万元欠款，强制拍卖杨林凯的养猪场存栏的所有生猪，为了顺利执行，所有的猪全部运到镇里拍卖。

石奇伟先是感到一阵快意：这个前任当政时有点狐假虎威，闽南话叫"走路三角身""鸡母鸡仔踩踩死"，让人从骨子里厌恶他："你终于也有今天了。"过了一会儿，石奇伟又感到一种莫名的沉重，这种"清空式"的拍卖，无疑是打在前任腰部的一记重锤，任你是一个多硬朗的男人，也从此直不起腰。一个曾经踩踩脚地都会颤抖的人从此倒下了，俗话说"兔子死了，狐狸也会悲伤"，何况是前任和后任。石奇伟拿定了主意，骑着摩托车来到杨林凯家，他妻子说丈夫在山上养猪场。新村主任驰到山上见到了前任，前任很失意地低下头。石奇伟说了镇党委的决定，很诚恳地问："你有什么意见？"

前任说："我能有什么意见，古人言，杀人偿命，欠债还钱，镇里要怎么做就怎么做吧，我有什么办法？"

石奇伟说："你觉得我跑到山上就是要听你说这些话吗？我是想问

你，你是要从此趴下还是想东山再起？"

"想怎么样，不想又怎么样？"

"不想我就不帮你，想我就帮你。"

"怎么帮？你说看看。"

"你如果想东山再起呢，我就向镇党委担保，让你猪场的母猪和猪崽留下。"

"这样好，这样太好了，太感谢你啦！"

石奇伟向镇长说情时镇长还有点犹豫，他一时性起，说："我写下保证书，我来替他还上不足之款，并请领导为此事保密。"

"学雷锋啦，做好事还保密？"

"不是这样说，保密有两个好处，一是有利于合作基金会清欠工作。第二给杨林恺一点压力，要是让他知道有人替他还了债，说不定懒劲又上来了。镇长你说是不是？"

"哇，你这个村主任有人情味，好，好，我高兴。"

石奇伟笑一笑算是回答，骑上摩托车飞驰而去。

次日，杨林恺的猪场果然留下了母猪和猪崽。猪崽的叫声特别响亮，石奇伟在远远的地方就听见了，就像听见儿子刚出生的啼哭，脸上浮起会心的微笑。

合作基金会欠款的清理工作有了明显的进展，前任村长（村民不太愿意叫村主任，认为村长顺口好叫）的猪都被拍卖了，想赖的人也不太敢赖了。镇里清查小组把村里欠款的人连姓名带照片公布在村口宣传栏，经常有人围在宣传栏前指指点点，窃窃私议。原先借款的人认为基金会又不是银行，能不还就白捡啦，哪知道是这样"捉猪搬家俬"真干的，欠账的人感到了压力。纷纷找亲朋密友借款还债。结果，九龙湾村合作基金会清理工作在全县排名第一。

二

龙隐洲在漳州挖掘机培训班学了1个月，就对挖掘机熟悉了，但是，培训期是3个月，他就跟师傅商量，让师傅跟修理班的师傅说一下，他愿意无代价给那个师傅做帮工。龙隐洲见师傅踌躇，就很诚恳地对师傅说："师傅你想啊，我毕业回去是在山沟里开勾机，不懂点修理小知识，一有问题就等修理工，那要浪费多少时间呀，人家公司老总对我好，我总不能不对他尽心吧。"

师傅觉得这小子还挺讲义气的，就把龙隐洲介绍给修理班的师傅。

龙隐洲手脚勤快，嘴巴又甜，对修理师傅前一句师傅，后一句师傅，叫得修理师傅乐呵呵的，还跟到修理师傅家，一进家门就帮做家务，师娘长，师娘短，叫得师娘心头乐开了花。所以在修理班帮工了两个多月，就基本掌握了挖掘机的工作原理和简单维修知识。后来石其中知道了龙隐洲的意向很感动，就对他说："你先回来开挖掘机，等有机会我再送你去修理班培训。"

于是，龙隐洲回来后就和另一个人轮班在矿山开挖掘机。

三

这一天，龙隐洲在矿山开挖掘机，他做梦也没有想到，他的爱情正像风一样从遥远的地方向他吹来。

早上，石其中在公司大门前的小广场溜达，有一团黑烟似的东西正向他滚来。他站住，想看清那到底是什么东西。近了一看，原来是一个蓬头垢面的女人正向他走来。

石其中有点警惕，问："你要做什么？"

黑女人说："家里遭难了，过不下去了，讨一口饭吃。"

石其中仔细打量这个女人，发现她五官端正，目光有神，洗干净后，换上一套衣服，应该不会差到哪里去。他脑子里闪过龙隐洲的影子，于是更加仔细地问她："你家里遭了什么难？能说给我听听吗？"

"丈夫车祸死了，婆婆过世了，能卖的都卖了。"

"车祸不是有赔偿吗？"

"发现的时候已经两天了，找不到开车的啦。"说着，黑女人号啕大哭。边哭边说："农村路上又没有照相的。"

"是没有监控。你别哭，你听我说。"

黑女人停止哭泣。

石其中说："我给你一点钱，你花了就没有了，解决不了问题。这样，如果你愿意，我留你在我公司做点事，可以赚工资养活自己。"

黑女人俯伏在地，连说愿意，还喃喃自语："我碰到好人啦，我碰到好人啦。"

石其中叫来传达室的老头，让他把黑女人带去有热水器的地方，让她洗一洗，找那些住公司宿舍的女工要两套不穿的衣服给她换上，给一些东西吃，然后再带回来。

石其中给龙隐洲打电话，让他找人替一下，马上坐摩托车到公司办公室来。

龙隐洲来到石总办公室，伸手推开另一半掩着的门，只见一个女人端端正正坐在办公桌前跟石总说话。龙隐洲停住脚步，进也不是，退也不是。石总笑着大声说："进来呀，一看到有女人就不敢进来是吗？"龙隐洲挺了挺腰，咬了咬牙走进办公室。

龙隐洲不敢正眼看那个女人，只用眼角余光瞟了一下，手脚无处可放。倒是那个女人站起来，拉了一把靠背椅子给他，顺带看了他一眼。

龙隐洲连忙说："我自己来，我自己来！"他也顺便看了她一眼，发现这个女人有点不一样，五官还端正，皮肤有点松，有点老，头发还是湿的，但整个人很精神。

石总朝龙隐洲点点头，说："你觉得这个人怎么样？"

龙隐洲慌忙回答："好，挺好。"

"我是说你的感觉。"

"好，好，不错。"

石总转头问黑女人（现在不是黑女人啦，但是还没有问她的名字）："你觉得这个男人怎么样？"女人听懂了，知道了这位老总的意思，就特意再看龙隐洲一眼，觉得这男人还顺眼，就说："这位兄弟挺实在的。"

龙隐洲连忙自我介绍："我叫龙隐洲。"

石其中把龙隐洲拉到门外，小声说："我是想把这个女人许配给你，你傻不傻，看不出来？"龙隐洲手足无措，口里就知道说好好好，语无伦次。

石其中说："我把她留下来做点事，你要去追求她，就是谈恋爱，懂吗？能不能得到她的爱情，就看你怎么追她啦。"

龙隐洲慌忙解释："我没有谈过恋爱，我不会追女人。"

"那你学呀，我总不能强迫她嫁给你，爱情是需要两相情愿的。"

"是，是，我向吴步宁学，他追求琪香有一套的。"

石其中笑了："第一步，你先去问她叫什么名字。"接着又附耳低言："她少你一岁，是妹子。"

龙隐洲即刻陷入困境，但是，他的豪气从脚底升了上来，他走进办公室，灵机一动，说："我很想叫你一声'妹子'，但是不知道该怎么称呼你。"

那女人噗嗤一笑，说："客气客气，我叫于秋璐。大兄弟你刚才说你姓隆，是'隆鑫摩托'的'隆'吗？"

龙隐洲说："不是啊，是'飞龙在天'的'龙'啊。"

于秋璐微微一笑："这个名字很响亮。"

石其中对龙隐洲说："你现在第一个任务，就是带小于去买两套合身一点的衣服，然后看她需要什么，尽量帮帮她。"

"是是是，来，你跟我走。"

龙隐洲发动摩托车带于秋璐去县城，他感到背后好像载着一盆火，一会儿又感到像载着一颗大气球，一直要往上飘。

龙隐洲先带于秋璐去理发店修了头发，又带她去小商品商场买了两套衣服。于秋璐走出试衣间，龙隐洲眼睛一亮，果然是自己喜欢的那个人，龙隐洲的心怦怦直跳。

龙隐洲说："不要换了，就这样穿着走啦。"于秋璐说："旧衣服也要带回去，应该还给人家呢。"

看来，这女人也是一个踏实过日子的人。

龙隐洲问她："你还想买什么？"于秋璐小声说："我想吃饭。"

龙隐洲一拍脑袋："我怎么就忘了呢。"

于秋璐吃了一大碗卤面，还想再吃，龙隐洲说："不能再吃了，你饿了那么久，吃多了会把胃撑坏的，等一会儿再吃，好不好？"于秋璐服从了龙隐洲的安排。

傍晚，龙隐洲带于秋璐回到公司安排的住处，于秋璐问："让我跟你，是公司老总的意思，你不留下？"

"不，我要和你好好谈一场恋爱，体味一下追求女人的味道。"龙隐洲回答得很自豪。于秋璐感受到一种被尊重的温暖，笑得很温柔。

四

龙隐洲找到吴步宁，对正在雕刻艺术品的大师傅说："停一停，我有话要对你说。"吴步宁对这个经常有新点子的家伙不敢怠慢，停了机台，说："你又有什么屁要放？"

龙隐洲正色道："你以后要放尊重一点，我是很快就要有老婆的人啦。"

"哇哇哇，你的老婆从哪里冒出来？"

"是，是石总帮我物色的。"

"我不信。"

"昨天我在开挖掘机的时候我也不信，进了石总的办公室我才相信是真的。"

"那石总是变魔术变出来的？"吴步宁一步步把龙隐洲拉入陷阱，龙隐洲只好实话实说："石总在大门口捡的。"

"哇哇哇，越说越离谱，那我也赶快请石总帮我捡一个。"

"是真的，那女人家里遭了大难，没人啦，出来当乞丐，石总好心，伸手帮她，又想到我，所以就有了这么回事。"

这一回吴步宁信了，同时也惊讶万分："你这小子有福气啊，我原想你是一辈子光棍啦，没想到千里姻缘一线牵。有福气，有福气。来、来，咱找个安静的地方聊聊。"

"我想请你吃饭，咱们去'十里香'饭店怎么样？"

"还是别去那边吧。"

"你是怕被琪香看到？现在你帮我，以后我帮你把琪香拿下好不好。"

吴步宁说："暂时不去'十里香'，我们找个小店，聊聊吧。"

他们找了个小店坐下，吴步宁问："你老婆都到手了，还有什么要问的？"

"不，石总说不能强求，叫我跟她谈恋爱，追她，把她追到手算数。"

"说得也是，强扭的瓜不甜。"

"所以啊，你追琪香有经验，你要帮我。"

"别说了，我那都是失败的经验啊，我要有好经验，早把她追到手了，琪香她不懂真爱，虚情假意她反而相信。我那天怎么那么傻，我如果也翻墙进去，就能救下琪香。我怎么那么傻，她二哥说没贼我就相信了呢。我明明看见一个男人进了大门，而且插上栓，我怎么就信了她二哥呢。"

"我的真心实意她看不到，我知道她介意我老婆喝农药自杀，可是龙隐洲你知道吗，当时我不在家，不是我跟她吵架或者我打她，我老婆自杀不是我造成的，我也很痛心。"

"我老婆她不是普通农村妇女，她是一个漂亮的女人，是我很喜欢的那种漂亮，但是，如今说什么都没用了。当然，她的死我是有不可推卸的责任的。"

"谁叫我不会种田，我如果在家种田，小两口恩恩爱爱，就不会发生悲剧。"

"谁叫我没本事，出门在外钱又赚得少，我要是稍微有点本事，就把她接出来一起打工，她就不会死了。"

"谁叫我有一个生病在床的母亲，要不是为了照顾母亲，就是当乞丐我也要把老婆接出来一起讨饭。"

"谁叫我有一个虎伯母（母夜叉）的妹妹，要不是姑嫂不合，天天吵架，她怎么会去喝农药？谁叫我给她留下一个才3个月大的婴儿，她忙里忙外，忙得心里打了死结了。"

"我怎么会是这种命运呢，老天爷呀，你怎么这样对我呀。"

吴步宁说得声泪俱下，泣不成声，龙隐洲也热泪滚滚，像拍孩子一样拍着吴步宁的后背。

龙隐洲豪气十足地安慰说："我帮你解释，我找机会帮你解释。只要琪香知道了内情，她一定会原谅你的。"

吴步宁拍拍龙隐洲的肩膀，表示以后就是好朋友了。

言归正传，吴步宁详细听了龙隐洲的叙述，说："你这场恋爱比我追琪香麻烦多了"。龙隐洲急坏了，说："这话怎么说？"

"你想啊，你了解她的历史吗？你了解她的家庭情况吗？她家里有什么人？你一个也不认识，现在骗婚的太多了，你要先与她一起回一趟老家，了解清楚了再做决定。"

"这样显得不相信人，太伤人了，你说是不是？"

"那我就没办法了，要不，你请教石总，看他有什么高招？"

"你先帮我想，想不出来再说，想！"

"这样，现阶段你把钱袋子捂紧点，钱都要放在银行卡里，身上只带零花钱。还有，在她身上小钱可以花，大钱有原则。平时注意她的眼睛会不会盯着你的钱。然后托辞领结婚证要户口本或者村委会证明，跟她去一趟她老家，一切就清楚了。"

"好。"龙隐洲高兴极了。

五

龙隐洲恋爱以后，变得勤快了，在矿山开挖掘机下班以后，途经小河，他还要下去捡捡石头。闽南俗语说："娶妻前，生囝后"，意思是说闽南男人在娶老婆前和当父亲后有一段福星高照的好运气，龙隐洲当真应了这句老话。这一天，他下班后，马上骑上摩托车往县城方向飞驰，经过流淌桥，突然产生了很强烈的捡石头的念头，便停了摩托车，溜一下溜到了小河滩，只扫了几眼，便有一个石头闯进眼帘。捡起来洗一洗，一幅清晰的黑白图案呈现在眼前，一只老鼠仓皇逃跑，一只猫抬起前脚追打老鼠，整个画面惟妙惟肖。龙隐洲激动得不能自制，手脚瑟瑟发抖，口里直念叨："好石，精品，好石，精品！"

龙隐洲捡到猫鼠图后，洗一洗上了油，割了一块泡沫做它的临时底座，把它立在床头的桌上，心里像有十五个吊桶打水，七上八下的。一会儿想："赶快把它卖了，可以卖3000块呢。"

过了一会儿又想："何止何止，忍几天可以卖5000块呢，你看那些石农，捡回石头就卖，卖了钱就好酒好菜闹夜生活，这样是不对的，好石头应该有个好价钱。"

一会儿又想："你就忍吧，石头界不是常说'过了这个村就没有这个店'吗？"

一会儿又想："不对，不对，那些开石头店的人就是低价收购石农的石头，清洗、配底座，上油，然后摆在店里等着卖好价钱，你忘记了吗? 你现在不是石农了, 你要自己卖好价钱啊。"

想通了, 决定了, 可是龙隐洲整个人感到怪怪的, 眼前总是有些百元大钞飘飘飞过, 一会儿耳边又咔咔回响着百元大钞的点钞声。

龙隐洲忍受不了这样的折磨, 决定去问问于秋璐。正想着, 又有一个声音跳出来说:"你不能让于秋璐知道啊, 你让他知道一个小小的石头可以卖好几千, 你口袋的钱还放得安稳吗?"

一会又自言自语:"你这样还算是男子汉吗, 还没有娶到手就像防贼一样, 你这辈子还想娶老婆吗?"

这一天晚上, 龙隐洲做了一个奇怪的梦: 一群老鼠在地上到处乱窜, 有的啃这, 有的啃那。龙隐洲大吼一声跳起来, 挥起拖把乱打, 可是老鼠越打越多, 龙隐洲精疲力尽, 也无可奈何, 突然, 一只巨猫从天而降, 所有老鼠四处乱窜, 瞬间踪影全无。龙隐洲恍然醒来, 朦胧中看到猫鼠图, 啊, 那只巨猫不正是石头图案上的那只猫吗? 这一定是一方好奇石, 可不能随随便便就卖了呀。

龙隐洲这样反复折腾, 反复自我提问, 最后终于忍不住找于秋璐诉说。于秋璐听了, 笑了一笑, 说:"俗语说'老鼠吃油眼前亮', 可是咱们是人, 不是老鼠, 老鼠眼睛看不远, 人可以看得很远很远的。"

龙隐洲一点就通, 请师傅为猫鼠图配了红木底座并参加县里举办的"迎新春奇石书画展", 并获了金奖, 展览结束居然卖出 15000 元的好价钱。

从此, 龙隐洲捡石头更勤了, 有时候也会带一些石头放在于秋璐房间的窗台桌下。于秋璐告诉他, 自己家乡的河里也有很多黄黄的、润润的石头。龙隐洲听了特别高兴, 说明这女人对自己并不设防, 他娶这个老婆有希望啦。他对于秋璐说:"安排一下, 过一段向石总请假, 咱们回一趟你老家, 捡捡石头, 顺便把户口证明打一下, 我们就可以领证啦。"女人闻言色变, 可惜龙隐洲没有注意到。

六

8月的归川, 天气已经转凉。龙隐洲和于秋璐坐客车驰骋在归川的大地上, 刚刚在车站, 龙隐洲排队买车票, 前面一位因为少了一元零钱买不上票，龙隐洲掏出一元钱给他，那人买了票对他一直点头道谢，龙隐洲一腔豪气地说："小事，小事，不必谢，不必谢！"于秋璐在一边难以察觉地笑了。此刻，坐在行走的车上，龙隐洲不出声地哼着曲子，心情出奇地好，原来，给予是这么美好的一件事啊。心情好，时间过得快，心情好，车子简直像飞一样。

在一个龙隐洲不知道是什么地方的地方，车子停了下来，他拉着她的手，热切地问："你家快到了吗？"

于秋璐有点着慌，一边说"快了快了"，一边慌不择路，一会儿说："唉唉，脚痛死了，走不动了。"一会儿说："哎哎，好像走错了。"龙隐洲开始只是心存疑虑，这时忍不住发火了，晃着女人的身子，说："你到底瞒了我什么？枉费了我们石总的一片菩萨心肠，救你这种人有什么用？"于秋璐跪地大哭："我不是那样的人，我有难言之苦啊。"

"有多大的苦？说出来，天塌下来有我顶住，如果不说，我就把你扔在这里，我立马回福建，永不再见。"

于秋璐大哭："我还有一个3岁的女儿，寄在亲戚家，我不是故意骗你啊。"

龙隐洲沉吟了一会儿，说："不就一个孩子吗？带回去，我当她的父亲。有什么好嘀嘀咕咕的。"

女人抱住龙隐洲，久久不放。龙隐洲浑身颤抖，也紧紧抱住她。

第二十二章

马失前蹄成陪斩，祸兮福倚焉可知

一

李成渝在九龙湾是个混混，但他是个有头脑的混混，他知道没有钱是艰苦的，他当时没有抢到手的洞洞石被石奇伟卖了十几万，对他是个很大的刺激。他连做梦都梦见自己跟满溪白花花的大石头睡在一起，石奇伟当上村主任后，他就想办法接近他、讨好他。有一天，李成渝碰到石奇伟，一把拉住他，说："当了村长了，以后不用动手了，想做什么说一声，人家就替你做了。"

"好哇，我叫你去水底捞鱼，你去吗？"

"太阳下山了，很冷啊，我虽然不能按你的吩咐去做，但是我们可以合作啊。合作可以赚钱啊。"

"你说，怎么合作？"

"我想在十公里开一条路下河，把河里的园林石搞回来，咱俩合作，我六你四。资金你有多少出多少，剩下我出。"

"你给我个传呼机号码，我考虑一下再答复你。"

石奇伟知道石头是个好东西，自己又不用出力，觉得是个不错的生意，但是郑雅惠反对，她说："李成渝这个人可靠吗？说不定你哪一天被他拉去当垫背的。"

石奇伟略思考一下，说："你放心，我不与他正面合作。"

那还有什么好的办法呢？石奇伟灵机一动，打了李成渝的传呼机，把他找来，对他说："你独资去搞，弄回来十个，按工钱卖给我三个，这样你更独立，是不是？"

"谁说不是呢。好，那就这样，我明天开工啦。"

二

李成渝自恃叔叔当村书记，又与村长合伙，万无一失，便请了挖掘机开路下河，组织了三组人，每组一个四米高的三脚架，挂上一个十几吨位的手拉葫芦，见到有点样子的园林石就吊，大有要把河滩里的大石头全部扫光的势头。有的大石没那么好吊，做工的人就把三脚架改为两只脚，在架顶上绑一根几十米长的钢丝，另一头拉到远远的地方，绑在树桩或者更大的石头上，有时候绑在与大石头前进相同方向的一边，有时候又绑在相反一边，完全由石头的受力方向决定。这样，葫芦一拉，因为钢丝在远方助力，大石头就移动得更快了。

这一天傍晚，李成渝高高兴兴请新村长视察他吊回来的大石头。石奇伟看了看，竟然没有一块能够入眼，这才知道李成渝没有半点艺术眼光。他对李成渝说："你这样没有仔细挑选就把它们弄回来，没有市场，干不上一个月，你就会财本无归的。你又不是亿万富翁，再这样下去，会难以为继的。"

李成渝说："那怎么办？你下河帮助挑选是最合适的。"

"你没头脑，我是村主任，我下河，等一下全村的人都下河了，我怎么说别人？"

"我们晚上去，有月亮的晚上去好不好。"

石奇伟没有回答。

于是，某个有月亮的晚上，在河里捕鱼的人便看到两个没拿渔具的人在河中突出的大石头上跳来跳去，这里摸摸，那里摸摸，不知道他们是干什么的。直到每天都看到李成渝运园林石回来，村里比较有头脑的人也陆续下河吊园林石。李成渝不让别人运石头的车经过他开的路，结果引起冲突，差点出了人命。提交村委会解决，最后约定空车经过不收费，载重车每车交50元过路费。村里有些硬角色不服，反映到县里，县政协组织视察，几天后，县人大组织视察，很快形成禁止采运大型华安玉奇石的地方法规。

三

李成渝不会理解地方法规的厉害，所以继续吊他的大石头。地矿局的人把他拉到一边，对他说："这石头县政府保护起来了，不可以开采啦。"

李成渝装疯卖傻，说："这石头在这里千年万年，以前怎么不保护，看到我吊几个就保护了？"

"以前没有立法规。现在立法规了，所以不能采。"

"什么这个规那个规也规不到我头上，别人也在吊，你们先去禁别人吧。要喝茶我倒给你喝，不喝赶快走。"

不一会儿，警车尖叫着闪着红灯来到河边，李成渝见势不妙，这才叫伙计们收拾工具回家。那些吊石头的散户也一下子不见了踪影。

李成渝找石奇伟商议，石奇伟说："你总看过打游击的电影电视吧？"

"你直说，这样转圈圈我听不懂。"

石奇伟甩甩手，说："熊猫是怎么死的？"

"我怎么知道它是怎么死的？"

"笨死的。你该派一个人在地矿局门口盯住，一有巡逻人员出来就给你打手机。没有手机就去买一把，有二手货，不贵。你买两把，一头一把，他们出来了你就跑，躲起来；他们走了你再干，懂不懂。"

李成渝按照石奇伟说的干了一段，倒也相安无事。闽南话说"贼星注败"，那天也是合该有事，县委张副书记的车刚好开到"十公里"看到河里有人在吊大石头。于是，他叫司机把车开下河滩。他看到河滩上三组人在吊大石头，怒火万丈，喝令停止，大家知趣地停工。张副书记走到最近的一组，叫工人把钢葫芦卸下来，抬到他的车上，张副书记想要留个物证。

工人们刚要把钢葫芦放进后备厢，李成渝的摩托车及时赶到，他闪电般停好摩托车，飞身扑向后备厢，把钢葫芦往外拉，张副书记则把葫芦往下摁，两人在你争我夺中都忘了自己是谁了。张副书记手被铁链夹伤，痛入心扉，手一松，脚又没站稳，一跤跌在乱石堆上，李成渝趁势一脚狠狠踢过去。手脚并用，把对方痛打一顿，张副书记大叫："110，110！"

司机目睹这一过程，脑袋却一片空白，听到张副书记叫"110"，这才拿起手机打110："'十公里'，'十公里'，马上出警。"

结果可想而知，李成渝进了公安局，更要命是李成渝是个"一条肠子通屁股"的憨汉，竟把石奇伟帮他谋划的过程和话语一五一十全供了出来。

石奇伟这下吃不了兜着走了。镇里大大小小领导都在嘀咕："一个村委会主任怎么是这样的水平呢，公然与地方法规对抗，这怎么得了啊？"

李成渝被批准逮捕，判刑是肯定的，只是刑期长短的问题。石奇伟的问题倒是令人头疼，刚刚高调当选村委会主任，一下子把他打倒也要考虑影响，镇党委研究了好几次，请示张副书记，张副书记不敢做主，请示县委邹书记，邹书记的意见是不要一棍子打死，叫他到镇里帮帮工，让他锻炼锻炼，村主任让副职代一下。

县委书记这个意见很中肯，石奇伟当村委会主任才七八个月就干了好几件有魄力的事，比如，九龙湾大桥立项，成立水果销售合作社，奇石村上了网，订立村规民约，抓赌禁赌，这几件事都显示了他的才华，得到了上下层的欣赏。

镇党委研究决定：给石奇伟党内警告处分，让他到镇沙石场任场长，九龙湾村委会主任由副主任李世杰代理。李世杰原本要竞选村长，这一下捡着个便宜，倒也喜不自胜。

这件事对石奇伟来说教训是深刻的。郑雅惠说："你看，你看，'抓鸡不着反亏了一把米。'"石奇伟说："是啊，'赔了夫人又折兵'。"

李翠花说："李成渝那个人可以信，'狗都有四脚裤穿'。"

大哥石其中的话比较有分量，他说："你这次去沙石场是好事，你想，村里的事是一团乱麻，光村基金会你就费了多少劲哪。不过，你这一去也是背水一战，要把沙石场搞好，否则以后人家上层要帮你说话都找不到话头。"

石奇伟点头称是，说他知道轻重。

村民的倾向一边倒，都纷纷为石奇伟打抱不平，人们议论说："一百个李成渝也抵不了一个村长，现在一对一太亏了。"

有人说：村长你升官了，石奇伟笑一笑说："沙石场没有任何级别，场长也仍然是农民身份，升什么啦，笑话！"

四

石奇伟任职的沙石场是镇里办的一个小企业，它的工作范围是在本镇所辖的15公里九龙江河道，沙石场有六6台挖沙机动船和18只运沙船，工作任务是通过挖沙机传送带将建筑用沙和河卵石过筛，分别装进沙箱和卵石箱，超过标准的石头重新丢进江中。以前之所以效益不好，是因为管理不力，大家领固定工资，干多干少一个样，大锅饭怎么会出效益呢？

石奇伟上任后，首先定了一套制度，取消了底薪，所有员工都领取计件工资，原来停机检修，集体休息的现象消失了，员工还常常自动延长工作时间，大家都想多赚点钱是可以理解的，所以第一个月产量增长了50%，第二个月产量翻了一番，这算是石奇伟上任打的一个漂亮战。当时镇党委给石奇伟定了责任制，超额有千分之一的奖励，石奇伟很期待年底有个大红包。

石奇伟还有一个重要举措，让员工将看到华安玉石都捡起来，每一立方斗付给5元工资。不久，这种五六厘米，七八厘米，十几二十厘米的华安玉石便堆积如山。石奇伟一有空闲，便在石堆里挑挑拣拣，把那些石材扁平，黑白图案清晰的画面石都挑出来，将画面形成人物、花草、鸟兽、文字，还有远山、近山等好的精品石装进塑料编织袋里，傍晚就扎在摩托车后架上带回家。久而久之，便引起一些人注意，特别是前任领导的亲信，把这事反映到镇分管领导那里，说石奇伟把河里取出来的华安玉石偷运回家。分管领导很重视，马上到沙石场调研，领导看了如山般的石头堆，便感觉"偷运"这个罪名难以成立，问石奇伟打算怎么处置这些石头，石奇伟胸有成竹，说正在联系晋江瓷都的客户，那边需要大量的球磨石，一吨可以卖四百多元，是桩好买卖啊。

分管领导满意离去，从此那些人再不敢拿这事告石奇伟的黑状，反而来巴结石奇伟，他们在采沙过程中碰到精品画面石，都藏起来，等收工时再送给石奇伟。凡河中采的精品画面石都源源不断地流向石奇伟家中，石奇伟为了避嫌，让郑雅惠的奇石店停止营业。那时候不像后来，人人一部智能手机，还带一千多万像素的摄像头，碰到石头咔嚓一拍立刻发到微信上。那时候上网靠电脑，拍照靠数码相机。石奇伟把带回家的画面石洗洗、上点油，发到网上，打电话问价的人不少，卖了数十个后，郑雅惠说："你在那边当头，最好低调点，另外不要让人家知道这种石头值钱，省得大家都去抢。"石奇伟想想很有道理，就腾出一间房子把所有的画面石都封存起来。每次往黑屋子里塞石头，石奇伟都默念："暂时委屈你们了，以后有你们风光的时候。"或者："乘风破浪会有时，直挂云帆济沧海。"这是后话。

第二十三章

聪明反为聪明误，如梦如幻是"凯旋"

一

刘恒辉走不进李楚月的内心，大略知道她心中的郁结，他上网读了许多文章，然后把那些文章的精粹抄录下来，送给李楚月一个很精致的笔记本，上面用刚劲有力的钢笔字写了满满五页：

当婚姻无法继续时，女人想要选择离婚，她总会被一个问题所困扰——离婚的女人真的就贬值了吗？这个问题来自她的自我否定，也来自他人的否定。可是，一段婚姻的失败为什么会牵连到女人的人生价值呢？一个女人的人生不应该定义在婚姻上，一次失败的婚姻不意味她的人生是失败的。

离婚，是每个人都不愿意面对的，可是，婚姻如果到了尽头，强行继续，也不会幸福。女人要对自己有信心，相信自己能在离开他以后过上更幸福的生活。记者采访了几个男士，他们并不认为离婚是对女人的贬值。

A男士：以前，我离婚后，也相过亲，认识几个离过婚的女人，但是她们对生活都很消沉。我想，应该没有人愿意和一个阴沉沉的人交往，所有人都向往温暖与快乐，自己都无法让自己开心起来，谁又能够接受这样的女人呢？我现在找到的这个老婆，她乐观，生活态度积极，跟她在一起，觉得未来是有希望的。她有自己的生活方式，在我心里，她是一个非常有魅力的女人。

有些女人在经历过一次失败的婚姻后，就开始自艾自怨，难以走出失败婚姻的阴影，就算她遇到了好的男人，也会为前一段婚姻的阴影所累，不敢去接受新的开始。

B男士：怎么说呢？跟她处对象时，她刚离婚一年，工作非常努力认真，我也劝过她，只要她愿意，在家做全职太太就好了，可她说，她不希望自己再继续依靠男人，过那种看男人脸色的生活。她与她前夫离婚时，可以说一无所有吧，带着孩子过得非常艰难。可是她靠自己的能力站起来了。很多人说我虽然离过婚，但有房有车，条件也不错，为什么要娶一个离过婚，还带着孩子的女人？我认为她努力生活的样子，配得上我。

C男士：认识老婆那年，她34岁，但是她看上去就是二十六七岁的样子，我比她小3岁，能把她娶回家，我觉得很幸运。她是一个很自信的人，似乎从来没有因为离过婚而自卑过。平时，她很懂得打扮自己，很有品位，每次带她出去见朋友，朋友都羡慕不已，我也觉得特别有面子。我觉得，女人不应该离了婚，就认为自己没办法找到更好的男人了，只能凑合着。这是对自己的不信任，对自己的不自爱。

D男士：我之所以会娶我老婆，是因为她很独特，她跟那些离过婚的女人完全不一样，非常潇洒，经常出去旅游；我问她，离过婚后，难道不想安定下来吗？她说，以前她安安稳稳地和前夫生活，没想到遭到背叛，离完婚，她想通了，女人就是要为自己而活。跟我结婚3年了，她还是喜欢旅游，喜欢带着我去各地吃小吃。

遇到她，我的生活被彻底改变了，可能这就是爱情的意义吧，我过上了我喜欢的生活。

结语：

女人啊，你的心里有着怎样的憧憬，有着怎样的内心世界，就是你即将迎接的未来。

这是哪里抄来的文章呢？虽然可以肯定不是刘恒辉自己写的，但是，它像刚刚酿成的新酒，酒不醉人人自醉。李楚月看完笔记，心潮澎湃，她仿佛站在一条长长的大路上，隐隐约约望见远方有一座金碧辉煌的宫殿，她不顾一切向前奔去。正在这时，刘恒辉走了进来，李楚月侧转头一看，眼前一片迷雾，待渐渐清晰，却浑身发软，任凭刘恒辉把她抱起来，走向卧室的大床……

激情过后，刘恒辉直接向李楚月求婚。李楚月轻轻地说："我还没离婚呢。"

"你丈夫不是早就想和你离婚吗？只要你把身份证给我，这件事我来办，你就等着嫁给我吧。"

李楚月感到一丝丝不安，这是有夫之妇偷汉吗？她这一段读到的文字让她有了羞耻感。

她与石其中已经多少年没有这样的激情交融了，他们只是名义夫妻而已，你嫌弃我，我为什么不能找我所爱？她读到的文字又这样与自己辩论。正当她与自己较劲时，刘恒辉又一次把她紧紧抱住，他们又一次进入癫狂状态。

二

石琪玉自从前次邂逅谢盛霏，算是认识了一个老乡，后来再聊才知道他是吴步宁的徒弟谢盛思的弟弟，这个小帅哥其实很讨人喜欢。谢盛霏约定星期天带石琪玉去见一个华安籍的姓陈的副校长。

石琪玉见了陈副校长才知道他是个和蔼可亲的近五十岁的长者，当时还有一个女教师在场，石琪玉谈着谈着说起了华安的华安玉，并给大家看了手机保存的华安玉画面石的照片，大家啧啧称奇。

陈副校长说："我也是华安人，我居然不知道华安玉，太闭塞了。"

那个女教师突然说："我也是华安人，我就收藏了好多华安玉。"陈副校长连忙介绍说："两位华安同学，这位是中文系的苏渝老师"。

石琪玉很惊讶："苏姨？"

"不是'阿姨'的'姨'，是四川的'渝'。"

经过这个小插曲，大家更融洽了，又谈了一会儿，苏渝告辞，石琪玉提出要去她家看石头。苏渝爽快地答应了，谢盛霏也想去，石琪玉委婉地说："我们两个是女生，会说一些悄悄话的，你就别凑热闹啦。"

谢盛霏笑笑说："那我就和陈校长再泡会儿茶。"

石琪玉和苏渝走后，陈副校长说："这个女同学是你女朋友？"

"不是，刚认识几天。"

"这女孩气质挺好的，不知道学习怎么样？"

副校长的几句话，让谢盛霏想入非非。

三

石琪玉跟着苏渝来到中文系教师宿舍，一进门，石琪玉憋了好久才说："想不到，真想不到。"客厅两面博古架上摆满了大大小小的石头，而且都配了红木底座，哪像石琪玉自己的那些石头都睡在黑屋子里，多么寒酸啊。

"苏老师，你的石头是大家闺秀，我黑屋子里的石头是寒门弟子啊。"

苏渝说："彼此彼此，我玩石头就止于玩，没有别的目的。不一定说我这些经过打扮的石头就好，你那些未经整理的石头就不好，往往是美人'养在深闺人未识'啊。刚开始时，我的同事们也很惊奇，说我一个女同志怎么会喜欢石头？其实是他们无缘体验到玩石头的妙处，我有时候半夜醒来，没有别的人可以说话，就跟石头说说话，立刻收获好情绪。"

石琪玉问："苏老师你爱人不在本市？"

"何止不在本市，有没有在本星球都不知道呢。"

"那就是说，你还没有对象？也没有男朋友？"

"没有，要是这个世界上没有一个能与我的灵魂产生共鸣的人，我宁可独身。"

"我有一个大哥，是我干妈的儿子，他是我们闽南地区最大的玩石家，我介绍你们认识一下？"

"干吗多此一举，我说过，我玩石头只是止于玩。不过既然是玩石的，又是最大的，跟他认识一下也是可以的。"

"我大哥他年初刚离了婚。"

"你这个小同学，暗藏机锋啊！有目的的会面我绝不去。"

石琪玉暗暗可惜，只好放弃这个话题，转而专谈石头。

四

石启强的凯旋房地产有限公司能有今天的成就，他自己都有一种梦幻感。

石启强在舒立公司感到很压抑，他不懂业务，想学都没地方学，大舅子排挤他，不想让他插手公司业务。他像一个闲人，很郁闷，所以若有朋友叫他出去散散心，他便欣然应邀。这一天，也是该石启强走运，他会的这个朋友的父亲从漳州调过来，现如今在深圳市政府工作，朋友了解他的情况后，说："你干吗不出来自己干？"

"自己干，我自己能干什么？"

"股份制你知道吗？"

"略知一二。"

"你应该联络几个台商，成立一个房地产股份有限公司；这个城市正在长个子，房地产业前途无量啊！"

后来，凯旋房地产股份有限公司的成功，或者说公司能够诸事顺遂，均得益于朋友的这句金玉良言和他的倾力相助。凯旋小区有今天的繁华，上面罩着一层如梦如幻的色彩。如今，朋友进京了，再叫石启强来营建一个与凯旋小区一模一样的楼盘简直是不可想象的。

石启强站在阳光下，突然脑子里闪过二哥结婚的场面，当时二哥说过可以在华安县开发房地产。这么大的楼盘都干过了，到县城盖几十栋房子还有什么难的？

在一次股东大会上，石启强提出自己的思路，并让股东们自由选择，结果有一半的股东愿意跟随石启强到华安县开发房地产。

五

石其中与李楚月的离婚官司到了白热化阶段。

李楚月打官司，显然是刘恒辉在操纵，但他没有露面，用李楚月的身份证和她的签名让代理律师全权处理。

石其中自然也没有时间、没有心情应付，也是让代理律师全权处理。

石其中的代理律师说："李楚月提出离婚，要求分割唯美公司一半财产，您对本案有什么打算？"

石其中惊讶得合不拢嘴："我不是已经给她38万元离婚费用了吗？"

代理律师说："您给她钱，有没有签离婚协议？"

"没有。"

"没有就不算数的。"

石其中着急起来："那还有什么办法？"

"除非她自己承认拿过38万元，而且承认那就是离婚费。依我看她是不会承认的，否则她就不用打官司了。"

"你是大律师，见多识广，我们应该采取什么对策？"

"现在要分清对方提起诉讼是善意还是恶意的，你自己心中有数吗？"

"应该是恶意的，估计她是受人操纵的。"

"那我们的对策也要跟上，分割财产的要求法院也无法拒绝，唯一的对策就是把公司的资产做成负资产，也就是说要分割只能分割债务。"

"好，就按你说的办。"

"资产不能分割，对方可能会提出分割实体，然后再把实体卖给你。我们就要把收购实体的款扣去对方应负担的债务，让两边相差无几。"

"这真是个好办法。"

"还有一个更好的办法，就是你找她谈一次，她如果口头承认拿过的38万元是离婚费用，你就把这段话录音带着，到时候法庭上一放，再让她在法庭上确认录音，我们就稳操胜券了。上面那两个办法就都不必用了。"

"好，我们三个办法一起准备，一点都不能马虎。"

代理律师离开后，石其中心里像打翻了五味瓶，真如古话所说"搬起石头砸自己的脚，赔了夫人又折兵啊"。一想到要与李楚月对话他就心堵。憋屈了好几天，他突然想起郝君洛，由郝君洛去和李楚月谈话是再好不过了。石其中特意去了一趟漳州，两人泡了壶茶，感慨唏嘘一番，郝君洛诚恳谢罪："我怎么想也想不到刘恒辉包藏了这么个祸心。"

石其中说："要骂也要骂我自己，点子是我出的，现在不是骂人的时候。"

他顿了一下，将代理律师的谋划详细说给郝君洛。郝君洛拍案叫绝："这真是个好办法。"

可是，到了临开庭的前一天，郝君洛打来电话说他拿不到李楚月的录音，李楚月拒绝和他见面。

这一天，在法院二庭正式开庭。李楚月在法庭上虽然坐得挺直，但是精神有点蔫。刘恒辉昨天讲的话一直在她的耳畔回响："明天法庭上你一定不能心软，咱们一定要分到唯美公司一半的财产。"从昨天到现在，李楚月心中有个疑点像下雨前的云团，一直盘旋、扩大："刘恒辉对我的离婚官司这么热心，他是爱我这个人呢，还是爱我的财产呢？如果不是爱我这个人，新鲜劲一过，那日子还能过下去吗？那还能跟他结婚吗？但是，石其中把我抛弃了，我辛辛苦苦跟了他六七年，为他生了儿子，不应该得到一半财产吗？"想到这里，李楚月的心陡然硬了。

庭审还没有开始，气氛就异常紧张，石其中的心悬在半空，他和初叶走过了这么年，难道今天终于成了敌人？

主审法官宣布开庭，石其中的律师提出李楚月曾经接受过石其中付给的38万元，当时说明是离婚费用，李楚月并没有异议。

法官提问："李楚月，你收到过38万元吗？"

李楚月没有马上回答，顿了一会儿才说："我不是一次拿到那么多的，老公给老婆钱花不是应该的吗？我日常也要给厂里的食堂买菜，每天花费不少。"虽然李楚月的内心有一个声音一直在喊："你不该这么讲，你不该这么讲啊！"但她胸中有一股怒气直冲而出："38万元花光了。"

法官问："当时有说明是离婚费用吗？李楚月，你只要回答'有'或者'没有'。"

李楚月顿了一下，说："没有。"

石其中的律师强调李楚月拿过38万元是离婚费用。

主审法官冷冰冰说："请拿出证据。"

石其中要求暂时休庭。

法官和其他几位陪审员低语了一下，宣布休庭。

第二十四章

"省身镜"直击旮旯，莲花幻化新人生

一

石其中夜里莫名其妙发起高烧，心里却像塞进了一把猪毛，坐立不安，公司的秘书请他马上去医院，石其中说不用了，让秘书回去，需要时再打他的手机。

石其中躲进自己的房间，身体的热度越来越高，进入迷迷糊糊的状态，不由自主，摇摇晃晃来到了梦幻城。他虽然迷糊，但是心头清楚，他应该找黄教授的学馆，在"省身镜"前站一站，说不定病就好了。刚这样一想，黄教授的小厮就出现在他面前，将他扶到那面墙前站好，须臾，"省身镜"浮现，石其中感到一股清凉之气从头顶直贯下去，一缕温柔的女声由远而近，如风入耳："汝和李楚月走到这一步，汝知因由吗？"

石其中对着"省身镜"摇摇头。女声接着说："你没有把李楚月当成一个人看。"

石其中心里大叫冤枉，她是我老婆，我怎么没有把她当人看？石其中心里急不可耐，但是嘴里却吐不出声音。女声说："吾知汝欲辩解，汝将李楚月当汝之物件；召之即来，挥之即去，视之当然，当今有个老作家说：'只有把别人也当人的情况下，才有平等可言。唯其平等，才有对对方的尊重；唯其尊重，才在伤害了对方以后，痛恨自己的不是，才会生出忏悔的感情。'汝若将李楚月当是汝妹，会有如此事吗？你先是设局陷妻，而后又对簿公堂，夫妻间事，唯汝为绝。汝好自为之，慢慢领悟吧。"

石其中听了这清风一样的言语，如醍醐灌顶，忙说："我领悟，我

领悟了。"

石其中一觉醒来，梦幻城经历如在眼前，身上燥火全消，一摸好像退烧了，他思索了一会儿，做出了一个不同凡响的决定：将公司财产分一半给李楚月。

石其中的律师听了这个决定，目瞪口呆，不知道事主的态度怎么会出现这一百八十度的转弯，但只能按照事主的吩咐去做。

数日后重新开庭，石其中的律师没有出庭，李楚月的律师也没有出庭。石其中对法官陈述，公司的可用资金有600万元，固定资产有800万元，该怎么判决任由法官裁定。法官问：李楚月，你的意见呢？

楚月说："分资金，不分固定资产。"

休庭10分钟后，法官宣判："判定石其中与李楚月离婚，由石其中付给李楚月离婚费用300万元。"

二

法院判决离婚后的第二天，李楚月就收到石其中秘书送来的一张建行卡，说："里头有300万元，请你收好。"

楚月说："这银行卡的钱该怎么转，你帮我转38万元还给公司好吗？"

秘书说："这事我不能做主，得向石总汇报。"

秘书打了个电话后对李楚月说："石总说不用转那38万元了。"

送走秘书，李楚月把卡片摸了又摸，捏了又捏，这才几钱重啊，就有300万元啊？但是她相信里面有300万元。她知道，她这辈子不可能再一次拿到这么多钱啦。她的心里好像有一只兔子冲向喉咙口，她要张开口狂叫了。

楚月找到那串碧玺缠在手腕上，不由自主来到"十里香"饭店，进了小屋，摇摇晃晃走进梦幻城，她看到一个与她一模一样的女人，很是吃惊。那女人对她很友好，拉住她的手，李楚月问："你是？"

"我在琼浆坊当助手。"李楚月问："不是说这边不吃不喝吗？怎么还要什么琼浆？"

"你有所不知：这琼浆不是随便就可以得到的，要有善行善念和爱才能得到琼浆，喝了琼浆，浑身舒坦，身体有了重量，走起路来健步如飞。"

楚月恍然大悟。她一回头，奇怪，那女人不见了踪影。

楚月站在"省身镜"前，飘飘欲仙，有一个悦耳的男声轻轻说："三十八万搁心间，下水容易上水难；此去苍狼横路半，以德为镰收善缘。"

楚月心头一动，恍然醒来，身心澄明，环顾四周，并无人迹。

回家的路上，楚月一直想着刚才那四句话，边想边琢磨："'省身镜'太神奇了，我在世间做了什么它都知道啊。'三十八万搁心间'简直是钻进自己心里把五脏六腑看了个遍啊。那'此去苍狼横路半'呢？刘恒辉家不就是在'苍浪路'吗？"想着想着，她心里有了一个主意，那300万元的卡就放在九龙湾家里，试试刘恒辉有什么反应，对，是个好主意。

离婚第三天，楚月去漳州刘恒辉的家，刘恒辉十分隆重地欢迎楚月凯旋，李楚月不笑也不说话。

我请的律师对我说："你们的离婚案很诡异，你们是不是另有隐情？"

"是啊，石其中良心还在。"

"这个时候还有人讲良心？那你呢？"

"我的良心也没有泯灭。"

"那你们干吗要离婚？钱呢？你分到多少钱？"

楚月明白了，她懒得回答，连简单的行李都不要了，去万达百货买了几件衣服后，马上去汽车站坐车。

三

李楚月乘的车到县城已是黄昏，她不想回九龙湾的家，想回娘家。从车站坐载客摩托车往北两公里，就可以看见自己家所在的村庄了。

小河从崇山峻岭中溢出，一湾被龙眼树遮住了，另一湾又从圆圆的小山下露了身子，像一条巨蟒从山缝里弯弯曲曲而出，绕过村舍、田园、小山后，摇头摆尾而去，最终汇入九龙江北溪。

河岸上有一块重一吨左右的石头，形似蟾蜍，一条之字形石阶从岸上往河边延伸，小河中有七个长满青苔的青石磴，河两岸的人们来来往往都从七个石磴上跳来跳去。每逢晚风乍起，水浪拍打石磴，石磴犹如一朵朵莲花。

李楚月走到小河边，再也没有一丝力气，便在石蟾蜍肚子下一块光滑的石头上坐下。今晚的风有点大，小河水有点异样，噗噗直拍岸边的石头和水草，七个石磴在浪花中浮沉，伸下小河的之字形石阶路已经发灰，蹲在石阶顶端的石蟾蜍已被暮色所拥，三四丈外的枯樟像梅花鹿的犄角在暮色中伸展着，河对岸的山脚下已闪出星星点点的灯光。

李楚月盯住被暮色逼近的山峰，突然觉得很陌生，好像自己不是在这山脚小河旁生活过二十多年的人，倒像是走了很远的路，天黑才偶然蹲下歇息的远方客人。小河有点异样，从暗色中伸出，又被暗色吞没，以前，她从来没有仔细看看小河的模样，今晚突然觉得小河很陌生，很神秘。

竹花又在伸进河中的石阶上捶衣，捶得那么响，这个气死了丈夫的女人做什么事都跟人家不一样，每天都要天黑了才来捶衣。

李楚月的眼睛转向那枯樟，稀稀的几颗星星在枯樟间闪着，是枯樟夹住了星星，还是星星在抚摸枯枝？枯樟下好像有声响，仿佛还有黑影在动。那是什么呢？李楚月想起来了，好多年前，有个流落到这里的女人吊死在这棵樟树上，那时雷还没有把樟树击死，苍郁的枝叶间露出半截身子，女人嘴上挂着长长的舌头。大家都觉得过分了，买了就买了，一个人跟她结婚也许能好好过日子，三兄弟共一妻，把她当畜生，难怪她没脸活下来。

竹花提着一桶衣服走上来，探头看看认出李楚月，冷笑一声。

李楚月觉得那声冷笑比骂一顿更犀利。

李楚月愣了，暗色好像褪了一点，枯樟的枝桠能够分清了。对面山尖现出一片银色，不很明目，但白得很纯，真有点像陈友谅的妹妹在晒银子。老一辈口口相传说，陈友谅出去打天下，他妹妹在家里等她的情郎，等啊等，她的情郎却战死在哥哥的阵前。陈友谅叫妹妹上军营去，要为她再择个如意郎君，他妹妹不愿意另觅新欢，悲伤过度，水米不进。陈友谅就派人挑来一千担银子送给妹妹，银子送到，姑娘却死了。从那以后，常常有人看见山尖下一垄一垄的银子，看见的人疯了似地爬上山尖，找来找去只见满地树叶，还说每月十五夜年轻男子爬到山尖上的望夫石唱情歌，每次都能得到两块银元。

对面山上的"银块"已经滑到山脚了，山上的草木显出了形态，冠盖高大的树更是明晰可辨，小河也被银色拥了去，河面上出现了许多比银子更亮的东西，往来更替，飘忽迷离。李楚月站起身子，摸摸石蟾蜍的头，据说这只石蟾蜍被人败了活穴，失去了灵性，从前，石蟾蜍的屁股下会流红水，附近村子都不见蚊子的踪影，可现在一到春夏之交，蚊子成群结队追人。石蟾蜍身上被涂了银，但用手一摸或凑近一看却什么也没有，它或许很久很久以前就蹲在这里？它一定看到发生在小河旁的许多许多的事，它一定看过我从小到如今的曲曲折折，它会看到我的一生吗？

月亮像个大银盘，跳离山峦已有十来丈了，地上的阴影都缩得很小了，枯樟的枝杈也都涂上了晶莹的乳白，也许雷帮它裸了身子才使它有如此明目的晶亮，只可怜那没有名字的女人无处栖息她的灵魂了。

李楚月想把名字改回去，照旧叫初叶，她后悔改名，改什么名字呢，当初要是没有改名呢？她摇摇头，连身份证都改成李楚月了，现在要改回去恐怕难啊。

风又大起来，七个石磴周围激着浪花，她还算敏捷地一步一跳地跳在七个石磴上，仿佛踩在七朵莲花上。

第二十五章

得贤妻喜立新家，石为媒别开生面

一

龙隐洲和于秋璐从归川回来，把于秋璐三岁多的女儿也带回来了。石其中择日为他俩举办了简单的婚礼。

于秋璐的心里久久不能平静，原想遭遇大难，今生难以翻身了，谁想遇到了好人，又有了丈夫，有了家，所以，她对石总的感谢在脸上，对龙隐洲的感谢是在骨子里。新婚之夜她倍加温情和配合，但是，一个三岁多的孩子睡在一侧，龙隐洲总感到怪怪的，心里好像有个虫子在爬，刚趴上于秋璐的身子，就不行了。龙隐洲万分沮丧，于秋璐反而抚慰他：慢慢来，你别急啊！龙隐洲压着嗓子抽泣，于秋璐像抱小孩一样抱着他，哄着他："你别急，你感觉怎么样，慢慢说给我听。"

龙隐洲伸手指指小女孩，无可奈何地摇摇头。

于秋璐立刻就明白了，说："我问过托儿所，她们那边有全托，托七天六晚，到星期天晚上再带回来亲一亲，一个月多加300元就可以了，我明天就去办。"

龙隐洲嘟嘟囔囔说："是我不好，生生拆散了你们母女。"

"你怎么这样说，要不是碰上你，这孩子现在还在归川呢。"

第二天晚上，没有孩子在一旁，龙隐洲自在多了，两个人很快达到了水乳交融的状态。

二

李楚月回到娘家原来自己住的小房间，睡了三天三夜，只喝点水，什么也不吃，任母亲三餐叫三遍，动也不动，父亲则是干搓手，不会说什么。她躺在床上三天三夜也不是每一刻都是睡着的，大部分时间是醒着的，她想自己，问自己，从童年想到出嫁，自己到底在什么地方出了错？她百问千问，追问不出满意的答案。

第四天早上，她起了床，觉得不能再这样过下去了。李楚月决定去县城走走。刚刚走入大街不远，就被一个初中的同学拉住了："哎呀，你上天了？入地了？怎么这么长时间没看见呀？"一连串的问号像一把把搭勾搭过来，让李楚月不知如何招架，只是粗略说："离婚了，自己一个人了，不知道要怎么活下去。"

同学说："啊，现在时代变了，你看看那些网吧，怎么那么多人如醉如痴？网络世界太大了，你应该买一部电脑，安装一条宽带，保准一进网络世界就不想出来。走，我带你去落实。"同学把她带到一间电脑店，买了一部电脑，又帮她申请了宽带，李楚月无意中听到老板模样的男子对同学说："中午你去接孩子。"这才醒悟原来这间电脑店是她自家的，李楚月心里暗暗笑了："几千块钱的事，不计较啦。"

老板知道这个顾客是老婆的同学，便特意叫一个技术好的员工去安装，并交代传授一些基本的操作方法。因为这个便利，电脑上午装好，李楚月下午就会自如地上网了。

李楚月输入："家是什么？"立刻，跳出一篇文章：

家是什么？

家不是战场，而是放松的地方；家不是负担，而是甜蜜的归宿。

家是什么？家不是赌局，无须争个输赢；家不是棋局，无需分个胜负，家是一生的所在，家是永远的港湾！

家，平平淡淡就好。不一定要名车豪宅，只要家人健在；不一定得大富大贵。

家，是人生中最大的幸福，最贵的财富。房子不是家，别墅不是家，真正的家是：有最爱的伴侣，有可爱的孩子，朝夕相伴。

什么是家？有老有小，有说有笑，柴米油盐，有锅有灶，家人团圆，和睦相处，互敬互爱，幸福相伴。

什么是家？大事商量着，小事原谅着，一起过日子，互相珍惜着，吵架不冷战，说笑不翻脸，再苦不发火，再累不抱怨。

家，由爱编织成，是我们的归宿，是我们的依赖。

有家，我们才有归处，有家，我们才不孤单；有家，我们才不畏惧；有家，我们才更心安！

家，是有爱的地方；家，是放松的地带。在家里，无需伪装，困了就睡，累了就歇，难过就哭，开心就笑。

家人就是你的后盾，包容你的任性，理解你的苦楚；因为有家人，我们才有了幸福的家。

给了我们爱，教会我们爱，是家；给我们包容，让我们依恋，也是家。

一家人过日子，有所迁就，有所包容才会有太平。有的家并不富有，却其乐融融；有的家物质丰厚，却鸡飞狗跳。

古训家和万事兴，何须终日口不停，珍惜自己小天地，永远和谐享太平。

李楚月读完，眼泪像断线的珠子，嗒嗒往下落，继而放声大哭。母亲听到哭声，匆忙跑来，看到女儿俯在电脑桌上哭得死去活来，不解地摇摇头，深深地叹息一声。

李楚月继续往下拉，出现了一首歌《九月》。先看文字是这样介绍的：《九月》是北京大学毕业的诗人海子写的一首诗。

1986年，海子远游内蒙古、青海、西藏等地，走在广阔无垠的草原上，远方有着人无法到达的圣地，诗人感慨万千，写下了这首诗。诗的原文是：

目击众神死亡的草原上野花一片
远在远方的风比远方更远
我的琴声呜咽泪水全无

我把这远方的远归还草原

一个叫木头一个叫马尾

我的琴声呜咽泪水全无

远方只有在死亡中凝聚野花一片

明月如镜高悬草原映照千年岁月

我的琴声呜咽泪水全无

只身打马过草原

后来音乐人张慧生为这首诗谱曲，并亲自弹唱，由此流传开来。张慧生喜欢写诗弹琴，最擅长吉他。他性格耿直，疾恶如仇。海子自杀了；学不会变通的张慧生也选择了自杀，了却俗世烦扰。李楚月看完大吃一惊：哇，一首诗歌导致两个人自杀，这是一首什么样的歌啊？她打开QQ音乐，点击《九月》，那音乐深沉辽阔，恍惚从远古飘来，恍惚把人的骨肉放在碱水里泡着。待你有了清新之感，然后把人引向更遥远的地方。甚至能让你的灵魂战栗，沉入其中不能自拔，以致在梦中长歌当哭，李楚月连着听了三遍，整个人仿佛从沉重的泥浆超拔出来，重生了一般，与天上的云絮一起飘飞。

三

石琪玉第一眼看到苏渝老师家里的石头，马上把她与郝君洛大哥联系在一起。大哥与李素华离婚的分歧点在石头，大哥与苏渝老师的契合点也一定在石头，你看苏渝老师那么喜欢华安玉奇石，两人简直是天作之合啊。

石琪玉心里有自己的小九九，她知道大哥看自己的眼神是不一样的，而自己跟他是不可能的，那么大哥如果找到了意中人，对自己来说不是等于解除了"防空警报"吗，这样对双方都好，何乐不为呢。

今天晚上，中文系有个关于传统文化的讲座，苏渝老师是主讲。石琪玉想应该让郝君洛大哥去听听，也好对苏渝老师有个印象。下午五点下课，石琪玉马上给郝君洛打了手机，邀他晚上来听关于传统文化的讲座。谁知道郝君洛拼命推辞，什么不懂文化啦，粗人怎么敢去听大学的讲座啦。石琪玉火了，大声对他说："主讲的苏渝老师是个才女，也是个美女，她的客厅全是石头，至今没有男朋友，你该知道这意味什么，我给你发个位置图，你要准时去。"石琪玉也不管郝君洛答没答应，直接把电话挂了。

过了一会儿，石琪玉有点后悔，怎么没有好好跟大哥讲讲呢，她的心里像有只小兔子，不自在、不安生。但是，又不敢再给他打手机。待到讲座快开讲了，石琪玉蹑手蹑脚来到中文系的梯形教室，找了个比较不容易被发现的位子坐下，开始东张西望寻找郝君洛的身影。找到了，原来大哥在前三排的座位坐着呢，看来他也重视这个机会。

石琪玉放心了，她悄悄退出教室。又往郝君洛坐的方向回望了一下，心里念叨："缘分，缘分。"

四

郝君洛本来不想来听讲座，可是，时间越流逝他心里就越焦躁，莫名其妙地跃跃欲试，所以就来了。他对传统文化不太懂，但是苏渝一走上讲台，他心里竟然咯噔一下，这个女人怎么这么面熟？你说她圆脸吧，她却有个尖下巴，还有一对大眼睛，眉毛黑而细长，整个脸庞英气勃勃，好像上辈子就经常和她耳鬓厮磨，或者说从小与她青梅竹马玩在一起？对一个刚刚看到的女人产生这种感觉，确实有点让人想不通，更奇怪的还在后头，苏渝拿起粉笔板书，郝君洛居然会在心里替她鼓劲，她手势一比，他的头也要随着微微一倾。这到底是怎么一回事，郝君洛自己也说不明白。你要是问郝君洛今天的讲座讲了什么，他肯定回答不出来，但是苏渝的形象已经深深地刻在他的脑海里。听完讲座，郝君洛对苏渝久久不能忘怀。

郝君洛想，怎么才能与她进一步接触呢？他开动了脑筋。有一次，在市石文化协会的主管部门市文联聊天，有人提议，今年国庆该举办一次华安玉奇石文化大展，作为会长的郝君洛脑洞大开，他提议在漳州师范大学举办，请中文系师生为参展奇石赋诗配文，这样可以提高华安玉奇石展的文化含金量。文联的领导大为赞赏，马上向市委宣传部领导汇报。部长马上拿起电话与漳州师大党委书记通气，这位书记刚刚从市委宣传部长任上调任漳州师大党委书记，于是，前任市委宣传部部长与现任部长看法高度一致，这么一件大事在十几分钟内就敲定了。

漳州师大党委指定陈杰生副校长负责筹备工作，陈副校长则抽调苏渝参加筹备，理由就是苏渝喜欢华安玉奇石，正好带领中文系三年级的文学写作小组参与筹备石展。

7月的某一天，筹备小组第一次开会，陈副校长介绍苏渝与郝君洛认识，郝君洛打趣说："其实我早就认识苏老师。"

苏渝吃惊不小："是吗？那我怎么不认识你呢？"

"我对你的讲座印象深刻，神会，神会。"

谈起那个讲座，两个人的距离立马就拉近了。谈起华安玉奇石，两人更有说不完的话，反而把陈副校长冷落在一边。陈副校长打趣说："有你们两员大将，我就省心多啦！"两人这才清醒过来，三人一起投入了对石展细节的研究之中。

郝君洛想了想说："我该毛遂自荐，定个什么时间为中文系要参与石展筹备工作的同学们开个关于华安玉奇石的讲座，我和苏渝老师一起主讲。"

苏渝赶紧说："郝老师主讲，我来组织学生。"

陈副校长说："趁热打铁，就定在这星期六下午两点半吧。"

五

讲华安玉奇石的课，对郝君洛来说是小菜一碟。开讲时，郝君洛带来了三个石头，一个人物象形石，一个动物象形石，一个山形石，都是比较典型的华安玉，底座都是酸枝木，由名家设计雕刻配的。讲座结束后，苏渝破天荒邀请郝君洛到自己宿舍坐坐。看到苏渝客厅两面博古架上都摆满大大小小的华安玉奇石，郝君洛由衷赞叹，苏渝说："我这点石头就是沧海一粟，你到九龙江北溪华安河段看看，那才是令人叹为观止啊。"

苏渝作为一个女人，对石头有这样的痴迷，那是旷古未有啊，郝君洛真想扑上去给她一个深深的拥抱。可是他要克制，欲速则不达啊。

临要走，郝君洛才知道苏渝邀请他来做客的目的。苏渝说得很不经意："你看，你的确是赏石大家，你的底座比我的底座明显高了一个档次啊。你把其中的一个借我模仿模仿一下可以吗？"

郝君洛正好做个顺水人情，很豪爽地说："山形我带回去，余下两个送给你。"

"这……这怎么可以呢？"

"你没听人家念的顺口溜：筷子一提，可以可以。你请我吃个饭，就可以可以了。"苏渝哈哈哈大笑，点头答应了，"时间我定，地点你定。"

"好，一言为定。我定的地点是漳州饭店16楼，时间你定了再通知我。"

苏渝说："不用通知了，明天是星期天，就明天中午吧。"

郝君洛大喜，说："一言为定。"

这顿饭吃得不像吃饭，倒像是茶话会。他们说的话都是弦外之音，郝君洛打趣说："人为什么要写两撇，就是说一个人太无聊，两个人才有趣。"苏渝一下就发表长篇大论："人这一辈子是否过得幸福快乐，不仅在于你自己，更在于你和谁在一起。你再善良乐观，遇见暴戾阴暗的人，日子将坠入无边黑暗；你用情再深，付出再多，遇到不在乎你的人，他丝毫也不会珍惜。人生很短，人很珍贵，不要为不在乎你的人低到尘埃里。心里有你的人，何须求，心里没你的人，不必问，爱你的，蓦然回首，依然在灯火阑珊处；不爱你的，千般挽留，依然会渺无踪迹。"

郝君洛反驳说："爱需要回应，没有回应的爱最终会像不结果的花，闽南话叫无影花。"

"就算你说的话对，那你评一评，我刚才说的话有没有道理？"

"那不是你的原创，那是网络上一篇文章里面的句子，文章题目我忘记了，好像、好像……"

"这么说，你也经常看书？"

"当然，古语云：腹有诗书气自华，不读书，怎么能行？"

"昨天夜里刚刚在网上看到的文章，今天就用上了，怎么能这么巧呢，这说明两个人有缘。"郝君洛暗暗高兴。

苏渝觉得一下子跟郝君洛拉近了距离，不自觉脱口说："哎呀，我经常梦见自己坐飞机去旅游，到了一条河边，看到一个漂亮的石头，黑白画面上一对童男童女正在嬉戏，我都看傻了，大叫男朋友帮忙扛石头，醒来身边却空无一人。"

"这个梦说明你确实应该有个男朋友。"

"我看你有点居心叵测。"

"我说实话啊，难道这不是实话吗。"

六

这一年旧历年年底，石奇伟当了9个月场长，沙石场超额营收5500万元，奖金55000元，石奇伟就带回一本存折，郑雅惠把存折看了又看，还闻一闻，说："我总是不踏实，这里面到底有没有55000元？这些钱差不多可以在县城买一个九十多平方米的套房啦，这事好像不是真的。"

石奇伟不以为然，说："数字不是在那写着吗？"

郑雅惠撒娇说："我很想看看55000元的钱到底有多少？"

"你怎么这么孩子气呢。好吧，好吧，我明天领回来给你抱着睡觉。"

郑雅惠跳着脚，说："好，我明晚要抱着钱睡觉。"

"你怎么这么孩子气呢？"

"比如你儿子，你是要光听他的名字，还是要看看他本人呢？"

"我当然喜欢看儿子啦，还想抱抱他，亲亲他呢。"

"这就对了，我们现在就去领。"

"现在银行开门吗？"

"你不是有卡吗。我们到取款机去领。"

"取款机一天只能取两万元。我明天一早就去取，好不好，我们现在睡觉。"

怎么睡得着呢？郑雅惠说着突然扑上去紧紧抱着丈夫，夫妻俩拥到床前，往前一倒，立刻激情喷发，如胶似漆腻在一起。

次日上午，石奇伟果然带了个公文包回来，郑雅惠眼睛一瞄，里面装了5叠百元大钞，额外还有半叠。郑雅惠一把抢过包紧紧抱在怀里，嘴里念念有词，躲进卧室，不一会儿又把公文包还给石奇伟。

"你干嘛，把钱收起来啦。"

"是，我晚上要抱着睡个安安稳稳的好觉呢。"

石奇伟开头也没觉有什么异常，到了晚上，并没有看见郑雅惠抱着钱睡，石奇伟这才有点诧异："你不是要抱着宝贝睡吗？宝贝也跟着咱儿子到你妈家去了吗？"

郑雅惠期期艾艾，语不成音，在丈夫一再追问下，才摸摸索索打开抽屉拿出一张发票，有点急促说："我在县城旧城改造指挥部买下改新大厦A栋301的套房，98平方米呢。"

石奇伟沉默了好久。郑雅惠有点撑不住了，说："奇伟，我没跟你商量，先斩后奏是不对，可是我好想在县城有个家，那次你与村长撑硬篙，说得罪村长不批给咱宅基地，咱就到县城去买套房。有没有，你有没有说过，从那时候起，我心里就藏着咱们的套房啦。现在咱们实现啦，要打要骂随便你吧。"

石奇伟长叹一口气："我本来想拿这笔钱跟人家合作开矿山，我们华安玉荒料这一段价格一直往上走啊。"

"我有一个朋友的孩子在建设银行工作，我问过他：因为我们是一次性付款的，只要拿到房产证，就可以用房产证去抵押贷款。"

"好吧，买了就买了吧，买房子是要下狠心的。需要时再去办贷款吧。"

"这么说你不怪我啦？"

"怪你什么呢，你也是为了咱这个家。"郑雅惠高兴及了，紧紧抱住丈夫，小夫妻又腻在一起啦。

激情过后，郑雅惠附在石奇伟耳旁说："我们现在不能投资矿山了，但是我告诉你一个小秘密，我们的杨梅园地底下全是宝贝。"

石奇伟一个鲤鱼打挺坐起来，问："什么宝贝？快说。"

"我挖地发现地底下全是华安玉山形石，山形很好，颜色是绿的，就是沾满泥土，不知道要用什么方法才能把泥土清洗掉。"

"清洗不难，买一台空气压缩机，把河沙高压喷出去，就能把泥土冲干净。这样我们还跟人家合作什么矿山，我明天早上去看看，说不定那是个'宝藏'啊。"

郑雅惠听丈夫这么一讲，也兴奋不已。

第二十六章

"梦幻之峰"得巨款，心上人并非拜金女

一

时光荏苒，转眼一年多过去了。吴步宁还没有拿到160万元。这一天，有个外地客商看了"梦幻之峰"，提出给尾数，就是给68万元。吴步宁请一个朋友来与客商泡茶，稳住他，然后赶紧找石其中商量。石其中对吴步宁也很看重，语重心长地对他说："你自己要想清楚，我认为当时那就是炒作，哪有过了一年，音信全无。你应该壮士断腕，眼光放长。"

"好，我听石总的。"

"你先给县有关部门打个电话，你不要说石头要卖了，你只能这样说：按照石头界的规则，客户放了定金，不管放多少，如果三个月内没有取货并付清全款，定金和交易就一起取消了。现在过去了一年，160万元我也不要了，定金不是我拿的，算取消了，我要自主处置我的石头了。"

"你这样与他们沟通一下，就没有'尾巴'了，不然人家等你石头卖了，再来找你要石头，你怎么办，'尾巴'有多长？"

"是、是、是，石总想得远。听说当时的石展办公室已经撤销了，应该找哪个部门？"

"俗话说：路在嘴上。"

"好。"

石其中又交代："话不要多说，免得麻烦。"

吴步宁感到头很大，客户等在那边，该怎么办？吴步宁是个聪明人，他回来跟客户说："我刚刚去问了县里有关部门，他们说对方会来拿石头的。但是，您如果再多给一点，我就卖给您，不管他们啦。"

"你想要加多少？"

"您给一半，我就给您，您有点怀疑？我讲给你听，是这样，我如果卖给他们，所得税要缴多少？剩下也就百来万，关键是咱们闽南话说：'孔子公不敢收隔夜帖'，谁知道隔一天会变个什么样，谁知他们何时才会落实？我是'老鼠吃油眼前亮'啊。"

你想要84万元？168万元要扣掉税款，然后折半，俗话说：七十二变就是孙悟空了，我给你72万元，行就行，不行就拉倒。

吴步宁想起石总说的"壮士断腕"论，咬咬牙答应了。剩下的细节就是如何包装、运输"梦幻之峰"，双方逐一协商确定。

傍晚，吴步宁把"梦幻之峰"装上微型货车送走，那位老总说："我财务已经把72万元打到你的银行卡里，你有时间去查一下。"吴步宁支支吾吾说不出话来。老总拍拍他的肩膀："有什么问题你直接打我的电话，我名片不是给你了吗？"

吴步宁连忙说："给了，给了。"心里却一直打鼓："梦幻之峰""嫁"了，可是，钱有进卡里吗？

吴步宁带着忐忑不安的心情骑着摩托车来到银行取款机查了一下，他眯着眼睛一位数一位数地数，数了三遍，才确认卡里确确实实多了一笔72万元的存款，吴步宁这才把心放下。

二

吴步宁和龙隐洲现在是无话不谈的好朋友啦。龙隐洲和于秋璐晚上躺在一起的时候还唉声叹气，说："石头是我找到的，我只得了500元，吴步宁得了72万元，想一想真有点不服气。"

于秋璐说："你们闽南话不是说'命里只有四两米，走遍天下不满斤'吗？我们那边说'地上的飞萤要抓住，天上的月亮别去想'。我想啊，你有多少灵性、多少本领就能赚多少钱，你当时要是有那个眼光，花再多的本钱也把石头弄回来，72万元不就是你的啦，你想想是不是这样？"

龙隐洲叹了口气："我当时是'老鼠吃油眼前亮'，没有那个眼光，怪自己站得低啊。"

于秋璐说："人跟人是不一样的，人家会做电灯、会做电视，你会吗？你不会就只能做一些辛苦活，赚一些辛苦钱。"

"我确实是个没有用的人。"

"你又错了，我们那边说：大鸟大声叫，麻雀也叽叽喳；有本事呢，赚钱快点，舒服点，本事小呢，赚钱辛苦点，也照样活。我最苦，身上没有一分钱，我不是活下来，还碰到石总和你吗。"

"你怎么懂那么多，那么会说话？"

"过日子要动脑子啊，你能吃饱了睡，睡饱了吃，都不去想一想吗？我们那边说'昨天不是钱，明天是存单，今天才是现金啊'你不要老背着昨天的事，那不能吃不能花，压垮自己不合算啊。"

龙隐洲感慨不已："电视上说'女人是男人的学校'我不服气，现在看看真是这样啊，有老婆就是好，有好老婆更好啊，你想啊，你刚才要烧我激我，我就是另外一个我。你这样宽我心开导我，我就是一个新的我啊。"说着把于秋璐抱得死紧死紧，两个人又死去活来了一回。

吴步宁特意请龙隐洲、于秋璐吃饭，并表示要拿出3万元给龙隐洲。

龙隐洲豪气顿生，双手直摇："你老弟快别说那话，我不是昨天的我啦，我从心里掏句话给你：你那些钱也别散了，赶快在小城广场买一套房子，我听说我们这里要建华安玉大市场，你要买个店面，这样你就双喜临门了。"

吴步宁笑容满脸："这话怎么讲？"

"你不是爱琪香爱得痴迷吗？你有了房子，有了店面，就在华安站稳了脚。琪香不是拜金女，她不求享受，她喜欢有事业心的男人，你这样就有了一条通往她心里去的路啦。"

吴步宁连连点头称是。

"你能娶到琪香，就是得到了好老婆啊。像我老婆，她能让我越来越像个男子汉。"

龙隐洲这样一说，于秋璐羞涩得像个少女。

吴步宁胸口好像被针灸了一下，胸膛里热乎乎的，站起来侧转身挪了一步紧紧抱住龙隐洲，腾出一只手拍着他的后背："我们俩结拜为兄弟好不好？"龙隐洲一下子傻了，说不出话来。于秋璐赶紧扯扯丈夫的衣服，说："赶快答应，赶快答应，你没兄没弟没姐妹，多一个结义兄弟多好啊。"

龙隐洲喉咙发紧，说不出话："你有钱，我没有钱，怎么做兄弟呀？"

"我们不做钱兄弟，我们做情义兄弟。"

龙隐洲断断续续地说："那……那你要……要叫我大哥？"吴步宁点点头。龙隐洲又说："我以前叫你吴师傅，现在要怎么改口啊？"于秋璐笑笑说："你改口叫他吴老弟，他叫你龙大哥，这样不是很好吗。"

"行，就这么定了。我现在当大哥了，有一件事我要说了：琪香带着一个小孩子，她过得很不容易，应该有个人照顾，吴老弟，你的看法呢？"

"对、对、对，应该、应该！龙大哥考虑细致。"

龙隐洲转对于秋璐说："我想你这个大嫂去照顾是最合适的，我们这一段不要领石总的工资，去帮帮你弟媳，你觉得怎么样？"于秋璐使劲点头表示赞成。

吴步宁说："不行、不行，工资我来付。"

龙隐洲说："拿你的钱我们算什么大哥大嫂，老弟你也太小看人了。不过，我应该找石总请示一下。"

龙隐洲两个小时后来到石其中的办公室，刚把话说完，石其中笑笑说："我也正想着，我妈太忙，应该有个人去帮帮琪香，秋璐去最合适，说什么工资，照发就是。你老婆去照顾我妹妹，还要你自己出工资，这算什么话？"

龙隐洲也不好说什么，只能高高兴兴走了。

三

石琪香的日子并不好过，自从在医院被吴步宁抱住但没有答应吴步宁的求婚，她无时无刻不处于矛盾之中，答应他吧，对他的好感确实很有限。拒绝他吧，谁又肯来当孩子的爸爸？于秋璐来陪她，说是石总叫她来的，她十分感激大哥的体贴。两人说说笑笑，时间很快飞逝而去。孩子睡觉的时候，于秋璐利用闲聊为吴步宁讲好话，说了吴步宁前妻的死因；说了他卖石头得了72万元并没有花天酒地，已经和龙隐洲一起去挑房子，县城小城广场楼盘，一平方米才1200元，买个120平方米一次性付款也才14万元多一点，连带装修18万元够了，他还要买两间店面呢，一个男人，在钱面前能这样做的确不容易。

石琪香是个冰雪聪明的人，她怎么会听不出于秋璐的话意呢，她心里七上八下好一阵，只好对于秋璐说了实话："秋璐啊，你不知道，他身上有股怪味，我实在受不了。"

于秋璐听了大吃一惊，但是她又不好表示什么。

于秋璐回家时把琪香的话讲给龙隐洲，龙隐洲也惊愕不已："原来是这样啊。"

龙隐洲把这个消息告诉吴步宁，这个高大的男人立刻蹲下身子，号啕大哭："为什么，为什么，这是为什么？"

吴步宁不服，说："龙大哥，你说呢，我身上有没有味道？"龙隐洲抽抽鼻子，说："确实有味道。"吴步宁彻底垮了。龙隐洲安慰他说："我们可以找找偏方，会治好的。"

吴步宁又找徒弟让他闻闻有没有味道，徒弟憋了好久，说确实有味道。还解析说："体臭分为口臭，狐臭，汗味臭，老人味等等，你应该是中间两种。"

吴步宁大叫一声，彻底崩溃了。

四

吴步宁烦躁不安，又没有人帮他分忧，他回到家，坐着坐着竟然闭上眼睛，摇摇晃晃往梦幻城走去。

吴步宁愁眉苦脸来到梦幻城，来到一个鲜花坊。里面卖花的姑娘长得跟琪香一模一样，吴步宁与她搭讪居然有回应，她听完吴步宁的苦恼，沉吟一下，说：我们这里有个神物叫'省身镜'，我带你去照照，你按照'省身镜'的提示去做就可以改变了。

吴步宁正在惊讶，姑娘一下不见了，吴步宁在一面墙前看到一面大镜子浮现，他下意识地靠近镜子，身心立即无比澄明，好像有一个温柔的女声轻轻地说："你浮躁，爱发火，你身上的臭气是躁气，今后在你住处多栽种鲜花，每天日出前和日落后在鲜花丛中静坐半个时辰，连续3个月后，体臭自除。好自为之。"

吴步宁从梦幻城回来后，对龙隐洲说是一个老医生告诉他的偏方，龙隐洲说："这好办，买房子应该买个有大露台的，就可以多种鲜花。还好我们还没有放定金，我下午不上班，我们去把房子定下来。不对，买房子这么大的事，怎么可以不问问琪香呢？对呀。我老婆现在与琪香在一起，我借口找我老婆去探探她的口风。"

吴步宁说："我跟你一起去。"

"这样恐怕不行，你躲在从前躲过的那棵大树上，有好消息我到大门边给你招手。"

"好，就这样，走吧。"

龙隐洲很不自然地来到琪香的住处，老婆于秋璐正在为琪香洗衣服。

龙隐洲溜进石家院里，极其不自然，东张西望，像个贼，连于秋璐都看出他有心事，问："你来这儿有什么事啊？"

"吴老弟想要去定房子。"他又转头对琪香说，"我这话是要对你说的，被你大嫂抢了去。"

于秋璐笑笑说："那你不会重新说吗。"

龙隐洲鼓鼓气说："琪香，吴步宁老弟想去定房子，你能跟他去看看吗？"

琪香不假思索地说："他定房子与我什么关系？"

"吴老弟爱你爱了这么久你又不是不知道，你真这么决绝？好，那我去告诉他，叫他别单头'病相思'，赶快去找别的女人结婚吧。"

琪香冷笑一声，说："他能找别的女人结婚就赶快去吧。"

龙隐洲只好灰溜溜地走了，他出大门忘了给吴步宁发暗号，吴步宁滑下了树，往这边狂奔，刚好与龙隐洲撞个满怀。

吴步宁急忙问："有苗头吗？"

龙隐洲说："无效。"

吴步宁蹲在地上起不来了。

"但是"，龙隐洲一声"但是"像一针强心剂打进吴步宁的胸口，高大的壮汉马上站了起来，问："但是怎么样？"

龙隐洲把琪香的反应告诉吴步宁，这个壮汉垂头丧气，龙隐洲看到吴步宁傻傻的样子，接着说："我看你也不用在一棵树上吊死，咱闽南话不是说'这溪无鱼别溪钓'吗，你相貌堂堂，要人才有人才，要钱财有钱财，哥帮你物色一个，包你满意好不好。"

"别的女人我不喜欢。"吴步宁嘟囔着。

"不过我冷静一想，琪香这句话大有深意，她这句的话的含义就是她认为你不会找别的女人结婚的，是不是？"

吴步宁可怜巴巴地看着龙隐洲，轻声问："真的吗？"

"那就是说琪香认为你还是爱她的，你不会去找别的女人，是不是？"

"真的吗？"吴步宁又有了一点底气。

第二十七章

官复原职阴阳错，建设家乡举步难

一

石启强的华安之行的确不好描述，比如，县政府的接待宴会，如果作者把每一道菜详细描绘，读者不一定爱看，时代在进步，等他们看到书的时候，也许菜谱更先进了，味道更鲜了，他们会笑作者太痴，说我尝一口比你写半天都管用。不写嘛，又有接待不够热情之嫌，那我们就用宴会结束之后，石启强对参与考察的股东说的一句话作总结：山区小县，能上桌的他们都搬上来了。

当晚，石奇伟与石启强兄弟俩彻夜长谈，又打了一通电话与石其中交流。次日，县土地管理局的座谈会，石启强代表股东提出：县长提议的旧城改造项目想缓一缓，以后再说，凯旋公司想在李公坪征地，建设一个华安玉雕和奇石交易大市场。

石启强不按常理出牌，令土地局局长十分头痛，他只好马上打电话请示县长，县长又请示县委书记，最后答应了凯旋房地产公司的意向，并于一小时后签订了用地意向书。

石启强和股东们在李公坪的河滩上出现了严重的分歧。面对一片落差十几米的河滩，这些台湾人个个脸色凝重，他们当着石启强不好说什么。待石启强和土地局的人走远点，马上凑在一起嘀嘀咕咕，认为在这里建一个数十万平方米的楼盘简直是痴人说梦，并马上形成一个决定，中午吃饭的时候，他们推一个人出来说要集体退出这个项目。

石启强一听懵了，他肚子里有千言万语，准备和他们辩论，但最后他还是沉默了。石启强在心里长叹一声："天要下雨，娘要改嫁。那是没有办法的事啊。"

土地局这餐午饭大家吃得不欢而散。股东们走了，石启强留了下来，他对县土地局长表示："股东散了我再招募，这个项目我一定要干成。"

县委常委会开会研究后，认为那只是一片河滩地，按当时地价一亩20万元减半征收即每亩10万元，130亩共1300万元。交款后土地局就可以办给土地证。

石启强孤掌难鸣，交了1300万元后已身无余钱。他去银行咨询抵押贷款，银行领导认为一片河滩地要贷款8000万元，那是不可能的。后来经领导帮忙协调，银行领导答应待河滩地填平再考虑抵押贷款。可是，经土地局测评，填平河滩需要填86万立方米的土，而采、运、填这些土方则需要1200多万元。

所以，这个项目就暂时拖了下来。

二

九龙湾村出了大事啦。代理村长李世杰因为做六合彩二级庄家，亏了600万元无法兑付，扔下村委会"跑路"（外逃）了。人去家空，一家人都不见了，谁也不知道他们去了哪里。因为政府打击六合彩，只要搜查到"码单"，公安局马上抓人，那些中了特码却拿不到钱的人哪敢报案啊，这种二级庄家"跑路"，没有人报案，公安也就不会投入警力，所以，跑了也就短时间里没有人知道他们的去向了。起初镇党委并没有意识到问题的严重性，以为李世杰过一阵子就会回来，过了三个月不见人影，镇里赶快向县委组织部汇报。组织部很头痛，研究来研究去，觉得只有动员石奇伟回来当村委会主任是最合理的。镇党委找石奇伟谈话，石奇伟丢下一句"好马不吃回头草，何况过了一年多了"就走了。

镇党委书记左思右想，借口参观唯美公司的工艺品，来到唯美公司的展示厅。导购员一接过书记的名片，马上给石总打电话，石其中赶紧下楼毕恭毕敬把他请到楼上办公室。二人喝茶寒暄，镇党委书记直接说："县委邹书记的意思是让你弟弟回九龙湾继续当村委会主任。"

石其中赶紧接过话头："听说了，听说了。"

"他拒绝。"

"我还没有与他谈过，不知道他有什么想法，我抓紧跟他谈一下。"

"这是最好，你是长兄，知进退。"

镇书记最后这三个字有很深的含义，石其中当然听得懂。

镇书记起身告辞。石其中做了个手势，秘书把镇书记送到大门口。

晚上，石其中特意把二弟叫到办公室来，下班以后，公司办公室是最安静的。石奇伟当然知道哥哥的用意，带着满腹牢骚无处发泄，黑着脸不说话。

石其中当然知道弟弟有什么情绪，他采用迂回战术，聊起他与李成渝的合作，说："你与李成渝合作最大的失误是什么，你知道吗？"

"我不该成本价买他的石头。"

"错，你最大的失误是教李成渝怎么躲避矿产局的巡逻。"

"这怎么说？"

"你想，你是村委会主任，是共产党最基层的政权组织代表，你来教一个农民怎么与政府的职能部门作对，你还有什么资格当村委会主任？"

"是这样？我当时的确没有想到这一点。"

"你就是没有想到这一点，才会感到无比委屈。说实在的，把你调换岗位是器重你，又给你最轻的处分。把你打回普通百姓都不委屈你。"

"照你说，我还要感谢上级领导？"

"当然，你要感谢县委邹书记，他对你的爱护是很深的。认识到这一点，现在叫你回九龙湾官复原职，你就不会抵触、拒绝。"

"那现在该怎么办？我在沙石场签了合同，每年超额完成的任务部分有千分之一提成的。"

"你明天一早赶快找镇书记道歉，然后提出你的条件。"

"还可以提条件？"

"是，你就说，愿意回来接任村委会工作，但是，沙石场场长照样兼着。"

"这样最好啊，就怕忙不过来。"

"你可以在沙石场挑一个人任副职，一切都还是你说了算。这是最合算的办法。你还可以答应副手，年终提成按比例分给他，比如你给他千分之零点三或者零点二，这样奖金你仍然得大头，还可以调动他的积极性。"

石奇伟听了大声说："哥，你都可以当县长了，你太厉害了。"

三

李素华的母亲不慎跌了一跤，摔裂了胯骨，郝君洛得到消息时后赶到医院。他的前岳母很抱歉地说："齐齐寄在隔壁李阿婆家，你这一段恐怕要想想办法。"郝君洛连声说："好，我来想办法。"他给了前岳母200元钱，又说了些宽心话。走出医院，郝君洛马上给石其中打手机，请他帮忙找个合适的人带带这个两岁多的孩子。

石其中在电话里笑笑说："你先把孩子带来，我妈带得了就让她带，带不了再找一个可靠的人来带。"

郝君洛带着孩子来到九龙湾石家，琪香的儿子石双志两周岁了，石方达正读幼儿园，于秋璐也在帮忙，李翠花说："行，行，行，我先带着，我这就成立个小小幼儿园啦。"

郝君洛拿出3000元，递给李翠花，说："这是一季度孩子的费用，我以后每季度会按时送来。"李翠花推辞不收，郝君洛说："孩子的费用是要的，他每天晚上临睡都要喝180毫升的三段奶粉。再说谁也说不清什么时候孩子就需要用钱了是不是，以前我岳母带孩子我也每月都给她的。"

李翠花啧啧称奇："两周半了还喝奶粉？"

郝君洛有点伤感，说："他要喝就让他喝，不要让他再过我小时候那种苦日子了。"李翠花连连答应："好好，我去买，每天晚上都给他喝。"

下午，郝君洛有事要离开时，竟然抱着说话还奶声奶气"臭奶呆"的儿子哭得抽抽噎噎。李翠花说："何至于呢，放在我这儿你尽管放心，什么时候想看尽管来看。"

郝君洛哽咽着说："我是哭我们父子的命运这么相似，我三岁没有父亲，他两岁半便没有母亲。"

在场的人都不免唏嘘一番，琪香突然跑进房间号啕大哭，李翠花一边摇头一边把郝君洛劝出大门。

于秋璐进房间安慰琪香："别哭，别哭，你伤心什么呢？"

琪香哭着说："齐齐两岁多没有妈，我……我的孩子一出世就没有爸啊！"

于秋璐也跟着哭了："我的孩子才3岁，他们……他们都是苦命的孩子啊。"

第二十八章

聘高人巧取双龙石，困窘围还须弥天谎

一

石其中对华安玉奇石有一种说不清道不明的感情，现在离婚了，对华安玉奇石的感情似乎更投入了。他一边关注石农们每天从河里挖回来的奇石，一边怀念双龙石。他忍不住又去了一趟梦幻城向黄教授请教，黄教授分析说："藏玉楼为什么叫藏玉楼？它地底下一定有宝贝，至于怎么找，你可以请高人嘛。"石其中脑子里闪过一道光，他知道该怎么做了。

藏玉楼在西洋村东边一个馒头形的小山丘上，已经荒废颓败，没人居住了。地上长着长长短短的野草，房间的门有关有开，屋顶的瓦片不整齐了，参差错落，个别瓦片碎了，雨下大一点，屋里就会漏雨了。石其中原来为了寻找双龙石，探访这个大楼好几次了，但苦于无从下手。

他从梦幻城回来以后，马上托亲戚朋友遍访漳州地区的风水先生，最后找到一个，人称袁先生的风水先生，据说咨询一下要2000元，看一看要3000元，真的有所动作要5000元，做一个好风水则要上万元。当时县城100平方米的套房才58000元，清楚这一点你就知道袁先生的身价啦。

石其中恭恭敬敬把袁先生请到藏玉楼，这才悄悄把寻找双龙石的意图告诉他。袁先生沉吟了一下，有点生气，说："你是要考考我？"

"哪敢哪敢，我是山穷水尽再无路，想请您指点，这宝贝如果埋在楼底下，应该会埋在哪个方位？"

"找到怎么样？没找到怎么样？"

"找到您说个价，没找到您也说个价。"

"找到这样。"袁先生伸出五个指头。

这个哑谜就难猜了。到底是5000元？5万元？难道是50万元？

"是这样？"石其中也打起哑谜，两个手掌转动形成一个圆球。当时社会上把一万说成一粒。

袁先生没有表态，石其中灵机一动，说："我们先说没有找到好吗？没有找到给您劳务费5000元。"他见袁先生点点头，当即说："找到给您5万元劳务费。"

袁先生难以觉察地点点头。石其中一颗心这才放回原位。

袁先生说："你把来龙去脉讲一讲。"

石其中叫随来的工人到边上去抽烟喝水，然后找来两个石头与袁先生面对面坐下，说："这事要从唐总章年间开漳圣王和他父亲被困九龙山说起。"接着他把双龙石化为真龙送人进京搬救兵，尔后官府在民间追寻双龙石而不得的事说了一遍。后又说道："传说明洪武年间，石主在九龙江北溪钓鱼捡得双龙石，用衣服包着抱回家，当夜，梦见老祖宗教他把石头埋进地下，嘱咐说：'将来建大土楼，藏之楼底，福荫子孙万代。'后来，埋石的地方长出一棵香橼树，树慢慢长大，石主也慢慢变老，可是，他聚毕生之力也建不了大土楼，临终遗言：'儿子若能建大土楼，就将香橼树置于楼中心。'可惜现在楼中怎么也没看到香橼树。祖祖辈辈是这样传说的。"

袁先生听罢摆开罗盘，他先对着圆土楼东大门，神了，从罗盘指针望去，正对着远处一个乳形山尖，先生用倒退步丈量至楼中心，再向前走了八步，又用倒退步往西走十八步，站住，又转身往回走五步，再后退十二步，然后一跺脚，斩钉截铁地说："就这儿。"

石其中马上叫随来的四个工人开始挖。袁先生对石其中笑笑，说："我们到外面走走。"

那些工人没挖几下，就大喊大叫，石其中连忙返回来，袁先生则慢悠悠踱着方步，工人向石其中诉苦："你看，一挖就是大树头。"石其中转头用眼光询问袁先生，先生笑笑，不置可否，石其中对工人说："将范围扩大，将树头先挖出来。"

工人叫苦连天，石其中则暗暗高兴，你想，袁先生前踱几步，后退几步，左几步，右几步，一下就踩到大树桩，说明确实有玄机。

袁先生慢条斯理地说："这应该就是那棵香橼树。"

"为什么就是香橼树呢？"

"地底下有宝贝，地上就爱长这种树，这是我师傅密授于我的，世上知道者一二而已。"

"哦。"石其中喜形于色。

石其中为了赶进度，又增加了四个工人，临近中午，他又打电话叫快餐店将午饭送到工地。大约未时末，香橼树头终于被挖出来，工人们不知道他们在挖什么，当然无所谓，石其中最紧张，袁先生外表很镇静，手心也捏着一把汗，毕竟关系到他的酬金。

领队工人大叫："底下什么东西也没有。"

石其中像百米赛跑听到发令枪响，浑身一阵颤抖，冲了过去，到土坑边没有暂停，直接翻进土坑，双手使劲拨土，拨到一个石头。他又腾出一只手，急促地拨着石面的泥土，眼睛直愣愣地盯着。这时，袁先生在土坑边露了脸，石其中对着他的眼睛点点头，袁先生脸上现出难以觉察的微笑。石其中站起身子，露出脑袋对领队工人说："你带他们回去，工资去找财务结算。"

工人们跑散了。

石其中抱着石头爬上土坑，坐在土坑边上，袁先生低下头，一起看石头，石头长45～46厘米，宽41～42厘米，厚15～16厘米，做个底座立起来，是个理想的供石，关键是石面由两色浸润形成黑白两条腾飞的龙，穿云拨雾，若隐若现，动感极强。石其中心中一阵狂喜，这正是在梦幻城黄教授的学堂里看到的那件神物。

石其中脱下外衣把石头包好，抱在怀里往他的小车走去，袁先生也不说话，默默跟在后面。石其中把石头放进车后备厢，打开车门让袁先生上车，他自己坐上驾驶位，微微偏着头说："袁先生，咱们回去向财务领5万元，但是，您对外界不能说。说了你要承担后果的。"

袁先生郑重承诺道："好。"尔后他又笑笑补充一句："你的酬金不算少，说出去，那五叠钱还会乖乖在我袋子里吗？"

二

闽南话说："鸡蛋密密也会生虫。"话意与"世上没有不透风的墙"是一个意思。社会开始有流言说石其中从藏玉楼偷走双龙石。石其中左思右想，从那天的每一个细节想起，也许，那么多人在楼里挖地，外面会有人注意？还有送快餐的人，也许，是风水先生说出去的？公司的财务说出去？一切都似是而非。他想起来，那天撤退的时候怎么没有把香橼树头放回原处，把土填好呢。古语说大意失荆州，一点也没错啊。

石其中嗅到一种气味，预感到麻烦正在逼近，但是，他是孤立无助的，他没有人可以商量，也不能让任何人知道。他甚至想到，看到石头的只有他和袁先生两个人，只要他石其中说没有，袁先生拿到了5万元是不会站出来作证的，那就是说，不管是谁，闹得多么凶，也没有用。这样一想，石其中稍稍宽心了一点。

藏玉楼原住民一共有37户，新中国成立后直至改革开放陆陆续续全部搬出大楼在外另建住房，年轻人大部分外出打工，剩下的都是老人和儿童。其中有个退休老教师李漫前散步时途经大楼，突然灵机一动，脚下一拐进了大楼。他看到楼中央的土坑上，斜躺着大树头。李漫前在族谱上看过双龙石的传说，他在被挖掘的大土坑前脑瓜一阵阵发晕，心里有个强烈的声音在回响："双龙石被人挖走啦。"

李漫前赶紧回家，跟本族几个比较有威望的老人紧急磋商，大家都同意李漫前的看法，公推李老师为领头人办理这件事。李老师应承下来，一下午和一晚上没睡把原来收藏的福尔摩斯探案集细细读了，有点老化的头脑紧急运转起来：首先，根据土坑边的饭盒子找到送饭的人，然后找到挖坑的人，这样不就破案了吗？他自己连连称是，赶快动起来。

李漫前就近探访了几家快餐店，都没有往藏玉楼送过快餐，他感到有点难办，慨叹：当"福尔摩斯"也不容易啊。他顺道直直往前走，在路边碰到一个远房侄子，李老师叫他停一下，问他："你忙什么？慌里慌张的。"

"老板叫我去取回前天人家定的快餐钱呢。没时间！"

"慢慢慢，哪里向你们店定快餐呢？"

"唯美公司啊。"

"哪一天定的，送到哪里的？"

"我不知道，你进店去问老板吧。"

李漫前探问老板，老板出奇地爽快，说："三天前，唯美公司的老总石其中打电话订的十份饭菜，十份炖汤。是送到藏玉楼的，我当时心里还嘀咕了一下，怎么会送到那边呢，其他，我就不知道了。"

三

这一天上午九点钟左右，唯美工艺品公司遇到一件棘手的事，公司门口有一群老人和妇女走来走去，石其中接到消息，从办公大楼上打开窗户看过去，只见人群散乱，有两个不太老的男人扯着一个红布横幅，上面粘贴着白色的电脑字："还我双龙石！"

石其中心头好像被什么东西撞了一下，赶紧给他弟弟石奇伟打电话："有一批人围攻唯美公司，说我们挖了他们祖传的双龙石。你赶快过来帮帮我。"

"他们掌握了什么证据？"

"他们什么证据也没有，道听途说而已。"

石奇伟知道这事情不简单，赶快报告给叔叔石亦辉，然后骑上摩托车往唯美公司赶过来。

两兄弟单独碰面，石奇伟坦白说："这样的场面我处理不了。"

石其中说："你可以给西洋村的村主任打个电话，了解一下。"

石奇伟旋即给西洋村村主任打电话，不一会儿，他收起手机，对哥哥说："你有没有带人去藏玉楼挖坑？现在公司门口这些人是藏玉楼住户代表，领头的老先生叫李漫前，他了解到藏玉楼的快餐盒是你打电话叫人送的，一共十份饭菜和十个汤，他们据此认定藏玉楼的大土坑是你叫人挖的。至于挖出了什么东西，他们也不清楚。他们根据族谱记载，认定你挖走了双龙石。"

石其中有点懵，说不出话。石奇伟赶紧把这个情况报告给叔叔。

石其中紧紧皱着眉头，心里迅速形成一个方案，他当机立断，给县长打电话，讲得非常委婉和客观，请求县政府给予帮助。县长对这种关系到维稳的大事十分重视，当即让县信访部门介入。不一会儿，来了两部车和五个人。一个略胖的干部走向人群，人们迅速把他围起来，竞相张嘴，讲了一阵子。一个老先生在两个年轻人的陪同下跟着略胖的干部向公司展示大厅走过来，石其中拉了弟弟一下，一起下楼。这时，石奇伟接到叔叔打来的电话，他赶快把最新进展告诉叔叔。叔叔停顿了一下，说："奇伟你把电话给你哥。"石其中接过电话，很尊敬地叫了一声"叔，"然后注意倾听叔叔的说话，边听边点头。很快就到了展示厅，原来略胖的干部是县信访办宋主任，宋主任和两兄弟点点头，示意他们坐下。

宋主任说："现在我们双方坐下来，把事情说开，谁先说？"

李漫前朝石其中方向摆一下头，示意让石其中他们先说。

石其中说："一个多月前，我偶然从藏玉楼经过，看到整座楼年久失修，心想再不抢救，前辈千辛万苦留下来的宝贵财富即将付之东流，我等有能力的人将成为千古罪人。为什么？因为我妈的大表哥在世时也住在藏玉楼，所以，我想请厦门一个设计单位帮我设计一个抢修方案，他们让我公司先提供一下大土楼的地质情况，我那一天叫了几个人先去挖了一下，结果挖出一个大树头。"

李漫前质问："这么大的事，我们为什么不知道？我们如果不同意，你能做什么方案。"老先生问得果然犀利。

石其中说："我是先了解一下，先探一下土地的情况，看看可以设计成什么档次，而且投入资金是我能够承受的范围，我才敢向县里有关部门报告啊。"石其中回答得天衣无缝。

宋主任说：你们看看，"你们写的什么状子。"宋主任拿出一张用毛笔写满正楷字的纸，一本正经地读起来：

尊敬的领导：

　　小民古之藏玉楼37户原住民是也，据我祖宗族谱记载：我藏玉楼下埋有双龙石一块，我楼民每每于夜深人静之际听到楼地底下龙吟之声，信之者众。2002年8月13日，本县唯美公司石其中带人将双龙石挖走，斯不幸也，敬请领导做主追回赃物归还我之原住民。

"你们看看，你们这是在写民间故事啊，是不是，没根没据的东西，什么双龙石，李老先生你们有人看过吗？"李漫前摇了摇头。

宋主任说："这就对了，还有，我问你们，你们谁有财力把大土楼整修起来？没有是吧？"

"你们愿意看着大土楼屋顶坍塌，整个土楼垮掉？不愿意，这就对了。大家赶快回家，该干什么干什么去。我在这里替石总表个态，待藏玉楼整修完毕接待游客之时，石总请全体37位大土楼住户代表吃饭喝酒庆功。"

两个年轻人先站起来，李漫前也跟着站起来一起往外走。

石其中轻轻地，难以觉察地舒了一口气，暗暗佩服叔叔的头脑和思路，否则，他今天过不了这个关。石奇伟则从心底佩服大哥的临危不乱，化险为夷，嘴角难以察觉地浮起一丝笑意。

第二十九章

战友偶遇生死劫，亏心到底意难平

一

唐朝诗人吕温有诗曰："水止无恒地，云行不计程；到时为彼岸，过处即前生。"

郝君洛短短几年经历了结婚离婚，人也显老啦，更何况一场生死劫正在悄悄逼近。

那是一段非常的时光，元宵节刚过，空气中就透露出诡异的气息。接着有了名词，叫"非典型肺炎"，后来有了洋名字叫"SARS"，民间都称"非典"，再接着，新闻常常播报那里死了多少人，这里死了多少人。冷不丁又播报那里又死了多少人。人们感觉危险像一只巨型怪兽，正一步一步逼近。

有位老先生说："这种情况以前叫人瘟，我爷爷说，人瘟吓人呀，上午抬人上山，下午就被人抬上山埋了。"

社会上谣言四起，人心浮动，富裕的人家已经开始谋划往更深的山区搬迁了。

郝君洛在部队时有一个光州的战友叫罗大刚，玩石头比他早，玩得比他深，两人时常来往。2003年春节，战友罗大刚来到漳州，爱上了他的一块华安玉奇石，罗大刚一回光州，就把款存到郝君洛的卡里，那时候物流刚刚起步，不像后来那样寄货方便。为了石头不丢失，不损坏，郝君洛只好雇了一部微型车亲自把石头送到光州。人生有许多偶然，人生就是被一些偶然改变了轨迹，郝君洛要是早一个月行动就一切顺畅了，可是他被一些琐事耽误了，一直拖到4月底才成行。安置好石头，恰好罗大刚的一个朋友在酒店请客，罗大刚便拉郝君洛一起赴宴。酒席上罗大刚突然晕倒，"120"来了，郝君洛要送战友去医院，却被穿医学防护服的人使劲推开，随后又来了几部车，把他和酒店里的许多人带走。到了目的地，一看，是一座大楼，楼里面还住着很多人，郝君洛悄悄问了穿着医学防护服的人，才知道酒店的客人查出了"非典"病毒，送到这里的人都是被隔离医学观察的，即刻起他们一天24小时都不得离开此地。

同来的人都懵了，围在一起叽叽喳喳，争着说还有多少多少事情没做也没交代好，怎么办啊。"非典"铁面无私，任谁怎么叫也无济于事。

一座大楼住的人不少，大家如果可以串串门，聊一聊，也不至于死水一潭，可是穿防护服的管理人员警告大家："为防止交叉感染，不准串门，不准聊天，各自躲在自己房间最安全。"果然危险到处潜伏，否则为什么时不时有人背着喷雾器来消毒？

被隔离的日子是难熬的，郝君洛庆幸去年10月至12月关注了首届"Q人类Q生活"的QQ之星选拔赛，并在手机里安装了QQ，不然这一段时间他该怎么度过啊。他在QQ里知道了苏渝去北京参加一个会议也被隔离了。

郝君洛当时的感觉就是烦闷、恐惧、不知所措。他不知道被隔离在什么地方，但是，待遇还是不错的，伙食有菜有肉有汤，起居一房一小厅，关键是有一部十七英寸的彩色电视机，粤剧、粤语节目他都没有兴趣，他最感兴趣的是中央新闻中和当地新闻中关于非典的死亡人数，抢救、隔离等等。第一次跟死亡的距离拉得这么近，郝君洛不得不认真思考自己的生命意义，这样说走就走了，那人跟蝼蚁有什么区别，人苦苦奋斗还有意义吗？他这时特别想儿子，自己要是回不去，那么小的儿子怎么办？想着想着不禁悲从中来。

白天没有什么感觉，夜幕降临，恐惧像水一样无边无际漫开，什么地方有响动，郝君洛都会吓一跳，以为是死神来访了，夜不能寐，更不敢关灯。唯一的活动就是与苏渝QQ。

QQ啊，不知道该怎么感谢你，你让我在举目无亲的盲目苦闷中，还可以跟自己喜欢的人说说话，聊聊天。

苏渝在那一头说："本姑娘苦死了，闷死了。现在让我去死，我毫无恐惧，这样关着跟死去有多大差别？"

郝君洛安慰她：“大小姐，人死了就进入一片灰蒙蒙的世界，看不到阳光，体会不到品尝食物的乐趣啊，享受不到爱情的甜美，还是好好活着吧，我们闽南话不是说‘当乞丐也不愿当鬼’吗？翻译成普通话就是‘好死不如赖活’。明白？”

苏渝回复：“我怎么会明白，我到北京来开会，莫名其妙就被隔离了。每个人都被关在一个小笼子里，互不来往。大家都怕传染，就不怕孤独。”

郝君洛回复：“人类在死亡面前是最脆弱的，也是最自私的。”

苏渝回复：“是呀，死亡是每个人的必归之路，人从出生开始，就朝着死亡迈进，活一天就少一天。这是任何人，包括上帝也改变不了的。”

郝君洛回复：“正因为这样，所以，当我们活着的时候，就要认认真真过好每一天。”

二

被解除隔离的那天早上，郝君洛的第一反应就是不顾一切冲下楼，在真实的土地上使劲地跳了几十下，大口大口呼吸新鲜空气，然后又返回楼上脱下一身白色防护衣服，穿上自己的衣服，摸摸口袋，直接来到大马路上，坐上今天特意开来的接送车。车程大约半个小时才进入市区，郝君洛和大家一样恍然大悟，原来这一个多月是被隔离在郊区啊。车到一座大楼前停下，司机郑重其事对大家说：“大家下车，回家，该干嘛干嘛去，大家自由啦。”大家不由自主地鼓起掌，下车作鸟兽散。

郝君洛特意看了看大楼，原来是×××疾控中心，他心里想应该去看看战友，与他聊一聊这一段生死劫，3秒后改变了主意，应该立即回漳州，否则在什么地方又被隔离，那就惨了。

回漳州的路上，郝君洛一直打战友的手机，回铃音总说：“您拨打的电话已关机。”

郝君洛回漳州后还一直打战友的手机，他心里有一种强烈的不祥预感，战友可能出了什么意外，这时，他不禁叹息：平时怎么就没有记下他家的电话呢？后来他辗转问到他家的座机号码，迫不及待马上打过去，那头是个女孩的声音，她哭着说："我爸爸他、他死了。"

郝君洛如雷轰顶，整个人傻了。战友身体那么好，一定是死于"非典"！他的痛苦无可形容：人啊，怎么就这么脆弱，怎么说死就死了呢。

三

2003年6月下旬，世界卫生组织宣布解除对北京的旅行警告，到八月上旬，沸沸扬扬的"非典"疫情终于宣告结束。郝君洛鼓起勇气来到战友家。免不了一番伤感，一番唏嘘，战友的爱人愁眉苦脸地对郝君洛说："我现在最烦心的是那些石头，堆放场地的租期到国庆节就期满了，我不想再续租，你帮忙把石头都处理掉吧。"

郝君洛说："处理是可以，但是我不知道这些石头到底是多少成本啊？"

坐在旁边的一个男子说："我以前聊天时听我姐夫说过，他前后一共投进去50万元，你要是有心帮忙就算点利息吧，按55万元处理。"

郝君洛问："这位是？"

战友爱人说："他是我亲弟弟，就按他说的办吧。"

郝君洛去场地仔细看了那些石头，战友不知道从什么渠道，买进的大部分是华安玉中的精品，按自己估值起码值500万元，如今55万元简直是白捡啊。他觉得应该多给一些，可是，他国庆节前要到哪里筹钱啊？郝君洛说要回一趟漳州，把钱筹齐，就过来运石头。战友爱人点头说行，但国庆节前一定清光。

郝君洛在回程车上苦思冥想，该怎么筹到这么一笔钱呢？无意中听到旁边两位旅客聊天，一个说现在生意难做啊，店东突然要一年租金一起收，不然就请他搬出去，怎么搬啊，生意做开了，换地方怎么做呀？另一个连连摇头表示同情。郝君洛大脑里灵光一闪，马上有了筹钱的办法。

郝君洛回到漳州，向租他店面的业主提出要3年店租一次收齐。租户叫苦连天，郝君洛如法炮制，说有困难就搬走吧，我后面有3年租金一起付的客户等着呢。话说到这个份上已经没商量的余地了，六个租户只好回家拿自己的房产证向银行抵押贷款或者用其他方法筹钱交给郝君洛。

9月下旬，郝君洛将战友的大大小小总共90多吨的石头全部运回漳州。

国庆期间，"非典"彻底销声匿迹。外地的奇石收藏家又纷纷来到漳州和华安玉产地九龙湾淘石，郝君洛把光州运回来的华安玉奇石卖了十几件，收回近百万元。这件事算是圆满结局了。

郝君洛把十几件石头分别交给物流后，松了一口气，当晚喝了点酒，刚睡下，战友就来了，他说："你懂她不懂。"

郝君洛问："她是谁？"

战友没有言语，直愣愣看着他，嘟囔着："你懂她不懂。"

"我冤枉啊，你舅子说55万元，我一分也没少给啊。"

"你懂她不懂。"

郝君洛蓦然惊醒，茫然四顾，只有墙角的小夜灯散发出微弱的光。

第二个晚上更诡异，罗大刚从云雾中走出来，把手搭在郝君洛的肩膀上，说："走走走，我请你喝酒。"郝君洛跟随罗大刚来到一间酒店，进了一间包厢，桌上已经摆好了七八样熟菜，罗大刚一直说"坐坐坐"。这时郝君洛手机响了，他走出包厢，找了个方便的地方接手机，接完手机回到座位，罗大刚不见了，桌上哪里是熟菜，每一碗都是鲜红鲜红的血，郝君洛一吓吓醒了，冷汗淋漓。

郝君洛只好找苏渝，把这件事情的来龙去脉讲给苏渝听，请她帮忙出个主意。苏渝笑笑说："你这是落井下石，乘人之危。你这是欠下了良心债啦。"

郝君洛辩解说："我一分钱没少给啊，做生意就是这样啊。难道做生意赚钱是有罪的吗？"

苏渝说："有罪没罪谁说得清？你知道价值，你应该'七吃八算'，多给一些啊。"

郝君洛皱着眉头说："我当时筹不到钱啊。"

苏渝说："你现在也可以弥补啊。"

"我现在再给钱，那是'傻猪跌进粪池里，一身臭啊'，怎么能做这等傻事呢！"

"那你就煎熬吧。还要什么臭面子，你送钱给人家，人家还会不给你脸面吗？"苏渝突然灵机一动说："你战友的儿女今年几岁？"

"他只有一个女儿，我不知道她几岁，只知道这学期念高三。"

"你看这样行不行，你给她存一笔十几万元的存款，把存单或者银行卡寄过去，就说预存她念大学的费用，她们不会不收的。"

这个办法好，很有人情味，千言万语都在里头了。郝君洛欣然同意。

第二天，郝君洛打电话问战友的女儿的名字，得知叫罗一芬，银行卡直接就用这个名字，往卡里存了12万元，然后用挂号信寄给战友的爱人。

第三十章

时来枯木逢春，运转神石归来

一

窦清芬在非典期间失踪，经过一段时间台湾、大陆两方面紧张搜寻，踪迹全无。石启强陷入深深的自责之中："当时为什么没有阻止她外出，为什么没有反对她去当什么记者。外面一直报道死了多少人，为什么还让她外出？还让去参加什么国际记者团"无数个为什么，满满地塞在石启强的脑瓜子里面，他整日茶饭不思，精神恍惚。他岳父老了，接近于糊涂了，而大舅子窦清民本来对他就没有好感，这段又忙于工作，也没来关注他，直到石奇伟跟他通电话，看他支支吾吾，不成言语，才意识到他的病情。

石其中得知后，让石奇伟去一趟深圳，说："如果真的病了，无论如何把他弄回来。"

石奇伟见到三弟，发现三弟的病情比自己原先想象的还要严重。他几乎不能认人了。他赶快连哄带骗，说窦清芬在福建呢，这时候可能在南屏。

石启强一听精神倍增，马上没有什么障碍就跟石奇伟回到九龙湾。石启强刚一进家门，就嚷嚷要去南屏找老婆。石奇伟连说"别忙别忙"，"你要先打通弟媳的手机才能去呀是不是"。石启强一遍一遍地打窦清芬的手机，却老也接不通，一点办法也没有。

第二天早上，石其中把三弟带到小屋，碧玺往他手上一缠，扶他在沙发上坐下，自己也往边上坐了，他必须给弟弟带带路。

石其中把弟弟带进梦幻城，走过天街，来到省身镜前，石启强在省身镜前一站，身心澄明，一股清气从头上直贯五脏六腑，只听一个女人的声音从遥远的地方飘来："你来迟了，你得了意外之财，却不为人消灾，事主至今死得不明不白。从今往后，恶事莫近，广结善缘，心病自愈。集满万人赞，即可来此地居住。"

石启强说："我还想问问我妻子的生死。"

省身镜说："你后退三步再走近前。"

石启强遵嘱而行，省身镜里传来悦耳女声："汝妻未能预卜，好自为之。"

石启强顺着天街往前走，来到黄教授的学馆，问一个小厮："建设一个华安玉玉雕、华安玉奇石交易大市场。可以集万人赞吗？"

"应该没有那么多，但是几千赞应该是有的。只要你集满五千赞，即可以'心一触念，身即由之'，白话就是说，你想来就可以来啦。"

石启强走出小屋，俨然成了另外一个人。他去找大哥，问万人赞是怎么个说法？石其中说："集满万人赞就可以去梦幻城永久居住，可是，这跟吃饭是一样的，你这一顿吃饱了，活动一下，做做事情，肚子又饿了。你做这件事情得了几千赞，下回做错什么事，又会被扣掉几千赞，集满万人赞的可能性很小很小。"

"哦，原来是这样的。石启强并不气馁，他似乎对自己的人生有了新的规划。"

二

时序的更替不以人的悲喜为转移，2004年中央一号文件有这么几个重要提法：（八）大力发展农村个体私营等非公有制经济。法律法规未禁入的基础设施、公用事业及其他行业和领域，农村个体工商户和私营企业都可以进入。要在税收、投融资、资源使用、人才政策等方面，对农村个体工商户和私营企业给予支持。（九）繁荣小城镇经济。小城镇建设要同壮大县域经济、发展乡镇企业、推进农业产业化经营、移民搬迁结合起来，引导更多的农民进入小城镇……（十六）加快土地征用制度改革……要严格区分公益性用地和经营性用地……对农村个体工商户和私营企业给予支持。（十九）改革和创新农村金融体制……建立金融机构对农村社区服务的机制，明确县域内各金融机构为"三农"服务的义务。

真是"好雨知时节，当春乃发生"。这个文件好像专为石启强的"凯旋房地产开发有限公司"下发的，土地局现在叫国土资源局，局长主动联系石启强，在项目贷款、用地的合法性等方面帮忙做了不少工作。原来打了退堂鼓的股东也有几个返回来希望加入该开发项目，漳州一些房地产开发公司和有实力的个人都跑来找石启强要求参股，当年买走鱼化马石的林天杰也来找石启强要求参加项目建设。

石奇伟一看到林天杰正在与三弟谈话，心头一动：鱼化马石要回归了。他握住林天杰的手，说："你就是买我石头的那位吧？"林天杰听到石启强叫哥，询问说："村长，你们是兄弟？"

石奇伟点点头。

林天杰是个极其聪明的人，忙说："是是是，是我买的石头，咱是有缘人再相见啊。"

"那石头在漳州你们把它叫什么名字？"石奇伟这一句话问得十分艺术，他要是问："那石头还在漳州吗？"说不定林天杰就会说："卖了，卖到某某地方去了。"如今他这样问，林天杰毫无戒备，笑眯眯地说："我们把它叫'九龙璧之魂'"。

石奇伟借口去洗手间，到外面给大哥打电话："原来买我们鱼化马石的林天杰就是要和启强合作开发华安玉大市场的人。你说，要不要把鱼化马石迎接回来？"

石其中头脑灵敏，马上想到弟弟想利用职权施压，当机立断说："好，把它买回来，哪怕翻一番的价钱也要买回来。"

"确定了？那我马上和他谈判。"

"是，马上。"

石奇伟把林天杰约到另一间办公室，两人一坐下，石奇伟就开门见山地说："我卖给你的那个石头是我大哥找到的，是他为主吊运回来的，他不在的时候我把它卖给你，我们兄弟至今都没有来往。"

"罪过罪过，要不，再补给您一些钱。"

"不是钱的问题，我大哥要向我讨石头。"

"这，这这。"

看到林天杰陷入泥沼，石奇伟心想，我给你一个高价，你未必敢要，于是说："这样，我当时卖给你16万元，现在32万元买回来。"

"这这这，这怎么行呢？"

"行，就这样定了。"石奇伟步步紧逼，不给对方喘息之机。

"那那，我给你运上来？"

"不用，既然你有情有义，我明天带上钱，派一部车，咱们钱货两清。"

第二天，石其中请了一部中型货车，并亲自开小车和弟弟一起到漳州苍古巷林天杰家中，付钱时林天杰只要16万元，另外那16万元怎么说也不敢收。石其中过意不去，多付了2万元作为利息和工钱。请了吊车，费了一番周折才把石头装上车。

鱼化马石回归了，村民蜂拥围观，县电视台照例拍了专题片播出，人们都知道鱼化马石叫"九龙璧之魂"了。

第三十一章

得奇石身价倍增，展气质如花似玉

一

李楚月在群里得到一个通知，本县观赏石协会邀请了柳州一个赏石专家来开讲座。李楚月满怀兴趣去听课，不听不知道，一听吓一跳，原来华安玉有两亿多岁了，而且在水里火里炼了那么多次，才玉化成今天的宝贝。

专家说："华安玉乃中华一绝，学名'条带状钙硅角岩'，古称梅花石、五彩玉石、茶烘石等。硬度为摩氏7度至7.5度，属硬玉类玉石。系距今2.48亿年古生代二叠纪的海相沉积岩，后经中生代侏罗纪陆相火山喷发自热力变质玉化而成，主产于福建省九龙江流域华安县境内。它2000年入选中国十大国石候选石，并被中国宝玉石协会定名为'华安玉'，2001年又被评为'中国四大名玉之一'。定位'八闽奇石''漳州市石''漳州第四宝''华安三宝'之一。后来，华安县陆续荣获中国民间艺术（玉雕）之乡，中国观赏石之乡的美誉。

"华安玉历史悠久，玉石文化积淀深厚。早在旧石器时代，华安玉就被先民用作生产石器；明代地理学家徐霞客，就曾两次游览九龙江北溪峡谷险滩，在《徐霞客游记》中对华安玉极尽赞美之辞；明清时代，历任漳州知府更是将华安玉作为石玩珍品进贡皇家，至今仍珍藏于北京故宫博物院。《中国石谱》正式定名为九龙璧（华安玉）。该石种在母亲河九龙江的孕育下，采天地之灵气，蕴日月之精华。既有'丑、瘦、漏、皱、透'之奇，又具'质、色、形、纹、韵'之美。其质，美在坚贞雄浑；其色，美在绚丽多彩；其形，美在造型奇巧；其纹，美在构图逼真；其韵，美在意味深长；其肌理褶皱千变万化、人物肖形惟妙惟肖、山形景观高古雄奇，你如果下到九龙江北溪九龙湾河段，满溪大大小小的石头，多彩多姿、色彩张扬，肌如凝脂，几种色彩互相交错、过渡，恰如大画家的濡染，主色彩旁边配色自然悦目，增一分则过喧，减一分则失色，色差造成如画家画出来的图画，凡世间一切有生命的东西都能体现在各个大小石面上。

"再看华安玉象形石，更是令人拍案称奇，一个饱满的圆石头，两个眼睛、一个嘴巴，就是人头，奇怪的是怎么能出落那么多表情，还有，龟的稚拙，蛇的灵动，熊猫的憨态，牛的诚恳、骆驼的忠诚，猪的傻状，表现得恰到好处，神韵天成。在这些石头面前，谁都会目瞪口呆，天地生成的象形石、画面石竟会暗合当今世间一切有生命的人物、动物，花草树木，这实在令人不可思议啊。奇石生成的年份动辄千百万年、甚至几亿年，当时地球还是一片洪荒，生命还是虚无之际，大自然便将人世间一切有生命的东西定格。这难道是'上天造物'或以'巧合'二字可以轻易解释的吗？虽然目前还没有人说得清，但是你说我说大家论来论去，一致确认是'道法自然'，举世无双的'玉奇石'。

"目前，在县委、县政府的大力支持下，华安玉产业已日趋成熟并稳健发展。近年来，华安玉雕刻艺术水平已达到相当水准，其作品精美绝伦，造型别致，题材广泛。尤其是大中型玉雕作品，气势磅礴、典雅尊贵、高端大气，是难得的典藏与传世臻品。目前已开发出雕刻艺术品、实用保健工艺品、石玩珍品等三大系列，品种繁多，远销国内外。华安玉承载着九龙江北溪文化和闽越玉石文化，是中华几千年玉石文化的重要组成部分，是九龙江母亲河的特色文化载体，它必将在世界玉石文化传承中写下灿烂辉煌的一页！"

接下来老师主要讲天然奇石，有"四看""四性""四辩"等一系列内容。

李楚月听完讲座，感到眼界大开，以前每天在厂里，忙忙碌碌，根本不知道宝贝就在眼前。如今离开了唯美公司，听了课，才知道它的前世今生。这一切，都是得益于"文字"啊，难怪那个相命的老头说"一个字一盏灯"。要是没有找回"文字"那个宝贝，哪会认识华安玉这个宝贝啊，说不定至今还是那个整天与石其中吵吵闹闹的家庭妇女。她心里燃起一股火，形成一个计划，当晚，李楚月搬回九龙湾，简单安顿一下，立刻就到村里走门串户，也是如闽南话所说"天公惜憨仔"，李楚月才走了三家，就碰到一个很蹊跷的华安玉奇石。这石头就像一只龟，但它仰面朝天地放着，这样看起来就是一个低档的景观石，她马上想到专家在课堂上讲的"四看：左看右看，上看下看"。李楚月她前后左右看看没有人，赶紧把石头翻过来，啊，果然是一只活灵活现的大龟啊，她赶快按原样放好，叫出主人。主人一看是楚月，一点也没有看轻的意思，十分热情地往屋里让，李楚月说："喝茶就不用了，我想开一家石头店，第一个就买你家的这块石头。你说该多少钱？"阿伯说："既然你想要，拿去就是了，算什么钱啊。"李楚月说："咱们这里有句古话说'亲兄弟也要明算账'，更不用说你出力辛苦地扛回家，劳动要有所得啊。"

主人说："那就算300元吧。"

楚月说："百来斤的石头，工钱太薄了，算500元吧。"说着付给了500元，主人谦让了一下，收了钱，说："要放哪里，我用摩托车载过去。"

楚月脱口说："郑雅惠以前开的店你知道吗？"

主人一边说知道知道，一边就去行动了。

李楚月急急忙忙赶到石奇伟家，一问石头店果然还没有退租，就对夫妻俩说："店你们这么久没开了，就转让给我吧，我要开店了。"

石奇伟说："我哥展厅那么大，你有什么石头拿去摆就是了，开什么店呀？你不好意思说，我去说。"

"别去，从今以后，他走他的阳关道，我走我的独木桥，不是一家了。"

郑雅惠说："奇伟你别乱说，嫂子从暗影里走出来，这是万金难买呀，我做主，店就转给你，我们明天就去整理。"

李楚月说："你把钥匙给我，现在石头已经运到店门口了。"她附在郑雅惠耳旁说："我今天买到一个好石头啦。"

郑雅惠也摩拳擦掌，两个人就一起走了，石奇伟也去忙自己的事了。两人到店一看，新买的石头已经躺在门口了。李楚月打开店门，开了灯，把那石头翻过来一摆，郑雅惠惊呼："好石、好石，好石啊。"

二

李楚月把石头店改名为"楚月斋"就正式做起了生意。她那个奇石"龟"，请师傅做了红木底座，正式题名"神龟"，第一个月一个做茶叶生意的老板想买，李楚月开价10万元，茶叶老板很遗憾地说：要是2万元我马上抱走。

第三个月，一个画家出价4万元。李楚月没有做成生意，但是心里别提多高兴了，石头连底座带本钱不到4000元，客人出价过了10倍啦。第一，说明这块奇石确实好；第二，说明我李楚月的目光上档次啦；第三，无聊，落寞的时候，跟石头说说话，居然会产生无穷的乐趣。你想啊，一个几亿年前孕育出来的石头怎么会长得跟世间的小动物这么像啊，这有多神奇啊。只要不破坏它，人的寿命怎么与它比，它可以陪伴无数的人生。它的陪伴甚至比一个大活人还贴心，大活人会跟你看法不一致，会跟你吵，可它整天默默无言，你骂它夸它，它都默默地听着，不与你争辩，但它什么都懂。专家老师说天然奇石的唯一性，是说它在世间是不可重复的。李楚月在买卖天然奇石实践中结合专家老师的理论，边揣摩边消化，提高得很快，加上她资金雄厚，九龙湾出水的好石头基本上都被她收购了。外地客商来华安一般都慕名找她。《神龟》这件作品又碰到了一个机遇，这一年9月，县奇石协会组织了一批奇石参加全国性奇石展，《神龟》获得金奖。消息传回来不久，李楚月接到一个电话，是县奇石协会组织者从展览地打回来的，说："有一个上海客人想请你把《神龟》转让给她。"李楚月一听，激动得不能自制，回答说："5分钟后答复。"组织者动员说："石头转让一两个出去，可以提高华安玉奇石在全国的影响，第二也证明一下你自己的水平，你说是不是？"

李楚月放下手机，心里翻江倒海，第一点比较宽泛，第二点正打中她的软肋。她需要证明一下自己，证明一个从婚姻的泥潭爬起来的女人有着怎么样的胸怀。想通以后，她马上把电话打过去，开价15万元，来回三个电话就把事情敲定，神龟以13万元的价格转让成功。那时候本县中心街房子一平方米还不到1000元，13万可以买一套100多平方米的房子。一个石头换一套房子，这在社会上引发了不少议论。

这一炮打得响，使李楚月成了本县赏石界甚至全漳州市赏石界的女中豪杰。各地观赏石协会有什么活动必定邀请她参加。与外界接触又开阔了李楚月的眼界，李楚月体会到了成功的价值。成功的价值是无法用金钱衡量的。

初战告捷，李楚月开始在九龙江北溪五公里到十公里河段施展拳脚，她跟石奇伟与李成渝的合作不同，她没有自我膨胀。如果她看上了一块大的华安玉园林石，不是马上决定取舍，而是请九龙湾赏石界的老前辈当参谋，确定一块大石头，她就付给500元的劳务费，这样既是报酬又是封口费，免得有人向地矿局举报而遭到拦截。李楚月一个月吊回十几个十吨至二十几吨不等的大园林石，一个石头投资8000~10000元，卖出去3~4万元，这样的暴利大家是看得到的，所以难免被人举报，地矿局开始抓李楚月的现行，抓到如果不配合或者表示愤怒，园林石会被没收，一般是罚款3000~4000元。李楚月被罚款一次后，通过一个闺蜜的弟弟找到内部人员，三四个大石头吊到路边，在某个事先确定好时间的夜晚请吊车和土车一起吊运回来，李楚月体会到一种神秘和快感。石头吊回来在九龙湾落地后，地矿局就不会来没收了，只要在卖给客户的时候去地矿局交资源补偿费就可以了。

有一次，吊运一块特别有难度的大园林石，这个石头有四米长，经过一个水电站的渠道，渠道水面差不多6米宽，一般的操作是把石头从渠道的一边慢慢放入渠中，再从渠中往另一边硬拖上岸，这样势必把渠道两边石堤损毁，李楚月和吊运工人都懵了，束手无策。李楚月不愧巾帼女杰，提出只要不损坏渠道，工钱再加2000元。古话说：重赏之下必有勇夫，那些工人居然想出"水上飘"的方法。他们在渠道东西向各竖立一副吊杆，吊杆反向拉出承力钢丝固定在某个大石头或者树桩上，西向吊杆挂上葫芦，垂下的钢链把目标石头吊在渠道水面，东向的葫芦钢链跨过水面，搭扣在石头的钢丝上，东向的葫芦一边拉，西向的葫芦一边放，这样石头就慢慢飘过渠道。李楚月看呆了，她这2000元付得心服口服，后来，这一方法在九龙湾石界被广泛应用。

一个女人，只要离开小锅小灶，投身社会，将会爆发多少能量和聪明才智啊。更为奇怪的是，李楚月的精神面貌发生变化以后，五官也慢慢地，难以觉察地发生着改变，可能是服饰的改变脱去了农村女人身上的泥土气，也可能是心情的改变使脸庞变得更光滑。最先察觉变化的是石奇伟，他有一次突然对李楚月说："嫂子，你好像变了，变得更漂亮了，变得有点像韩国女星李英爱。"

李楚月笑着说："那我成了妖精了，杨令婆脱壳了，越活越年轻了？"

郑雅惠也夸嫂子说："李英爱今年32岁，你小她1岁，但是你比她成熟啊。你眼睛不大，嘴唇也不是很性感，但是看起来怎么会这么像李英爱呢。可能你的心地变得善良了，所以气质外露了，所以这么美了。"

李楚月听了很受用，当天晚上失眠了，她从一个懵懂的姑娘稀里糊涂地嫁给石其中，又稀里糊涂地生了儿子，又莫名其妙地成了家庭主妇。后来又稀里糊涂地碰上刘恒辉，以为找到了真爱，谁知又莫名其妙被什么腰斩了。痛下决心要自立了，结果就找到自己了，这是多么令人欣喜的收获啊。

第三十二章

求同存异不婚女，姻缘天定无须牵

一

石琪玉无意中听到几个同学在议论苏渝老师是个坚决的不婚主义者，惊吓可不小：那我石琪玉暗中拉他们认识岂不是害了郝君洛大哥？她马上在QQ上给大哥传递了这一爆炸性消息，不想大哥不置可否，只给她发过来一个笑脸。

石琪玉着急得不行，拼写文字问："大哥你怎么觉得无所谓呢？"

郝君洛回了一句小学读过的词语："只要功夫深，铁棒磨成针。"

石琪玉想想也是有理，但又好像不太明白。

郝君洛是个有征服欲望的男人，像李素华之类的普通女人已经不能让他提起兴趣了。苏渝有不婚倾向他略有察觉，但他很自信：我会让她想结婚的。

郝君洛也太小看苏渝了，第一回合，郝君洛就摸不着门了。苏渝问："你知道目前的婚姻存在什么问题吗？"郝君洛回答不出来，苏渝接着说："李银河博士还提到很多男性对待妻子态度恶劣，不尊重妻子、不懂得维护家庭、不会爱抚孩子，什么丧偶式婚姻，保姆式婚姻……这些都是降低婚姻幸福感的杀手，再加上现代人普遍压力大，内心深处不安全感与日俱增，彼此不信任对方。还有一些年轻女性经济实力大大增强，女性地位不断提高，经常出现一个家庭中女强男弱现象。"

"我觉得，婚姻会随着科技的发达和人与人之间的关系改变慢慢走向消亡的。我给你举个例子：有一个妇人，离婚好几年了，有一个女儿。父母均为政府机关退休人员，退休金高，身体好，不需要她照顾，她是独生女，父母两套房无贷，自己两套房无贷，有车无贷。

　　她说：自己做生意年入几十万元，不算多，够我们母女俩花销，我和男友（离异无孩）说得很清楚，我不想再生孩子，也不再结婚，哪天他想要孩子了，那我们就立马分手；双方经济各自独立，出去玩大家轮流买单，他送我礼物我必定还他差不多价值的礼物，礼尚往来，要是问我借钱的话，二话不说立马分手，我也不会从感情中捞取任何物质和金钱，根本没那需要。你看，这种关系很宽松很自由呀，肯定会得到人们的欢迎。据李银河博士的研究，欧美国家单身的人口数量占总人口数量的50%，所以说婚姻会消亡。我们要先看看婚姻制度的产生原因，我们知道，人类本身就是一种动物，我们繁衍后代的时间需要18~20年（从出生受教育到成年），这样的客观要求决定了人类需要组成家庭形式来养育后代。婚姻制度就是人类对这种形式的法律保障。如果有一天，人类社会繁衍后代的方式发生改变，婚姻制度有可能消亡。"

　　郝君洛说："目前来看，婚姻制度还是最优的存在方式。欧美是一个很广大的文化区域，包括天主教区的东欧和中欧，基督教区的西欧，北欧和美洲。欧洲和美国虽然都是资本主义国家，也有很大的区别。欧洲是高税收高福利制度，美国是低税收低福利制度。制度不同，人们繁衍后代的方式也会不同。你说的那个百分比，并没有具体数据支持。再说一下家庭对社会新生代的成长的影响。每一个孩子都需要父母的关爱，家庭环境的好坏决定儿童性格的取向和成长的质量。试问，就算成年人可以不用婚姻制度来繁衍后代，那么儿童也不需要良好的家庭环境和父母来养育成长吗？社会的问题就是人的问题，婚姻制度的问题就是人类繁衍后代的问题。目前来看，婚姻制度还会继续存在的，而且会存在很长很长一个时期。"

　　两人的辩论不相上下，但是都很难说服对方。

　　郝君洛说："我们扯得太远了，我们两个人，就你和我，我们还能够在这世上活多少年？这个谁也无法预料，我们又不是国家领导人，不用管那么远。先说说我，我母亲不在了，你也就不存在婆媳关系了，我已经有一个儿子，你不想生育也不勉强了，古人说，瞎子也喜欢被人挤来挤去，你就喜欢独来独往吗？结婚在我们来说实际上就是两个志趣相投的人在这个清冷的世界上抱团取暖而已。"

　　苏渝地看了郝君洛一会儿，虽然没有说话，目光却柔和了许多。

二

石其中把双龙石藏在自己的卧室，藏得很隐蔽，有时候半夜醒来，也要把它搬出来看看。每一次看都像初见，每一次都惊奇，石头上怎么会有这么奇怪的两条活灵活现的龙呢。

石其中与李楚月离婚后，感到一种刻骨铭心的孤独。白天熙熙攘攘还没什么感觉，夜晚就不一样了，经常下半夜3点多醒来就再也不能入睡，举目四顾，暗夜茫茫，即使打开电灯，笼子似的屋子亮了，笼子以外仍然暗茫茫一片。有时候在睡梦中看到李楚月在前面走，却怎么追也追不上她，以致急醒了。石其中感到很奇怪，按说，离婚了，跟她没有任何关系了，怎么还会老梦见她呢？第二天，儿子石方达来公司玩，他偶然瞥见，这才顿悟，对啊，就因为李楚月是儿子的母亲，所以才藕断丝连啊。

石其中这种状况在某一天得到了改善，非典过后，公司因业务需要招收了几个女工，其中一个引起石其中的注意。这人姓苏名叫扬红，28岁，她的姓名连起来念很顺口，光听名字就会让人产生亲切感。她人呢，也不辜负好名字，身材清瘦，五官流畅，眼睛是眼睛，鼻子是鼻子，都长在恰到好处的地方，特别是那两抹黛眉，如两抹远山，一对眼睛如烟笼碧水，奇怪的是这样的眉眼不光妩媚，其间还透出一股英气，正因为这股英气，所以她与前夫离婚。

苏扬红前夫赵得廷，辜负了好名字，生就一身懒骨，做什么事都提不起精神。恋爱时苏扬红也不知怎么就看上他，爱情就像迷雾四起，令人辨不清方向。一眼看去，他人还清爽，有一种让你置身其旁而感到亲切的感觉。谁知道这种感觉欺骗了苏扬红，她未婚先孕，不得不赶紧结婚。婚后她才发现他身上有一种致命的弱点：懒。这让她忍无可忍，最后竟绝望了。比如，婚后不久，苏扬红看到门口有一小块空地，长满杂草，她觉得把地挖好，整出来种点时令小蔬菜挺有意思的。她对赵得廷说了，丈夫说"我明天就挖好它"。第二天傍晚杂草仍旧随风摇曳。再说，他又说明天挖好，如此重复了四次，苏扬红就不再说了，自己向邻居借了把锄头把地挖好。这件事太小了，不能说明什么，且说另一件事，苏扬红大哥有几部大货车，她与大哥沟通好，叫丈夫去考大车驾照，当大哥的驾驶员。赵得廷说"我要先跟几趟车试试能不能吃得消"。他跟了两趟车就不去了，说："太苦了，晚上吃一餐饭，开了一夜车，到第二天中午还吃不上饭，那不是人做的活，开那种车铁定得累死。"

"我大哥天天跑车，从租车到今天自己有好几部车，他不苦吗？"

"你就是拿枪顶着我，我也不会去开那种车。"

苏扬红现在已经不愿意去回忆前夫的种种，反正你能想象得到的一个被父母宠坏了的啃老族身上的缺点，赵得廷身上都有，他的伴侣应该是一个没有思想、没有追求、得过且过的农村妇女，而苏扬红眉宇间的英气决定了她不可能一辈子当一个农妇。既然恋错了人，嫁错了郎，那就得快刀斩乱麻。问题是刀不够快，麻也不好斩。苏扬红得不到女儿的抚养权，赵得廷还威胁说："你要跟我离婚，好，你这辈子就不准再嫁人，你要再嫁人，我就杀了你，我再自杀。"

离婚事件平息后，苏扬红马上以一种全新的精神面貌考进了唯美公司。没有人直呼石其中的名字，而是人人称呼石总。苏扬红感到石总特别会关心人，经常问长问短，说来奇怪，苏扬红每次见到石总，心里总有一个地方是软软的、湿湿的。特别是来公司一段日子后，听到老员工议论李初叶以前咬牙切齿咒骂石总，还曾经和石总打架的时候，她总是替石总难过，心中总会产生一种"恨不相逢未嫁时"的感觉。

大约三个月后，唯美公司在漳州租了两大间店面，布置成产品展示厅，挑了两名女工去当讲解员，苏扬红被选上了。刚开始两个女工一起住在店面小阁楼。

不久，公司在附近租了个单身公寓，两个女人都住在单身公寓。

事出偶然，那一天，女同事家中有急事回县城了，苏扬红自己一个人回单身公寓，打扫、擦洗、磨磨蹭蹭，悠然自得，什么都做，就是忘了给手机充电。自动关了机她却不知道。有个副市长介绍了个外地重要客人要参观华安玉产品展示厅，石其中刚好也在漳州，可他没展示厅的钥匙，打苏扬红的手机应答关机，他只好找到单身公寓，和苏扬红一起去展示厅，一起接待客人。客人走时已是深夜，石其中说："糟了，没去登记旅馆。"

苏扬红心怦怦直跳，说："不、不然我住店里，石总住单身公寓？"显然这个说法站不住脚，阁楼已经不能住人。她又说："不、不然石总住房间，我住小厅的沙发？"

石其中说："走吧走吧，到了再说。"他为苏扬红的纯朴感动，觉得这个女人本质不错。不像别的女人千方百计勾引自己的老板。

苏扬红打开单身公寓的门，石其中随手关上门，抱住苏扬红，这女人竟像面团一样软在他的怀里。石其中又一次有了山峰崩塌的感觉，他在初叶身上找不到的东西在苏扬红这里找到了。

第三十三章

改楼名暂脱困境，何人欲买儿急火攻心

一

如今石其中的心病是藏玉楼，维修方案报到县里，分管的副县长邀请石其中参加了由县文物管理职能部门县博物馆主持的研讨会，会上意见：藏玉楼属于县级文物保护单位，修护一定要修旧如旧。

不久，厦门设计院的方案来了，圆土楼第一期维修需要投入1000万元人民币。不用上报，石其中自己就把方案否决了。石其中想：不用到圆土楼维修完成，我的公司可能早就破产了。这之后的几天，石其中都陷于苦恼之中。

石其中又来到小屋，自从琪香离开"十里香"，石其中就把饭店接过来经营，虽然营利没有琪香经营的时候多，但公司接待客人方便，好处就是他来小屋就像回家一样自然。

石其中今天想到梦幻城找黄教授，可是黄教授不在，他便沿着天街瞎逛。走啊走，来到一处开满鲜花的坡地，路边有个指示牌写着"圆梦山庄"。他心头一动，有个很妙的主意浮上心头，所谓"计上心来"。

石其中回到公司，立刻组织实施，到九龙湾河段挑了一块高约4.5米，宽约2.5米，厚约1.3米，质地、石肤都是一流的华安玉园林石，雇工将大石从河里吊运回来，树于藏玉楼的正大门略右之处，正面雕刻上"圆梦楼"三个大字，描上红漆后分外醒目。

大园林石树立起来没几天，立刻掀起轩然大波。李漫前找遍藏玉楼原住户："藏玉楼是老祖宗留给我们的传家宝，现在唯美公司把它改名为圆梦楼，能不能忍？"原住户一致回应："我们不忍。"然后由李漫前带队到县信访办讨求公道。

石其中接到信访办宋主任的电话，心里偷笑了一下，说："我现在在外地，没办法去你办公室，应急？那我叫我弟弟先去应急一下。"

石其中给弟弟打了个电话，石奇伟不敢应承："我要是把事情搞砸了怎么办？"哥哥说："砸了也没关系，我暂时也筹不出1000万元去投资土楼。"石奇伟的脑袋像个宝葫芦，不管什么东西进去都能立刻化开，他领会了哥哥的意思，答应去应应急。

石奇伟面对一群神情激愤的村民，心里特别笃定，他说："诸位啊，大土楼第一期就要投资1000万元，不改个吸引游客的名字怎么能收回投资啊？'圆梦楼'是什么意思呢？就是你想要有什么收获，来这土楼里住一宿，回去立马梦想成真。"石奇伟的话还没有说完，李漫前带领村民高呼："行不改名坐不改姓，要改传家宝之名坚决不同意！强烈要求唯美公司立刻停止破坏土楼。"宋主任答应让石其中暂停维修，李漫前这才带着一群人离开。

改名就是要暂停维修藏玉楼。石奇伟十分佩服大哥的智慧，回家的路上骑着摩托车还一边唱着流行歌曲。

二

吴步宁听了龙隐洲的话，万念俱灭。呆坐在新买的套房里，眼前飘过一片白云，身子轻飘飘地漂浮起来，心里轻轻地默念："琪香，我们这辈子无缘，下辈子再做夫妻吧。"可是脑袋里就像钻进千万条虫子在咬着他的神经，只差一点点就发狂了，只差一点点就要大喊大叫了，最后，他只好妥协，在心里千遍万遍念着：琪香，我爱你，琪香，我爱你，才慢慢平静下来。吴步宁自问："你为什么这么喜欢琪香？"

另一个吴步宁回答说："我也说不清楚，我一看到琪香心就怦怦直跳，我真想扑上去抱住她，我也不知道怎么会这样子。她要是肯让我抱一抱，我整个身子都要化成水啦。"

吴步宁最后买了小城广场一楼一个带着花园的120平方米的套房，在花园里种植了十多种鲜花。遵照梦幻城省身镜的教诲，吴步宁每日清晨和晚饭后，哪儿也不去，就坐在鲜花丛中，摒除杂念，任由一幅幅清新唯美的画面从脑海徐徐掠过，心中无比清明。他就这样每天早晚在鲜花丛中默默修炼……

三

时间过得飞快，琪香生了个儿子，起名石双志，快4周岁了，念幼儿园中班。经大哥动员，琪香仍旧来经营"十里香"饭店，孩子放学也来店里。星期六、星期天也在店里做游戏，玩玩具，帮工的人员大家帮着照看一下，小志志也很乖，一般不会乱跑乱动。

时隔多年，魏荣生又来到"十里香"饭店，他当然记得琪香姑娘，这姑娘太美啦，给他销魂蚀骨般的感觉记忆犹新，这姑娘很特别，他以为她会来缠住他不放，所以很长时间刻意不敢来华安。没想到这姑娘无声无息，这令他有点意外，他这次来华安，克制不住来到"十里香"饭店，表面上是想吃饭，潜意识是想再看看琪香。

魏荣生看到了石双志，这孩子惹人怜爱，五官端正，帅气乖巧，他忽然想起自己小时候的一张照片，这孩子跟自己小时候的照片何其相像，难道这是……他有意跟小朋友搭讪："小朋友，你怎么这么帅呢？"

小志志歪着头："大家都说我帅。"

魏荣生说："是吗？可不能骄傲啊。你像你爸吗？"

"我妈妈说，我爸去臭米各那边啦，不知道什么时候会回来呢。"

"小朋友，你叫什么名字？今年几岁？"

"我4周岁啦！我叫石双志，我会写自己的名字，你看。"

"真厉害，那你能记住自己的生日吗？"

"当然记得，2000年4月18日是我的生日。"

"那2004年4月18日就不是你的生日啦？"

"错，每年4月18日都是我的生日。"

时间正合，又跟自己这么像，魏荣生想起岳母经常跟自己的老婆嘀嘀咕咕，说不育是不是魏荣生的问题？他突然灵机一动，说："小朋友，你头上有个虱子，我帮你抓起来好不好？"然后不由分说地拨开小孩的头发，顺手拔下二根头发。小志志苦着脸要哭，魏荣生赶快摸出一个包装漂亮的巧克力塞给孩子，随即逃之夭夭。

一星期后，报告出来了，小男孩正是魏荣生的儿子。

魏荣生与自己的妻子没有生育，岳父的行政级别相当高，岳母也是高级别干部，岳母曾经问自己的女儿："我很想抱孙子，你们两个到底是谁的问题？如果是他的问题那就离婚！妈给你再找一个。"

魏荣生知道后惶惑了好久，如今这个报告单说明不育不是魏荣生的问题。但是，他妻子揪住了丈夫出轨的证据，提出离婚，夫妻俩闹腾了好一阵子，最后岳父出面说自己的女儿："如果是你的问题，离婚能解决问题吗？"岳母对女儿说："你离了婚，魏荣生说不定就去当孩子的父亲，那对我们有利吗？我们不如把那孩子领过来养，看对方要多少钱，都满足她。"魏荣生的妻子也很喜欢孩子，点头同意了这个方案。

某一天，有一个神秘的客人来到唯美公司，石其中不明来意，但照样以礼相敬。客人说："想和石总谈点事。"石其中会意，将他请到自己办公室又随手关上门。

客人说："石总不认识我，我可知道石总的大名。"

"什么大名，马马虎虎而已。您贵姓？"

"免贵姓何。石总有个妹妹叫石琪香？"

"是啊，何总怎么知道的？"

"听说还没有出嫁但有个小男孩？"

"何总您有事尽管说。"

"是这样，我有个亲戚，夫妻事业做得非常大，但是，没有生育，想要秘密抱个男孩好好培养，将来作为接班人。我想这对于孩子来说是大好事。石总跟你妹妹商量一下，至于补偿嘛，你们提，十几万元，甚至20万元，都可以，你们商量个价。"

神秘的客人留了个手机号码，匆匆告辞。

石其中好久回不过神来。20万元在当时算是一笔巨款啊。

石琪香听到哥哥这么一说，不啻在头上炸响一个惊雷，脸色白得像张纸："这是哪里冒出来的鬼怪，要打小志志的主意？"

石其中说："是啊，我也纳闷，这个人很神秘，除了留个手机号码，什么情况也不透露。"

石琪香疯了似的，大喊："大哥，你去回电话，说再多钱我们也不会卖，我们不会卖儿子的！"

石其中把妹妹拉到小屋，让她坐下，说："你不要急，好好想想，比如，当时，孩子……你有没有看见孩子的父亲再来过？"

"从来没有再见过他，大哥你不是说他是官二代吗？"

"他老婆是官二代，他本人身世不清楚。他当时有没有说住在哪个小区？"

"他说住在常福雅苑。"

石其中沉吟了一会儿说："按道理应该与他没有关系。"

第三十四章

差一念转道失宝，失贤妻万念俱灭

一

　　"石其中被叔叔一个电话召去了。侄子刚坐定喝了一杯茶，叔叔说："县长与我交谈过，你的公司不能与藏玉楼这样闹下去，影响很不好。问题在于你把楼名改了，这样不合适，你要实质性改善与藏玉楼的关系，必须把楼名更正过来，并马上动手修缮大楼。你先动起来，以后有困难县里不会坐视不理的。这是县长的看法；我个人的看法是，'唯美'品牌创立得不容易，这样闹下去对品牌的含金量会有很大影响。你想，那些人正闹着，客户来了，人家怎么看你的公司？是不是？"

　　石其中觉得这些话很有道理，点头表示赞同："好，我把楼名改过来，原来的字磨平，再刻上藏玉楼三个字，那是500元钱就可以搞定的。维修才是要命的事，我现在是'老鼠进风箱'，资金缺口很大啊。"

　　石副局长说："我想了好长时间，没有其他棋步来救这一困局啊。当时我也有失误，想了这么一步臭棋让你陷入困境。"

　　石其中说："叔叔快别这么说，当时的情景就像我在逃命，你扔给我一把枪，给我壮胆又帮我解围，我感激都来不及呢。"

　　当叔叔的说："那只好先动起来。"

　　石亦辉的主意不错，县长的看法也有道理，问题是资金，唯美公司目前几乎满负荷运行，贷款和库存货品、固定资产几乎是对等的，你要从中抽取资金他用，公司很可能就轰然倒塌。这就是石其中迟迟不敢动工的原因。

二

石其中做梦也没有想到，郝君洛带来一个高端客户，他自我介绍姓高。石其中马上联想是不是玩石界赫赫有名的高先生？但他又不好意思刨根问底，只好淡然处之。

郝君洛陪高先生看了"九龙璧之魂"，"天眼父子"，"双龙石"，高先生四个石头居然出价5000万元，按理说这个价是应该转让了。石其中心里很纠结，他收藏的奇石就这四个是最顶尖的，卖了就没有了。那自己还玩什么石头呢？有一个声音从遥远的地方飘来："你还有那么多石头，怕什么？"

另一个声音反驳："俗话说，一簸箕蚯蚓斗不过一只公鸭。多有什么用？"

石其中送高先生时，郝君洛又特地把石其中拉到一边，与他交换意见，郝君洛说："高先生是想进北京办一个顶级的奇石博物馆，才给你这个价，这已经是全中国最高的价钱啦，机不可失，失不再来。"

石其中左思右想，拿不定主意，石其中自己是知道半个亿的分量的，他在电视上看过，一个亿总体积大概有1.19立方米，重达一吨多，单张100元人民币一直往上叠有100米高，现在有一半高也不得了啊。但他心里很挣扎，他想，应该去梦幻城问问黄教授，他特地带上碧玺来到十里香饭店的小屋，可是他无论如何也无法集中精神入定。石其中有点慌，我怎么去不了梦幻城了？经过好几次尝试，他确定去不了。他细细检点自己，最大的错误应该是从藏玉楼挖掘出双龙石而没有付给应得的报酬。现在付吗？现在付更是没完没了啦，除非把双龙石还给他们，可是这一点他无论如何做不到，没有任何证据能够证明双龙石是从藏玉楼挖出来的。

在石其中思前想后，下不了决心的时候，石奇伟来找大哥，兄弟俩聊了一会儿，石奇伟说："你不卖，藏玉楼的骚扰是没完没了的。"石其中最后说："好，卖！"

高先生给的地址是北京某某地方交货，然后货款两清，石其中觉得路途遥远，经过郝君洛沟通，提出在漳州交货，高先生后来也同意了。约定了一个日子高先生要亲自到漳州接货。

这一天，石其中本来要亲自押送石头去漳州，车刚要走，县长突然来现场办公，走不了。石其中只好把"双龙石"和小"天眼"各自装进一大一小的礼品盒，两个盒子放到驾驶室座位旁边，两个大的则装在车斗里。交代李振喜要多注意，李振喜就把车开走了。

李振喜的运石车顺着沿江公路走了十几公里，碰到很多回头的货车，一问原来潭内公路拓宽全封闭，这一段路有十公里长，所有的客车运客到封闭点，请客人下车，走到河边，上船，由船运到潭外另一头封闭点下船，走到公路上，坐上从漳州派来接送的客车进城。客车这样做是为了方便客人，货车则只能绕道，一条往安溪方向绕，路途遥远，另一条从上几、无岭绕，路不好，但是近多了。李振喜是唯美公司的老驾驶员啦，一边嘟囔"不是说再过10天才封路吗，怎么提前啦"一边选择近路。车轱辘转啊转，路一丈一丈地被抛在身后，李振喜感到有点怪怪的，怪什么呢？一时想不明白，车走了将近一半路程，脑子里突然灵光一闪，这才想起来刚才感到怪怪的原因：怎么对面没有来车，后面没有超越的，难道此路不通？走了这么远啦，管它是熊是虎只好往前闯了。来到无岭村口，一条大约60厘米宽的水沟把公路切断了，难怪前无来车，后无超越。李振溪只好下车，一个老头走过来，搭讪说："国防光缆要从这儿穿过。你如果着急赶路，交200元，我铺两片加厚的板，让你的车过去。"

李振喜大叫起来："你也太黑心啦，我一个月工资才1200元，你搭一下木板就要5天工资？清平世界怎么出土匪啦。"

那可不是一般的板，老头一边嘟囔一边往自家走去："姜太公钓鱼，愿者上钩。"

李振喜想："我租两块木板搭一下就过去了，最多花十块钱，还被你土匪难住了不成？"李振喜是个急性子，跳过沟沟就往村里跑去。

李振喜花了六元钱租来两片木板，一眼瞥见车门开了一条缝，心里咯噔一下，赶紧爬上驾驶室，两个工艺品盒子只剩那个小的，不用看也知道那是小"天眼"，而"双龙石"丢了。李振喜顿时魂飞天外，立刻给石总打电话，石其中想也没想，当即报警。

李振喜面对镇派出所的警察，想破脑瓜也理不清事情的来龙去脉：难道那条沟沟是故意挖的？难道我太性急，去借木板时忘了关好车门？难道那个老头收过路费故意喊高价？那个老头也被警察询问，确实是国防光缆工程挖的沟，这之前老头已经向好几辆车每辆收过200元过路费，这个疑点不成立，那责任只在李振喜一个人了，谁叫你抠门抠那200元。李振喜在原地等警察询问，等警察提取车门上的指纹，然后被警察带走。

三

于秋璐失踪了，一个大活人就那么突然不见了，打手机，应答"你拨打的电话已关机"。吴步宁也停了工，自言自语："嫂子是个大活人，还会丢？那还得了。"赶紧叫徒弟找了几个朋友帮忙找，石其中也派了三个员工帮忙找，河边屋后，凡是能想到的都找了，就是踪影全无。龙隐洲请人替班开挖掘机，全力以赴找老婆，可是得不到任何消息。他感到万分委屈，回到宿舍痛哭了一场。他单身到40岁，41岁才幸遇于秋璐，两个人缠缠绵绵才过两年啊，没有生个一男半女那是自己的命，老天呀，你赐给我贤妻我是感恩戴德，你怎么那么快就收走呀，你应该再多给我几年呀，怎么说没就没了呢？

龙隐洲委屈得彻夜难眠，下半夜两三点钟的时候，龙隐洲索性爬起来，随便穿了件衣服，跟跟跄跄走出公司大门，在朦胧的夜色中走走停停，直直走进清安寺，他俯身跪在菩萨面前，大放悲声，边哭边诉说："我生在瓜菜代，10岁没母亲，13岁没父亲，孤身一人，拜走江湖卖膏药的师傅为师。师傅入狱我只好回家。我学会修理自行车，开了个修车小铺，工作队说是走资本主义道路。修车棚被封了，我跟别人去偷砍杉木被抓住，又说是破坏农业学大寨被游街兼批斗。我死了心外出'倒插门'，人家说我是被批斗的'街溜'兼坏蛋，没一个姑娘敢找我，我灰溜溜又回到九龙湾，我41岁才碰到于秋璐，菩萨呀，你怎么又把她收走了呢，咳、咳、咳、咳，菩萨呀，你要让于秋璐回来呀，你什么都知道，你什么都能做到，你要帮帮我这个无人痛的憨团子啊。是谁把我抛到这人世间来？为什么要把我抛到人世间来？爹妈呀，为什么要把我抛在人世间而你们却顾自走了呢?"想到伤心处,龙隐洲再次号啕大哭。

龙隐洲到天亮也没合眼,太阳越升越高,他的委屈越来越深:活在世间这么难,不如一了百了,到阴间与爹娘相聚还温暖些。当他决定自暴自弃之际,突然接到幼儿园老师的电话说小知豆在发烧,问他要不要带去医院看医生,龙隐洲如梦方醒:"我不能走,我还有豆豆要照顾呢!"他赶紧骑上摩托车往幼儿园驰去。

小知豆已经念大班了,打完针带她回家,她突然问龙隐洲:"爸爸,我妈妈找到了吗?"

龙隐洲拿出手机,愣了一下,怎么老婆的手机号码也有点记不太清了呢?他按了11个号码,电话就打出去了,一会儿,手机传来一个女人的声音:"喂喂,你找谁?"龙隐洲对着手机说:"我找于秋璐。"一边把手机递给小知豆。小知豆对着手机就哭了,哽咽着说:"妈妈,你怎么不要我了呢?"手机那头的人也哭了,龙隐洲像打了激素,全身的肌肉都兴奋起来:"老婆,你要回来,你要回来啊!"

手机那头传来女人的声音:"我不是什么于秋璐,你打错了。"

小知豆放声大哭。

四

石启强正在办公室看文件,售楼部主管敲敲门报告说:"有一个姑娘说要来应考。"

石启强说:"我们又不招人,让她回去。"

"她坐在售楼部不走。怎么解释她也不听。"

石启强隐隐约约听到那女孩的声音,好像有一股磁性,吸引他走出办公室。来到售楼部一看,立刻惊呆了,那女孩活脱脱就是窦清芬,细看,又比窦清芬多了一丝妩媚,比窦清芬白嫩、年轻。石启强轻轻咳了一声,女孩抬头看过来,双眼放出勾魂摄魄的光。石启强只一瞥就支持不住了,对主管说:"好吧,她既然有这份热情,那就留下来试一试吧。"

主管对女孩介绍说:"这是石总,他要和你谈谈。"

在董事长办公室,石启强问:"我们又不招人,你为什么想到我们这里来？"

"石总要建设华安玉大市场，我也想来添一滴水的力量。"

"你叫什么名字？今年几岁？"

"我姓李叫泽慧，今年21岁。"

石启强觉得她人美，名字也很暖心，于是便安排她在售楼部做事。

第三十五章

追神石假戏真做，失儿子错乱颠狂

一

石其中陷入了进退两难的困境，双龙石被盗时他想也没想直接就报警，警察当一个案件办理，这等于向社会承认双龙石在他手中失落，而且是在卖出去的途中被偷的。

他当时报案后，马上给郝君洛打电话，简单说了一下情况，大约十几分钟后，郝君洛打来电话说："高先生不相信双龙石被偷，他说没有双龙石，这笔生意就不做了，就是说，石头不用运到漳州了。"石其中实属无奈，但也无可挽回，他知道李振喜已被警察带走了，只好派另一个货车司机将运石头车开回公司。

不到半天，藏玉楼的原住民就得到消息，李漫前带领一干人将唯美公司围得水泄不通。

"还我双龙石，还我双龙石……"口号声一阵阵传到石其中的办公室，也传向旷野，过路的人有的驻足观看，也有人加入人群。

一个年轻小伙子护卫着李漫前往公司里面冲，李漫前大喊："不交出双龙石，我今天就死在唯美公司了。"后面的人群被这句口号激励，一涌冲垮保安的防线。石其中不敢怠慢，立即报警。

不一会儿，警车呼啸而至，护卫李漫前的年轻人打伤了保安，先被扣起来，这一下石其中才知道他叫李夏安，一个跟他十分相像的年轻人冲上来想救被扣者，却被警察隔开，石其中对众人说："乡亲们，大家坐下来说，李老师，你先说还是我先说？"

李漫前说："你先说。"

"好，我先说，你们为什么要围攻我的公司？你们无非是听到我的双龙石卖了好价钱，后来又被人偷了的消息。那么我请问，你们所说的双龙石凭什么就是我的双龙石呢？对于一个石头来说，它本来是没有名字的，我们给它取了个名字，它就成了我们的孩子，没有取名字的石头满山满河多得数不过来，我把它取名双龙石，你们就可以说那是你们的双龙石吗？反过来说，你们祖宗传说下来的石头可以叫双龙石，总不能我的石头就再也不能叫双龙石？再比如，你李老师叫李漫前，那世界上所有的人都不能再叫李漫前了？你去派出所电脑上查一查，全国叫这个名字的人多了去了。”

石其中这么一说，大家都听呆了。警察说："大家都散了，该回家的回家，该干嘛干嘛去，否则像李夏安一样，统统扣走。"

警察带走李夏安，人群也跟着散了。

二

这一天下午，石双志突然间不见了。这么一点大的小孩，他会去哪儿呢？在"十里香"饭店帮工的女人们你看我，我看你，面面相觑，谁也说不出个所以然来。石琪香懵了一阵子，想起来应该给大哥打电话，她边哭边把事情说了个大概。石其中安慰说："别急别急。"赶快抽身赶到"十里香"饭店。

石其中问清孩子确实不见了，心里已经有个大概了，他自己直后悔，姓何的神秘人物手机号码变空号以后，他就应该告诉琪香孩子有了危险，可是他怎么就没有往这方面想呢？现在后悔有什么用呢？

石琪香已经彻底垮了，呆呆地发愣，石其中做主报了警。面对警察，石其中把姓何的可疑说了，但他只知道那么多，警察摇摇头，说这样的线索价值不大，凭号码是查不到人的，现在拐卖儿童的案件太多了。

警察也有苦衷，当时手机号码随便可以买，到哪里查？

傍晚，吴步宁本想来找琪香，但思前想后，不敢来。

次日，吴步宁从龙隐洲口中得知琪香失踪了，不敢怠慢，立刻来到石其中的办公室。石其中看到吴步宁着急上火的脸色，也有点感动，说："你是着急琪香的去向吗？"吴步宁说不出话，使劲点头，石其中说："你想找她应该去漳州。"

吴步宁急切地问："有个大概的范围吗？"

石其中沉吟了一下，说："我估计应该在常福雅苑一带，你去那边找找，一有消息马上给我打手机。"

好，吴步宁答应着急匆匆走了。

三

石琪香果然来了漳州，她一直在常福雅苑周围游荡，终于与魏荣生相逢。

石琪香揪住他，斩钉截铁地说："你把孩子偷走了。"

魏荣生脸色一变，随即绽出笑容，说："怎么会呢？你有孩子？你的孩子跟我有什么关系？

"你不要装蒜，你叫人出20万元要买我的孩子。"

"你是在编电视剧吗？这是典型的'欲加之罪，何患无辞'啊！"

石琪香无意中一松手，魏荣生的摩托车一加油，风驰电掣而去。

吴步宁找到琪香时，琪香头发散乱，意识也有点混乱，她左手抓住吴步宁的衣领，右手拼命捶打他的胸口，边打边骂："你这个坏男人，你偷走了我的儿子还不承认。"琪香骂不停，打不停，吴步宁不摇不动，任由她打骂，引来不少围观的路人，其中有个警惕性较高的大爷，果断向110报警，不一会儿，一辆警车呼啸而至，警察不由分说，将吴步宁和石琪香一起塞进警车，又呼啸而去，报警的大爷和围观的人久久不散。

吴步宁在派出所向警察说明原委。警察是明白了，可是琪香脑子还是像一盆浆糊，无法安静下来。

其中一个比较机灵的警察安慰琪香说："这样吧，你先安静下来，我们呢，帮你去魏荣生家里看看，如果有小孩的痕迹，我们马上立案。"

琪香立刻清醒了许多，说："你们快告诉我，魏荣生住几栋几号？"

其中一个警察说："每个居民都有隐私权，神圣不可侵犯，就是说，不能告诉你。"

两个警察刚走了五分钟，其中一个接了一个电话，"嗯嗯嗯"之后，与同伴耳语一阵，装模作样在街上溜达了一会儿又返回所里。比较机灵的警察安慰琪香：“目前没有发现什么小孩的线索，我们会继续调查，一有进展，我们立刻通知你，来，你们两个留下一个手机号码，便于联系。”

琪香终于听从警察的劝解，跟吴步宁回了华安。

琪香无法回到十里香饭店做事，在家里呆呆坐着，一会儿发呆，一会儿号啕大哭，谁看了都叹息不已。

吴步宁守着琪香，六神无主，李翠花也呆呆看着吴步宁，无计可施，吴步宁说：“这样下去是不行的，琪香会错乱的，会崩溃的。”

李翠花说：“你有什么办法，只管说看看。”

吴步宁沉吟一下，说：“我想把我儿子带过来，让他认琪香为妈，他叫吴辉志，我们也叫他小志志，他虽然比双志大两岁，但是很瘦小，他整天妈妈地叫，琪香整天小志志地叫，就会慢慢恢复的。”

李翠花大喜过望，连说：“好好好，这再好不过了，你明天就回去把小志志带过来！”

第三十六章

同学翻脸抱不平，混混骗买杨梅园

一

在九龙湾还有一个石奇伟式的人物叫李智元。这一天他外出办事回来晚了，骑着豪爵摩托车回村已经是半夜时分，摩托车驰到他们李家祖堂门口突然熄了火，他知道是汽油用完了，赶紧把油门往上旋到备用油位置。李智元刚要发动摩托车，突然听到祖堂里有低低的哭泣声，他一下子汗毛倒竖，难道祖宗中有人受了冤枉，在他耳边鸣冤？他把摩托车支好，从摩托车把手上的小工具箱中拿出手电筒，往里面一照，原来是堂叔李大跳跪在祖堂祀桌前，李智元拉堂叔转过身，和他面对面蹲着，李智元说："跳叔，你是怎么啦？受了什么冤枉你告诉我，我替你做主。"

李大跳倒抽冷气、哽咽加啜嚅才把事情说明白，原来村长石奇伟把自家的杨梅园全部毁掉，挖山形石挖了个底朝天。

李智元说："他翻自己的杨梅园你管他那么多干吗呢。"

李大跳说："他、他挖到我的杨梅园了。我的杨梅园塌了，杨梅树倒了，园子毁了。我、我说不过他，他照样每天挖，呜呜呜……"老人说到末了大哭不止。边哭边说："他不是自己挖，他请人挖。想跟他说说都找不到人。"

"你不会找到他家去说！"

"我哪敢，人家是村长啊。"

"真是下脚料……"李智元几乎要骂人了，想到大跳是自己的叔，便忍住了。他沉思了一下，说："我来对付他！哦，但必须是我的园子我才有办法对付他，这样，你把杨梅园卖给我，价钱你来说，由我来对付他，我就不信村长就三头六臂。卖不卖？你说！"

　　这几天，杨梅园成了李大跳的心病，如今至亲的堂侄子要替他出头，他大喜过望，忙说："卖、卖、卖！"

　　"怎么卖？"

　　"人家买卖杨梅园都是按株数算一半钱，土地亩数算一半钱，现在杨梅不值钱，我也不会多算的。"

　　"好，就这样算，我们现在回你家，马上写个协议，我把钱给你，你摁个手印，我明天就会伸脚、会出手了。"

二

　　石奇伟的杨梅园热闹非凡，郑雅惠请了五个人挖了两个月，把自家的杨梅园翻了个底朝天，把所有的华安玉山形石全部取出来，喷沙去掉杂质，用一条装满水的透明管子测出水平线，安在切台上按水平线切一刀。平放后就是有模有样的一座假山，配好底座，每次都是成百上千个地批发给外地客商，谁也不知道他家赚了多少钱，总之发财了。所以，园中的杨梅树都被挖倒后肢解，杨梅木一段一段扔在通往公路的一块空地上等待运走。李大跳的杨梅园比石奇伟的园高了五六米，由于下方挖掘，上面的杨梅园已经崩塌厉害，有的杨梅树已经倾斜，快倒了。李大跳给郑雅惠讲过多次，郑雅惠答应说好好好不挖了，李大跳一离开，做工的人又大呼小叫让郑雅惠来看："你看你看，这一块是不是很值钱啊？"郑雅惠一看也动心了，说："把这个再挖出来吧。"就这样一个接一个，挖掘不止，这才出现李家祖堂夜哭的一幕。

　　李智元在九龙湾也算是一个比较成功的人物，他自己有一支工程队，既可以做土建又可以做装修，今天他把工程队拉到李大跳的杨梅园，他给负责人讲，从崩塌的底部挖出一道壕沟，使用高标号的水泥砂浆，砌一道挡土墙，石头就地取材，墙体与两边还没有崩塌的边坡对齐，最慢两天要把挡土墙砌好。

　　郑雅惠看到这个阵势，赶快给石奇伟打电话。

　　石奇伟来到现场，李智元正指挥工人把郑雅惠让人挖出来的山形石一个一个往挡土墙地基上叠。石奇伟一股火气直往上冲，质问李智元："你凭什么把我的山形石拿去砌挡土墙？"

李智元说："凭什么说那些山形石是你的？我说那是我的杨梅园被你挖塌以后挤出来的呢。"

"那是李大跳的。"

"李大跳已经转让给我，就是说我把李大跳的杨梅园买下来啦。"现在是我和你的矛盾！

石奇伟略沉思，说："要砌挡土墙可以，但是你要到别处去取石头。"

"我就是要就地取材，这些石头本来就是我的。"

前面说过，石奇伟的脑袋是个宝葫芦，他脑瓜子一转，把李智元拉到一边，说："你的工程队在这里施工，一天得浪费多少钱啊，你把工程队撤走，一个星期后，我负责把这个挡土墙砌好。"

李智元说："我好像不是很放心。"

"明天吧，明天起，你可以派一个人在这里监督我的工人施工，你看，一个人总比一个工程队节省吧？"

俗话说，生意人的神经是相联接的，李智元说："好，我姑且信你一回，你如果没有做到，不要怪我不念同学情。"

一言为定，石奇伟说着与李智元握手。

李智元带着工程队离开后，郑雅惠把石奇伟拉到一边，埋怨说："你怎么那么傻，答应给他砌挡土墙？"

"你没看见他不分好坏把山形石往上面砌，我看了心疼死了。你看那边废石成堆，我们砌的话可以使用那些废石，做这个买卖肯定是我们赚啊。"

三

李成渝出狱了，第二天就找石奇伟，郑雅惠告诉他村长在杨梅园，李成渝骑上摩托车来到杨梅园，只见村长大中午还蹲在乱七八糟的杨梅园边皱眉头，李成渝说："我这次能减刑提前出来要感谢大村长的帮忙，从今往后，有什么需要我出力的事尽管开口。"

石奇伟说："肉麻的话就别说了，我正在想办法要把上面这片杨梅园买下来呢！"

"这杨梅园是谁的？"

"原来是李大跳的，现在李智元买了，他要与我单挑呢。"

"原来是这样，我还在想村长怎么对着挡土墙皱眉头呢。"

"这片挡土墙是我失败的铁证啊！"

"你现在是想报仇？"

"报什么仇，我是想把这片杨梅园买下来。"

李成渝想不通："你毁掉自己的杨梅园，又想买别人的杨梅园，到底想做什么了？"

"你又笨死了，我不是要杨梅树，我要这块地下面埋藏着的山形石。"

李成渝不笨了，说："你不要杨梅树那就好办了。"他想起去年拿洗大石头用的草酸水灌死外婆墓头那株老荆棘的事，心头马上有了主意，说："这事交给我，我帮你与李智元谈判。"

石奇伟大喜过望，紧紧握了握李成渝的手："谈成了有酬谢。"

李成渝感动极了，连忙说："放心放心放心"。

李成渝找到李智元，说："你找死啊，干吗跟村长过不去？"

李智元很诧异："你刚出来，怎么什么都知道？"

"我是什么人？这个村里墙角地头没有我不知道的事情。"

"你知道了什么？"

"杨梅园啊，村长不是想买你堂叔的杨梅园吗？"

"我买了，现在是我的。"

"你买了多少钱？有赚就卖呀，钱又不会咬人。"

"我不卖，赚再多也不卖，他没当村长一个样，当了村长另个样。"

"我表叔会看风水，他说那片杨梅园不好。种什么都不行。"李成渝绘声绘色地说着，其实有点心不在焉。李智元回应说："管它好不好，我就不让石奇伟畅快。"

李成渝当晚下半夜三四点钟爬起来，村子静悄悄，只有远远的地方偶尔传来一、两声狗叫。他挑了一对塑料水桶，带上一罐有五六斤重的晶体草酸，来到李智元的杨梅园边，就近取水，每桶水加了约半斤的草酸，一共用了五担水，才把园里每棵杨梅树都灌了草酸水。

十来天后，李智元的杨梅树开始萎黄。李成渝赶紧给李智元报信，李智元不相信，到杨梅园察看，奇怪，园里什么地方都是好好的，杨梅树却一株株枯萎。

这时候李成渝跟过来，说："你看，我给你说你不信，这个园子地不行，你看看这是怎么回事？"

　　李智元对李成渝说："这肯定有人搞破坏，我要报警，让公安来解决。"

　　"我看还是不要报警，你看啊，这地都好好的，谁搞破坏啦？你说地不好杨梅活不了，也不一定有人信，到时候破不了案，你的杨梅又死光了，谁会来接手买你的园子啊，你的钱不是扔到九龙江里了吗？亏你还是个生意人，做生意的人没有一个会跟钱过不去的。这样，你不卖给村长，你卖给我，你当时花多少，8000元？那现在8800元卖给我。我晚上给你钱。"

　　李成渝看李智元皱着眉头没有吭声，他知道这事成了，马上去找奇伟。

　　李成渝给石奇伟说了8800元买了李智元的杨梅园的过程，石奇伟甩给他1万元，说："剩下的钱你买烟买酒吧。"

　　李成渝兜了钱，底气十足地走了。

第三十七章

良心发现翻冤案，资本收买叛人心

一

藏玉楼真是个大陷阱，开头维修屋面瓦片承包给工程队的费用只是55万元，哪知道第四天工程队就罢工了，他们请石其中亲自察看，看起来好好的屋面，一揭瓦片，哗一下檩条和沿板全烂了。工程队负责人说："年代久远啊，整座土楼屋面的木料都烂了，要全部换上新的。"

石其中问："那需要多少钱？"

工程队负责人说："这个目前不好估计。"

"如果我坚持按合同办呢？"

"我们的合同只是修缮屋面瓦片，人不能没有良心，现场情况你也看到了。即使到了法庭，法官也要实事求是啊是不是？我们还是一起想想办法吧。"

石其中想，要把藏玉楼屋面修好，肯定还要增加不少钱，修吧，公司资金周转确实有困难；不修吧，良心上确实过不去。双龙石价值肯定过千万，把屋面修好是应该的，这样一想就想通了。决定之后，石其中请工程队提出方案。

工程队设计师提出用水泥预制檩条和沿板，县文物管理部门明确指示："只能用杉木，而且要用特殊工艺让木头变旧。"木料就出不起了，这特殊工艺又要花多少钱哪，石其中苦恼了一天，想不出更好的办法，两天后工程队设计师给他打电话，说给石总发了个彩信，让他赶快看看。

石其中打开手机一看，是一段旧杉木，再放大看，是新杉木做旧的，几乎骗过他的眼睛，他知道设计师想到办法了，赶紧破例骑了一部摩托车驰往藏玉楼。设计师看到石其中犹如看到亲人，赶紧跑过来附耳低语，石其中仔细察看了那一段杉木，觉得设计师的点子的确是金点子，几种不同颜色的油漆一掺合，用空压机喷出去，这个成本就省多了。

石其中和工程队负责人协商了一下，追补到100万元，整个屋面都用这个方案做旧维修。

二

苏扬红突然失踪，没有任何端倪，没有任何蛛丝马迹，活不见人，死不见尸，任何方法都联系不上。石其中动用所有亲朋好友的力量，仍然得不到半点有用的线索，如此这般过了二十多个小时，石其中选择报警。

两个警察来到唯美公司询问石其中，共同寻找线索，石其中把思路指向藏玉楼，特别是李夏安，那一天围攻唯美公司就他出手打保安，被你们带回派出所，关了两天，罚款300元。这个人有作案的动机。

两个警察对石其中提供的线索十分重视，马上向有关领导汇报，对李夏安展开秘密调查。第三天，李夏安就被抓进去了。

第四天晚上，石其中本来就迟睡，下半夜3点醒后再也不能入睡，他下楼到公司的花园里散步，走着走着突然一声巨响，石其中的后背一阵发麻，转眼一阵激烈的疼痛袭来，他的意识从云山雾海中醒来，浮出的第一个念头是赶快打110。

110算是神速了，就那么几分钟警车就到了，一共来了五个警察，领队迅速查看了石其中的伤情，初步判断是打鸟火药枪所伤，他叫两个人马上把伤者送医院，自己带两个人留下来现场取证。

石其中伤情并不重，背部中了四颗小铁珠，医生取出小铁珠，处理了伤口，挂了几瓶消炎药。

发案次日早上警察就到医院找石其中取证，关上病房的门，小心翼翼解释说，虽然提取了脚印，但是天黑，周围又没有监控，现在最重要的是当事人的目击证据。

石其中沉吟了一下，内心展开激烈的斗争："这个案件如果让他们去办，很可能会因为证据不足而不了了之，那自己颜面何存，以后还怎么在社会上混啊。"他犹豫了几秒钟，咬咬牙直接指认李夏平，就是李夏安的双胞胎弟弟，说当时看到他了。

石其中在警察的笔录上按了手印，李夏平在劫难逃，五小时以后就被刑警队押走了。

第七天，李漫前独自一人来找石其中，石其中让座、泡茶，以礼相敬。李漫前开门见山说："说实话，我们藏玉楼也没少来找唯美公司的麻烦，李夏平兄弟的事，也就是石总您的一句话的事。"

石其中哈哈大笑，说："李老前辈说笑话了，法律的事怎么变成我一句话的事啦？"

"你我都是明白人，我们不辩论这事，我们来做一笔生意，你如果帮忙放出李夏平兄弟，藏玉楼和唯美公司从此两清，互不相欠，我们不再来找唯美公司。"

"我很想帮这个忙，可是我没有办法啊。"

"我再加一码，整修藏玉楼的事，你我都心明如镜，这样，你如果帮了这个忙，藏玉楼以后就是整修不下去了，烂尾了，停掉了，我们也不找唯美公司了。"

石其中没有回应。

李漫前喃喃自语："一个人不小心跌进水坑，有人伸去一根棍子，哪有不抓的道理。"

石其中心里咯噔一下，难道自己所做的一切这个老人都了如指掌？自己确实陷入泥坑，这个买卖不错啊，他随即哈哈大笑："李老前辈既然给我脸面，我哪有不遵之理，我一定尽力，一定尽力。"

三

石其中对苏扬红突然涌起一种说不出来的极其强烈的念想，以前和苏扬红住在一起，只有甜蜜和平凡，就像一副担子，和谐与平衡的感受不是很真切，如今突然失去一头，立刻陷入一种在大森林里迷路般的慌乱。夜半时分常常四顾无人，远近不管传来什么声音都会吓石其中一跳，勉强上床，两三点钟醒来就再也躺不住了，只好起来东摸摸西戳戳，无意中在一个储物柜的角落看到一个旧手机，咦，这不是苏扬红去年用的手机吗？他心头一动，找出充电器，耐心等待旧手机充电，十分钟后打开手机，又用这个手机上了苏扬红的QQ。苏扬红这个女人心胸宽大而又透明，她的QQ密码是用石其中出生年月日设置的，也不忌讳有什么私密会让人知道，石其中对这一点也很欣赏。此刻石其中很快发现苏扬红一直与前夫赵得廷有联系，看内容主要是围绕女儿的一些琐事，看着看着一道闪电在他的脑海划过，她当笑话说的前夫的威胁在石其中充满迷雾的脑海凸现。

石其中情绪再也难以控制：世上难道有这样的渣人吗？他看到或者听到前妻要与别人结婚了，心里就像有千万条虫子在蠕动啃咬？他把苏扬红怎么啦？把她残害了，把她灭尸了？这时石其中心里也有千万条虫子在蠕动啃咬，他快要发狂了。石其中马上给办案警察打电话说出这个新线索。

刑警大队这一次干得漂亮，在赵得廷家的冰柜里搜出苏扬红的尸体。石其中震惊之余，向刑警大队提出两点要求：这件事太惨无人道了，赵得廷不知逃到哪里，在抓获赵得廷直至结案，案件都要保密；其次，马上释放李夏安。既然李夏安是错案，那么李夏平之案也应重新侦查。

公安局经过慎重研究，认为一个李夏安错案已经让人难堪，应尊重受害人的意见，李夏安释放，李夏平也先予释放，鸟枪案应予重新侦查，于是，经检察院批准，这倒霉的兄弟俩先后回家。

李夏平兄弟嚷嚷要告诬陷人，李漫前摸摸新长出来的胡子笑了："这事是我办的，你们小辈要知轻重！"

其实，李漫前也不知道事情的真实经过。

四

李成渝告诉石其中，他看到过双龙石。石其中头脑嗡的一声巨响，好几秒钟才回过神来，问："你说的是真的？"

"当然是真的。"

"那你说说双龙石长什么样子？"

李成渝比比划划，后来索性抓过笔和纸，画了个大概。石其中马上刮目相看，问："你在哪里看到的？"

"在我舅舅家，凑巧看到的。"

"你舅舅是谁？"

"这个暂时不能说。"

石其中大脑高速运转，他知道李成渝想要什么。他想应该聘他来公司当保安队长，"保安"这两个字好像很一般，如果把"保安"两个字换转过来，那就气派多了，于是说："唯美公司聘你当安保队长，月工资2000元。"

李成渝有点犹豫："好是好，那当到什么时候？"

"公司在你就在。"

"好，那这样我应该站在公司一边。我舅舅是李漫前。"

李成渝顿了一下又补充说："是表舅舅。"

石其中吃惊不小，李成渝要是说他舅舅是某某人，他也许还不会这么诧异。无岭村丢失双龙石该动多少脑筋才会让公安束手无策啊。李漫前前几天与自己所做的交易，他是成竹在胸，抓住"刀把"，而自己抓的是"刀刃"？

李成渝问："石总要我怎么做？把石头偷过来？"

石其中说："那怎么行，我们要公开敞亮地要回来。这样，你想办法用手机把双龙石拍个照片回来，悄悄地拍，不能惊动任何人，我们就可以用这张照片向公安报警了。"

李成渝的确够格当安保队长，他从来没给母亲过过生日，回家突然对老妈说："妈呀，后天是你的生日，最近儿子做生意赚了些钱，我给你过个大生日。"他妈妈喜不自禁，满口答应。生日那天，办了丰盛的三桌酒菜，借了部小汽车把表舅舅一家接过来，酒至半酣，李成渝偷偷溜走，去办他的事。

当石其中收到李成渝用QQ发过来的照片，立即联系双龙石失窃案的办案警察。

带队的警察在李漫前家里搜到双龙石，还打开手机对照确认了一下，才把双龙石连带底座装进纸板箱，用绳子将纸箱扎好，亲自抱住走出大门。可是大门口一群等候的人立即围了过来，带队警察回顾一下两个同事，大声对人群说："干什么？干什么？"

人群异口同声地喊："不能带走，这是我们的双龙石，这是我们的双龙石！"

带队警察说："什么你们的双龙石？笑话，这是赃物，是你们偷来的！"

人们争着说，声音噪杂了："是我们的石头被偷的，我们不是小偷，我们不是小偷！"

"你们的被偷？你们有什么证据？"

"这石头是从藏玉楼中央那个大窟窿里挖出来的。"

"谁看见这个石头是从那个窟窿挖出来的？"

众人异口同声说："我们都看见啦。"

"胡话！看见了为什么还让人家抱走？"

众人一时噤声。

带队警察说："我们这是办案，不是法院判决，你们要辨是非找法院去。让开，你们这样是妨碍公务，知道吗？"

结果李漫前进去了，供出了无岭村水沟搭桥要收200元的老头。原来他的祖母是藏玉楼嫁出去的姑娘。

案件审理过程中，李漫前知道了叛徒是自己的表外甥，在看守所整夜整夜不能入睡，怎么也琢磨不透："我们的东西被偷了，我们怎么就变成了小偷？"他越想越气，发生了脑梗，生命垂危，只好保外就医。

第三十八章

母爱唤回心上人，苦难夫妻终得福

一

琪香神志仍然不清，一会儿发呆，一会儿哭个不停。吴步宁及时雨一般把儿子吴辉志带到琪香的身边。

吴步宁的儿子，今年6岁了，但是看起来只有3周岁的样子，那么弱小，那么干瘪，看到的人没有一个不心酸的，谁把他抱在怀里都舍不得放下来。

吴步宁对儿子大声说："小志志，这是你妈，快叫妈妈！"

吴辉志从来没有见过妈妈，他以前总是问爷爷奶奶要妈妈："别人都有妈妈，怎么只有我没有妈妈？"爷爷奶奶总是告诉他："你妈妈去了很远很远的地方。"

这时候他怯生生地，奶声奶气连叫两声妈妈。

石琪香的魂魄从冥冥中浮出水面，母亲的天性如烟似雾从四面八方汇集，把吴辉志紧紧抱在怀里亲个不够，"小志志小志志"叫个不停，嘴里嗳嗳嚅嚅："妈妈在这里，妈妈在这里。"

吴辉志号啕大哭，边哭边说："妈妈，你去了哪里，怎么这么久不要我啊？"

琪香仍然嗳嚅着："妈妈错了，妈妈错了。"

吴步宁看在眼里，喜在心里。

琪香把吴辉志抱在怀里，气色渐渐回到她的脸上。从心里往外溢的温情把孩子和她自己都给包裹了。

吴步宁知道是时候了，赶紧从怀里掏出一个精致的粉色的小本本来，如捧心般捧着献给琪香，动情地说："这是东北女作家迟子建写的

《爱人》，我读一遍哭一遍，也不知哭了多少回了，我用泪水把它抄录下来，就是要献给我心爱的人。"琪香以前总觉得吴步宁身上有一股异味，如今好像没有异味了，他的身上反而散发着好闻的花的味道。她深情地看着吴步宁，用轻得几乎听不见的声音说："你念给我听。"

吴步宁打开本子：用充满期待的男低音念道：

> 爱人是两粒团聚在人间的尘埃，让家升起烟火；
> 爱人是两片汇集在天边的流云，共穿一件彩衣；
> 爱人是两朵并蒂的莲花，一样地心事透明；
> 爱人是两只情深意笃的白鹤，生生世世相守。
> 爱人是你走累时，一块可以歇脚的石头；
> 爱人是你悲伤时，一条可以擦拭泪痕的手帕；
> 爱人是你无人喝彩时，悄悄向你竖起的大拇指；
> 爱人是你落魄时，不离不弃的影子。
> 爱人是对镜梳妆时，心痛你鬓角白发的人；
> 爱人是你浪迹天涯时，让你心头一热的乡音；
> 爱人是月夜下，能与你纵马驰骋的人；
> 爱人是废墟中，仍然呼唤着你乳名的人。
> 爱人是一枚切开的石榴，你流泪，他也心酸；
> 爱人是未被开启的贝壳，双双把甘美包裹；
> 爱人是雨夜的一盏台灯，使你看到枕畔的星光；
> 爱人是霜晨的一条棉被，让你的美梦不会被寒冷撕破。
> 爱人是惆怅时，能伴你起舞的夜曲；
> 爱人是孤独时，来你窗前歌唱的燕子；
> 爱人是远行时，在你耳旁千叮咛万嘱咐的人；
> 爱人是归航时，站在岸边向你含泪招手的人。
> 爱人是跋涉时，能拔除你脚底荆棘的人；
> 爱人是歇息时，轻轻拉着你的手入睡的人；
> 爱人是你遭到误解时，射向谗言的锋利的箭；
> 爱人是永诀后，能用温馨回忆照亮你余生的人。
> 爱人啊——

就是彼此的天堂！

琪香是个高中生，当然听得懂文中的温情，红着眼圈沉入无尽的遐想。

这时候门外石方达正在向吴辉志招手，吴辉志溜下琪香的怀抱找玩伴去了，剩下可怜的吴步宁和石琪香两人抱头痛哭。

两人哭了一会儿，各自擦干眼泪。琪香问："这是什么人写的？怎么写得这么好？"

吴步宁说："这是东北女作家迟子建写的，2002年5月3日，她爱人黄世君因公车祸去世了，她爱人是个县委书记，她和爱人只过了4年好日子，就过尽了，没有了。"

琪香轻轻啜泣，吴步宁拥住心上人，轻轻拍她的后背，说："人死于意外是很可惜的，但是人到老了也是会死的，人生很短，我们要好好地过每一天。西方有一个诗人说：'坏日子要让它尽快过去，好日子要停下来慢慢品尝。'"

琪香点点头，把吴步宁抱得更紧。

二

有一天，龙隐洲找石其中诉苦："于秋璐找不到这么久了，我日夜苦思冥想，觉得最应该找的地方是归川。"石其中说："如果于秋璐还在人世，只是故意不与我们联系，那么是应该去一趟。"龙隐洲说："那我需要请一段时间假，少则十天，多也不会超过半个月。"

石其中答应了他。

龙隐洲把小知豆安排了全托，即日出发。经过舟车劳顿，两天一夜之后，他来到了于秋璐的家乡。

山还是那样的山，弯弯曲曲的河还是那条河，可是，龙隐洲眼中的山和河却抹上一层悲伤的迷雾，失去了往日的神采。

于秋璐的家门没有锁，一推门就可以进去，龙隐洲四处观察，满腹狐疑，这屋子不像长久没有人的样子，好像不久前还有人打扫过。

龙隐洲向邻居打听，由于语言不通，也由于当地人警惕骗子和坏人，得到的回应尽是摇头。

龙隐洲感到很绝望，百无聊赖，在村头饮食店吃了点东西，就下到河里捡石头。这条河里的石头除了卵石外，能够赏玩就是蜡石了，蜡石玉化得相当好，晶莹剔透，如果能捡到一块通体纯红的蜡石，那就是稀世之宝了。

龙隐洲在河里碰到一个也在捡石头的老人，主动用普通话和他聊天，老人会听，但说的少。聊着聊着老人比画示意村里也有一个女人在捡蜡石。龙隐洲赶紧求老人带他去看看石头，开始老人不肯带，龙隐洲央求说：“我是福建省来的，想买一些好石头回去。”

老人听说他要买石头，就点点头带他去了。离门口还有一段距离，龙隐洲闻到了一种十分熟悉的气味，他心跳加速了。走进破旧的门，老人大声喊：“小秋、小秋。”于是，于秋璐出现在龙隐洲面前，龙隐洲瞬间头脑一片空白，久久无法言语。老人看到于秋璐愣了傻了，很不放心，询问：“这人，你认识？”

于秋璐点点头，说：“认识、认识。”老人这才放心离去。

龙隐洲把于秋璐紧紧地抱在胸前，在她的脸上、脖子上狂吻。激情稍退，龙隐洲喃喃说：“你让我找得好苦啊。”于秋璐的泪珠汩汩而下。龙隐洲把几间破房子看了一遍，发现了一个一动不动的男人，他万分惊诧地问：“这是你什么人？”

于秋璐凄凄地说：“这是我那遭了车祸的男人。”

“不是说死了吗？”

“跟死了没什么两样，就差一口气。这是我夫家，原来我婆婆照顾他，现在我婆婆死了，没人照顾了。”说着说着于秋璐放声大哭。

“你把我扔下是不公平的。”

“我把他弄到华安对你才是不公平的。”

“啊，你不知道啊，找不到你我差点自杀了，你为什么不告诉我一声啊？”

“我怕告诉你，你就不要小知豆了。”

“要不是小知豆，我早就去了另一个世界了。”

这对重逢的苦难夫妻抱头痛哭。

当晚，于秋璐把眼前的苦难抛开，像新婚第一天那样，温柔地抚慰这个孩子似的丈夫。当两个人同时登峰造极之后，龙隐洲附在于秋璐耳旁低语："你又让我进了一次天堂。"接着他又喃喃自语："下一百回地狱，就是为了进一次天堂。"

龙隐洲说服了于秋璐，决定把植物人带回华安，于秋璐忧心忡忡地说："他就差一口气，这路上要是有个闪失，说不定要吃官司？"

于是，二人一起去找村主任。龙隐洲还没有说话，村主任什么都明白了，忙不迭说普通话表示歉意："当时确实没有办法，才打了那个植物人已经死亡的证明给你结婚。"

龙隐洲说："说哪里话，你让我捡了一个好老婆。"

村主任知道了龙隐洲的计划，沉思了一下，说："植物人要是在路上有个三长两短，村委会证明你们是善意的，不会吃官司的。你是现如今这个世界上万难找到的大好人啊。如果像你这样的好人再多一些，这个世界就清静了。"

龙隐洲看了于秋璐一眼，脱口说："下一百回地狱，就为了进一次天堂！"

这句只有夫妻俩才听得懂的情话，村主任也听懂了，但是他把这句话理解为信仰之言，心中油然生出敬意。

第三十九章

权钱诱人无可抵挡，奇石情趣巧遇良人

一

郑雅惠县城那套九十多平方米的房子刚买了一年，就有人想让她转让，并承诺拿3万元钱给她当茶水费。她虽然不转让，但很享受，这说明她有眼光啊。赚钱真奇妙，它让人收获一种满足感，就像大热天当众吃冰激凌，自己愉快，别人也饱饱眼福。赚钱赚来的愉快是说不完的。她对石奇伟说："现在银行存款利率一年期有多少？"

石奇伟有点摸不着头脑，说："我也不清楚，你想知道可以去问银行。"

"我就想问你，存5万元一年有多少利息？"

"大概几千块总有吧？"

"哈，我已经赚了3万元啦，利息有这么高吗？"

"银行存款是死的，人的行动是活的，活的当然赢过死的。"

"我有没有功劳？"

"有，老婆你不厉害我当初为什么娶你？是不是？"石奇伟说这话是真心的，郑雅惠拿了他的钱不是去乱花，而是去投资，一个女人有这样魄力那是要肯定的。他有点夸张地说："你能干，你厉害！我给你三个感叹号行不行！"

郑雅惠满脸得意。

二

郑雅惠凭空添了一个毛病，喜欢看天。天那么高，高不可攀，云那

么白，洁白无瑕，她望着望着思绪随着白云飘飞。有时候太忙，她心情有点郁闷，心里有一块地方不踏实，就赶快走到门口，站直身子，背着太阳，朝另外那一大片天空张望，郁闷一点一点消散，心情很快转好。

郑雅惠第一次在丈夫的公文包里看到钱，一共有五叠，这些钱虽然不够在县城再买一套房子，但是可以按揭呀。她不知道这钱的来路，她想了千万种可能，就是无法知道它的来路，应该把钱收起来，收起来丈夫会不服气的，有什么办法让丈夫服气呢？对，就用它买房子，再买一套按揭的，能买到多大就多大。怎么让奇伟心甘情愿把这些钱交给自己呢，郑雅惠动开了心思。第二天，她在服装店试衣，试衣间不同角度的三盏射灯打在她的裸体上，她刹那间被震撼了。郑雅惠要来了装修师傅的电话号码，当天，她在自己家的更衣间也装上了三盏射灯。

石奇伟近半夜才回来，满口喷着酒气，要是往常郑雅惠是嫌弃的，可是今晚不一样，她在等着他。她躲在更衣间，探出头朝丈夫招手，奇伟有点纳闷，裹着云团似的飘移过来。一看，惊呆了，只见一个绝色美人站在云端，肌如凝脂，闪闪发光。石奇伟再也控制不住了，扑过去一把将郑雅惠抱在怀里。郑雅惠说："别急别急，你包里的钱我拿了。"她把自己的计划说了。当丈夫的说："好吧好吧，再买一套，再买一套。"石奇伟像猴子一样急不可耐，把妻子横抱起来，往大床走去。

三

九龙湾村委会临近换届，党支部改选，石奇伟如愿当上村党支部书记，又逢九龙湾工业园建设正式启动，石奇伟太忙了。买来的杨梅园底下虽然还有一些山形石，但是，现在钱的来路变多了，郑雅惠说服丈夫放弃了杨梅园。说实话她内心深处感到赚那种钱有点拉萨萨（零打碎敲，赚不了什么钱），而且忙。以前忙来忙去没什么感觉，自从喜欢看天以后她就不喜欢忙了，忙起来心里像着火似的，很不舒服。专家说人要活得顺畅才能保住青春，看着村里走得近的姐妹们都一天天变老，真叫人害怕。郑雅惠现在学会美容了，闽南话叫"做脸"，县城新开了一家"做脸"的美容厅，郑雅惠头一个交了5000元当了钻石会员。郑雅惠知道，自己这张脸如果很快黄下去，那么，丈夫就不会如醉如狂拜倒在自己身下。有一天，一个外地的包工头居然送给她一张5000元的美容票。

几天后，那个包工头找郑雅惠，说九龙湾工业园有3万立方米的土要运到江边，想叫村里照顾照顾，郑雅惠说："我们要想个理由，你叫什么名字？"

"我叫郑亦忠，是南境县过来的。"

郑雅惠惊呼道："怎么这么巧，连名字也能对上号，我爸老家也是南境县的，那咱们算是半老乡啦。这样，我爸老家有个亲戚叫郑海中，书记如果问你，你就说是郑海中的表弟，其他的事你就不用管啦！"

这天晚上，郑雅惠故伎重演，待丈夫过足了瘾，她趴在他耳边悄悄说："我表弟郑海中的表弟郑亦忠想参加运土方竞标，你能照顾就照顾照顾。"

石奇伟说："你不说我差点把他踢了。好吧，我知道了。"

3天后，郑亦忠又送给郑雅惠一张价值1万元的美容票。什么叫举手之劳？什么叫唾手可得？郑雅惠体会可深啦！

四

李楚月今年31岁，是一个孩子的母亲，又跨过三十大关，可是在她身上看不出岁月的痕迹，真如石奇伟所说，有点像韩国影视明星李英爱。按说她离婚后独自一人容易憔悴，注意她的人感到很奇怪：她怎么就不黄脸呢？不老呢？其实，秘密就在于她玩石头，她把一些特别喜欢的华安玉奇石带回住处，按照自己喜欢的顺序摆列。夜深人静的时候或者下半夜醒来，她不是胡思乱想煎熬自己，而是披上衣服欣赏石头，在心里与晶莹玉润的奇石对话，然后又替石头回答，不一会儿，心情就一点一点好起来。这些华安玉奇石，千年万年之前就已经形成，经过地火熔铸，激浪淬炼，而后偶然被人捡拾清洗，配个底座供奉厅堂让人欣赏。人类有多少年可以与奇石相处？只能处在世的这一段时光，石头无始无终，默默在那里注视着人类，跟奇石比，人只是一粒灰尘，那人为什么还患得患失的呢？人啊，往往需要这样自我提问，一提问心里就敞亮，就忧虑全消。另外，人是情感动物，李楚月简直把华安玉奇石当作高级宠物，喜爱得难以言表，人一看到自己喜欢的东西，就喜形于色，就有益于肌肤，这就是李楚月容颜不老的原因。

李楚月的石头店也经营得有声有色。她有时候写写日记，有时候看店看倦了，也下河去找石头，石缘好的时候还会捡到好石头。比如她收藏品中的文字石"水"就是她下到河滩十分钟就碰到的。有时候河滩里石农捡到石头，也会请李楚月帮忙看看，言外之意当然是希望她能看上石头并且卖给她，几张刮刮响的百元大钞放在口袋里回家，走路也有劲道，老婆也会夸一声，这种既赚钱又受老婆夸奖的生意到哪里去找？也只有捡石头这营生才有啊。

今天有点异样，河滩里只有一个石农在挖石头，边上还有一个男人在观看。李楚月也不知不觉靠近去看，石头挖起来后，是个难得的精品，李楚月问："你这石头打算卖多少钱？"

石农说："楚月，今天真的有点对不起，是这位先生先来的，他站了很久啦。"言外之意是应该卖给这位先生才是。

那位先生说："女士优先，女士优先！你喜欢你就买下吧。"

李楚月谦让了一下就与石农谈好价钱并付了款。

那位先生说："我的车在岸边，我帮你把石头运回去。"又转身对石农说："请把石头扛到车上，我去开后备厢。"

那位先生把石头载到楚月斋，李楚月则坐摩托车跟着回店里，卸石头时要两个人抬，两个人各抓一边，协同动作，同时移步，把石头弄进店里。

李楚月对那位先生说："谢谢你，这边洗一洗手，争了你的石头，你还帮我运到家。贵姓？"

"免贵姓林，林天杰。"

"你就是还了'九龙璧之魂'的那位先生？只听名没见过你。"

"我也是听过你的名字，没见过你本人，今天幸会，幸会！"

"听说你在启强那边当副总。"

"惭愧，惭愧，混饭吃而已。"

于是李楚月和林天杰就熟了，林天杰有空也到楚月斋坐一坐，林天杰喜欢华安玉奇石，于是，两人有了共同的话题，有时候一聊就聊小半天。

有一次，林天杰问："听说你园林石卖到韩国、日本？"

李楚月笑笑说："是啊，国内还卖到上海、北京呢！"

"这很好，但是，我觉得你眼光还可以再放远点，比如，投资一点别的？"

"你能说详细点吗？"

"比如，投资房地产，郝君洛几年前投资了200多万元，现在价值翻一番了。"

"这个我也有感触，我妯娌买了县城的房子，增值很厉害呢。"

"那你还不动心？一套房子，交个首付，余下可以按揭贷款，一贷可以贷二十几年，增值了，就把它卖了，贷款可以转给别人。"

"如果用我的名字贷款了，还没有到期，怎么转贷给别人，这个我弄不懂。"

"这个不用我们操心，漳州已经有专门的房产中介啦，把这些事交给他们就可以啦！"

"好，那我先买一套房子。"

"要买就买漳州，这个城市正在长个子，前景好，增值快。"

林天杰走后，李楚月陷入沉思，他鼓动我去买漳州的房子，有没有安另外一个心呢？李楚月后来曲曲折折打听到林天杰是有老婆的人，才感到自己的想法有点幼稚，接着马上行动在漳州万象新城买下13栋四楼的一套118平方米的住房。

五

石其中陷入了莫名的孤独之中，脑子里常常一片空白，父亲偶尔从远方飘过来，对他点点头，又飘然而去。"爸、爸"，他失声叫了起来。他想起这三十多年的经历，小时候是懵懂的男孩，年轻时也是不懂事，玩啊闹啊，日子就那样飞过去了。时间是一把最无情的利刃，当时当地，它让你看不出任何伤害，比流水更加无迹可寻，你只有在某一个时间节点回望，才知道自己流失了什么。

石其中成家后，苦苦奋斗，跟着郝君洛做了不少违背良心的事，之后自己也不知不觉沿着这条路滑下去。人如果都像父亲那样说走就走了，那多么虚幻啊。钱啊，事业啊，做得再大又有什么用呢？可是，人就是这样一代传一代，父亲没啦，他做的事业传给儿子；自己以后老了，死了，事业也只能传给儿子，就像古装戏里唱的：人生代代无穷已。可是，石头是不怕沧桑的，如果没有人为破坏，它可以陪伴一代代人；而人呢，只能在你有生之年拥有它，你想永恒拥有那是不可能的。

每当夜晚，石其中就陷入令人战栗的孤独中，他只好拿起笔写日记，写啊写啊，心中的块垒慢慢就融化了，心情就慢慢好起来。

第四十章

断续日记明心迹，魔障冤魂何人知

一

郑雅惠打丈夫的手机打不通，总是"你拨打的电话已关机"，她的心扑通扑通直跳，接着大嫂李楚月打来电话，说奇伟被纪检叫走了，让她别着急。

郑雅惠哪能不着急，她耳朵里"嗡"一声巨响，接着一声闷雷，她瘫软在地，哽咽着哭不出声。她先是被无形的棍子打晕，接着想她和丈夫的所作所为，丈夫出事，自己应该有三分之一的责任，不，应该有一半的责任，自己得到一点好处就什么都忘记了。当时没有提醒他，现在帮他也不晚，她眼前的雾开始缓慢地消散，脑子慢慢地清醒。郑雅惠赶快给大哥石其中打电话，石其中安慰她别急，他会尽力打听情况。小叔子石启强就说得比较详细，他说："二嫂你要有所准备，这种事退赔是十分重要的，如果退赔得好，罪责会减轻很多的。"

说到退赔，郑雅惠心里好痛，她在县城买下了三套房子，她原以为置下了一份家业，如今还能保得住吗？

郑雅惠自己也不知道出于什么目的，就在家里翻箱倒柜，翻出几个存折，都是几千几千的，找不出什么大笔的款项。

郑雅惠无意中找到了一个牛皮封面的笔记本，翻了翻原来是奇伟平时涂涂画画写下的日记。

1999 年 8 月 18 日

今天的日子很好，818，发要发。我刚刚当上村委会主任，人们看我的眼光就不一样了，人们与我相逢，都很尊敬地问候，有的人甚至还暂避路旁，让我先过去。弄得我都不好意思了，俗语说"人敬你一尺，你敬人一丈"，我想以后应该尽量为村民多做点事。从现在起，我要加强学习啦，看书看报看新闻都是学习。

1999 年 9 月 7 日

第一次感到权力的美妙，比如，以前想做一件事，自己亲力亲为还不能做好，现在呢，只要动动嘴，交代一个人去做，很快事情就做好了。这种感觉真是很好啊。难怪古时候皇帝至死也不愿让位。

2000 年 1 月 20 日

妻子看我的目光多了仰视，母亲的目光多了慈爱。

更为奇怪的是以前觉得身旁的人都和蔼可亲，现在怎么会看不顺眼呢，自己怎么就爱挑这些人的毛病呢？这些变化细细想来很恐怖。我的孤独没处诉说，不好出口，也无人会理解。

2001 年 2 月 23 日

大年初一，正想睡个好觉，电话不断，平时比较好的兄弟邀来邀去，喝了好多酒。

2001 年 2 月 24 日

岳父初二请女婿，还请了他的上司、同事，喜欢向客人介绍我说："这是我女婿，不久前被选为九龙湾村主任。"大家于是你一言我一语，争着夸人。我看岳父有点孩子气。

郑雅惠看到这里，真想去父母面前大哭一场，可是这场婚姻是自己做主的，怎么可以给父母添忧呢。

二

郑雅惠冲了一包方便面吃了，天就黑了，她止不住心里一个执念，就又看起丈夫的日记：

2001 年 4 月 3 日

漳州一个酒家老总是我朋友，我朋友那脑袋呀，不开窍，他叫华安一客户每天给他送猪肉，我一看，三层肉每一块都是猪肚子中间最好的那一小块，我说："那是你客户向全市场的猪贩子收购的。那叫杂猪肉。"我那朋友偏说是客户自产的土猪肉，我们打赌了，我叫他派一个人明天清晨6点到华安菜市场看看，眼见为实。我朋友点点头说："你这个办法好。"

次日，我朋友打电话说："你赢了，我交代的那个人亲眼看到那个供应商满市场收购三层肉。"我感到朋友太纯朴了。

2001 年 5 月 1 日

这时，九龙湾已经有不少人下河采挖华安玉，九龙湾小学一个姓邱的老师业余专搞切底山，山形美，玉化好，60 厘米 ×40 厘米 ×25 厘米的一座切底山卖给厦门客户可得 3000 ～ 5000 元。该老师和几个石农合作，因为钱来得容易，便尽情吃喝玩乐，每晚要消费三五百元。今天有一座山卖了好价钱，他们要摆酒席"庆祝"；某一天，若有一座山切断了，晚上也要摆酒"收惊"。巧立名目吃喝玩乐，花钱如流水。叹！

2001 年 6 月 13 日

朋友转给我一个录像带，里头有一段视频：一个壮年的城管，一个弯腰的沧桑老人。城管想拉走老人卖菜的三轮车，老人一次次努力地挣扎着去抢，每次都被壮年城管一脚踹倒。老人挣扎着爬起来，再被踹倒，如此反复多次，旁边是一群冷漠的看客。鲁迅说："遇见狼变成羊，遇见羊变成狼。说得有深度。"

郑雅惠感到有点意思，原来丈夫也有这样好的文笔，好像在写文章，不过他有点懒，一整年就写这么几篇。空白了好几页，可能留着要记什么。

2002 年 3 月 5 日

我给县政府建议：摩托车载得动的石头让群众自由捡拾，挖掘机，卡车，微型车，土车，三轮车禁止下河，抓到扣车罚款，石头则没收。这一建议得到采纳。这个事不能让捡石头的人知道，否则，会被他们骂死的。

2002 年 3 月 7 日

倒不是说贫穷本身有多么可怕，而是贫穷带来的短视和无知，会让人变得狭隘。

2002 年 3 月 22 日

在现实中，一个人拥有多少财富的确很重要，它可以换来很多东西。但是时间，大家得到的是一样多，时间值不值钱，就看你把它分配到什么事情上，与什么做交换。

每个人的时间都差不多，但是每个人的汇率不同，有些人可以用很少的时间换到尽可能多的财富，有些人则需要用很多的时间才能换到很少的幸福。

2002 年 3 月 25 日

　　苦莫过于多愿。最痛苦的莫过于愿望太高、欲望太多而无法实现。

　　心苦在于不如意，不如意在于多愿，没有的总想有，得到的还盼望，盼来盼去盼个透心凉。摘自于素书。

这本书名字有意思，在朋友家看到的，随便翻一下，就有感悟，应该买一本放家里，常常翻翻。不知道要到哪里买。

2002 年 12 月 1 日

　　孟夫子气壮山河地断言："人性之善也，犹水之下也。人无有不善，水无有不下。"

　　显然，孟子是主张"人之初，性本善"的，对不对且不说，他这种辩论方法我就很不佩服，人性是人性，水是水，两样东西不可比，若一定要比，水之下流也未必证明人性之善，证明人性之下流岂不更贴切？

　　但在古典中国，孟子的说法一直占着上风，每个中国人都坚定地认为自己本来是善的、好的，只是……唉！世道啊，没办法呀，我怎么变成现在这个样子了呢？两千多年来，大家就没好好想想，如果每个人原本都是善的，那么那个"恶"是从哪儿来的呢？

摘自于《人性与水与耍赖》，忘记是谁写的，在朋友家看到杂志，觉得这一段特别好，特意把它抄下来，回家后又把它抄在日记本上。

2002 年 12 月 7 日

华安玉之歌

你是一曲唱不尽的歌，
天雷地火高调为你唱和；

激流险滩为你淬炼琢磨，
浪中屹立啊你是那样地磅礴。
你啊千年万年地沉默，
你有幸被发现也被打破；
有人出卖你的肌理你的颜色，
引来千万人唱和的赞美之歌。

你是一曲唱不尽的歌，
唱不尽该用怎样的歌喉；
出世入世你呀永保本色，
阅尽沧桑你是壮丽磅礴的歌。
你的歌唱给天雷地火，
你的歌唱给奔腾大河；
历经千年万年啊你无须沉默，
阅尽沧桑你不改初心和本色！

什么时候弄了《华安玉之歌》，我怎么没听人家唱过？奇伟这日记怎么越写越深，郑雅惠感到有点跟不上啦，她也困了，就扔下笔记本睡着了。

三

天蒙蒙亮，郑雅惠醒了，漱漱口，喝了半杯白开水，接着看丈夫的日记：

2003 年 1 月 3 日

若言琴上有琴声，放在匣中何不鸣；
若言声在指头上，何不于君指上听。

苏东坡这老头这首诗写得真好，不是一般的好，它会让人想很多很多。

2003 年 3 月 11 日

老婆对我说，她接到一个电话，那一头说："祝贺你获奖了，你只要付 10 元钱，就可以获得正宗老窖酒一箱。"老婆说："我家酒很多了，没地方放了，送给你就好了。"对方马上挂断电话。骗子。

2003 年 3 月 28 日

村里有三个农民合伙下河挖石头，挖到一块好石，总高约 3.5 米，半中间的地方有个大圆洞，2.8 米高处有平台，上面再长出一根 70 ～ 80 厘米高的石笋，"出水"后分三个股份，卖给村里一个石头贩子两个股份，卖了 5.7 万元，留下一个股份三人共有，那个石头贩子与漳州一个客户合股买下。石头要运往漳州，车开走十来分钟，韩国一个姓朴的客户闻讯赶来，听说石头运走了，掉转车头就追。半路追上，卖方开价 36 万元，韩国客户还价 18 万元，磨到最后 24 万元成交。每股 8 万元，三个石农拿回 8 万元，和之前 5.7 万合起来重新分红，每股分得 4.5 万元。而两位做生意的则各得 8 万，他们赚得更多。这件事在九龙湾引起很大的轰动，好几天了，众人茶余饭后还议论它，有的愤，有的骂三个石农傻。

2003 年 7 月 24 日

"我们总是活得那样匆忙，顾不上看看天空和土地。我们总是生活在眼前，忘掉了永恒和无限。我们已经不再懂得土地的痛苦和渴望，不再能欣赏土地的悲壮和美丽。"这是哪个人说的，这些话真好啊。

2003 年 7 月 28 日

善良并不损害自己，所谓"马善有人骑，人善有人欺"。

善良是与人为善，心有善念，便会给自己带来欢乐，所以古人说："善为至宝，一生用之不尽；心作良田，百世耗之有余。"

只有善良才有长久的影响力，当一个人只有善念时，一切尘世间的浮华光景早已退去，只有一个平等和应该尊重的灵魂。

在报纸上看到的文章，摘抄了一些，断章取义而已。

2003 年 8 月 23 日

"生活的意义不在于你打败了多少人，上升到什么阶层，赚了多少钱，而在于你每天睡觉前，觉得今天没有白过，对明天还有期待，前有远方，后有归宿。"忘记什么人写的，有点意思。

丈夫的日记空了许多没写。有的地方涂涂抹抹画了些令人难以理解的图形，最后这一篇让郑雅惠完全懵了：

2005 年 8 月 11 日

这几天有点不对头，朋友告诉我，有人在调查我。我走到今天这一步非我所愿，我就像秋天走在山路上，只顾欣赏美景，都不知道走到哪儿了。最开始想办事的人送些小礼，当了村书记以后就收不住了。我也知道，钱够花就好，死的时候是带不走的。但是就像抽烟，明知对身体不好，你就是戒不掉，你很难体会，钱进自己口袋那一刻那是无比高兴啊，比抽烟爽一百倍。哲学家说："人应该学会自己向自己提问，因为每一次提问，人的头顶就会发光，那是提问激发了自己的灵性。"可是我总是忘记向自己提问，混混沌沌，一日过一日，所以越走越远。现在提问太迟啦。

她怎么不知道丈夫钱财的来龙去脉？原来她还以为丈夫的钱财都在她的掌握之中。她突然感到无限委屈，我不知道钱财去了哪里，如果需要退赔怎么办？

郑雅惠不禁大放悲声。

第四十一章

街头一幕触景生情，净魂寺难过其关

一

简直是神差鬼使，石其中就像往常那样把车开出去了。一场突如其来的车祸降临在他的头上，回想那一刻，简直是不可思议，想都来不及想，眼前一黑，醒来都不知道过了几天了。住院半个月回家，他只能坐轮椅了。不能走动那还算是个活人吗？待到夜间，公司里没有人，石其中不相信自己失去行走能力，坚持试着行走，可是他无法站立身子，所以，他在公司都是坐着轮椅出现在众人视线之中。石其中的眼前常常出现一种虚幻的场景，整个人慢慢地往上飘，就像车祸的初始阶段，车头抬高，慢慢地往上飘，飘。他常常会问自己："我这是在哪里？是死还是活着？我是谁？我是石其中吗？我这是在世间还是在梦幻城？"费力思考了好久，他才能肯定自己在什么地方。

石其中的脑海出现他前几天在街头看到的一幕，当时没什么想法，现在回想起来却深有感触。

不知道谁在街头搭建了一个出殡棚，两边各有五根竖柱，贴着五副挽联，第一联："思亲想亲不见亲，话在语在人不在。"第二联："不作风波于世上，只留清白在人间。"第三联："悲音难留流云住，斯人相随黄鹤飞。"第四联："留迹邻里众哀惋，守志勤逸存典范。"第五联："山中自有千年树，世上难留百岁人。"

虽然殡葬队伍还不见踪影，但是这五副对联是多么让人触目惊心啊，从小时候在村头村尾玩耍到今天恍如一日，人是会死的，那么将来某一天也会有人为自己搭这么个棚子，前几天的车祸不是差一点就搭这个棚子了吗？人在世间真是草芥不如啊，人死如灯灭，人的价值在哪里，

人的苦苦劳作还有什么价值？

石其中苦闷到极点，自我提问却难以有满意的答案，忽然，他很想到梦幻城去走走，去见见黄教授，可是怎么才能去梦幻城呢？他想到吴步宁，立即就给吴步宁打手机，叫他来一下。

吴步宁有点惊慌，以为自己的老板，未来的大舅子有什么大事要跟自己摊牌，没想到对方神神秘秘地问他："你能去梦幻城吗？说实话。"

吴步宁有点失态地点点头。

石其中说：那你现在去一趟梦幻城，找到黄仲琴教授，你就问问："石其中以前可以去梦幻城，现在为什么去不了了，用什么方法可以去梦幻城？记住了吗？"

吴步宁点点头就走了。

大约一个小时后，吴步宁来到石其中的办公室，他说："我见到黄教授，请教了你交代的事，他给了我一个像银行卡一样的硬纸板，上面写着四句话，你看，我放在衬衫的口袋里了。"吴步宁摸前摸后找不到卡片，有点惊慌。

石其中却轻描淡写地说："你去挑一件我的衬衫穿上，把你的衬衫脱下来给我。"

吴步宁顺从照做，石其中接过吴步宁的衬衫，把左上口袋从外面看，又翻过来从里面看，果然在贴皮肤的一面看到了四句话："大梦谁先觉？平生尔自知。知错若能改，来者犹可追。"

吴步宁说："太奇怪了，我明明把卡片放进去，还摸一摸才走的，怎么会没有呢？"

石其中笑笑说："梦幻城的东西是带不回来的。这样，你就穿着我那件衬衫走，你的这一件留给我，我穿着这一件衬衫就可以去梦幻城了。"

吴步宁走后，石其中穿好那一件衬衫，果然摇摇晃晃就来到梦幻城的大门口了。他十分好奇，在世间他坐轮椅，在梦幻城却健步如飞。走着走着，突然他眼前一亮，一个小花园，一栋小别墅，恍然如入仙境。别墅里透出一缕极为熟悉的气味，吸引他极想进去坐坐，倏忽间走出一个袅袅娜娜的女人，石其中瞬间被击昏。

"苏扬红？"他张口了，却发不出声音，他上前拥抱她，却隔着一层无形的水泡。苏扬红说："请里面坐。"

两人坐定，石其中急不可耐地问："你怎么会在这里？"

苏扬红摇摇头，不想说。

石其中详细察看苏扬红，发现她的脸白净无瑕，世间清晰的沧桑斑不见了踪影，一双眼眸如波似水，分外动人。

石其中禁不住问："你在这里很幸福吗？"

"幸福！在这里不用吃，不用喝，没有金钱，无须物质，也就没有烦恼。"

"那至少也要买买衣服吧？"

"你有所不知，这衣服一进来就配好的，它会随季节变换厚薄和色彩。无须操心。"

"听你怎么一说，我也神往了，我能来和你住在一起吗？"

不能，世间的夫妻到梦幻城来不一定仍旧是夫妻。你和我见面只有一刻钟时间，你现在有两条路，集满万人赞或者去净魂寺过十八关。过了关就是梦幻城永久居民了。

"集万人赞太难了，净魂寺在哪里？我现在就去过关。"

"我给你画个图，你照图找去就行。"

石其中刚接过图，苏扬红和别墅就不见了。

石其中按照苏扬红的图示找到净魂寺，寺门口悬挂一个大镜，镜前站着一个古代人物，他看到石其中走来，便双手抱拳："欲进净魂寺，先过这一关。"

石其中问："您是哪位？"

"我是明朝唐寅，唐伯虎是也。"

"这关怎么过？"

"客官听好：这个屏幕上会出现四句诗，我呢，要求你加前面四句或者后面四句，你如果答对了，这屏幕上会自动出现对你的评判，答错了，屏幕就全黑了。"

"好吧，试试看。"

    "过来昨日疑前世，睡起今朝觉再生。"

    "说与明人应晓得，与愚人说也分明。"

"请问：它的前面四句诗是什么？"

石其中问："这是谁的诗呢？"

"我的，唐寅的《警世诗》。"

"我真没读过您的警世诗，怎么办？"

"怎么办？回去呀，把诗背熟了再来呀。"

"我回去到哪儿才能找到您的《警世诗》？"

"那就要看你的本事了，没有什么事能够难倒你们现代人。"

二

石其中恍然醒来，思索了一会儿，立即打开电脑，上网，输入：明唐寅警世诗，屏幕上果然跳出唐伯虎的警世诗。石其中拿出手机，把整个屏幕拍了下来。有空就拿出来背一背。

第二天，石其中又来到净魂寺，还是唐伯虎守关。

石其中说："我要对上昨天的四句诗。"唐伯虎大笑说："好，来来来。"屏幕上又出现昨天那四句诗。

石其中说：前面是这四句：

> 措身物外谢时名，着眼闲中看世情。
> 人算不如天算巧，机心争似道心平。

"对对对，那么，它后面的八句呢？"

石其中诵道：

> 世事如舟挂短篷，或移西岸或移东。
> 几回缺月还圆月，数阵南风又北风。
> 岁久人无千日好，春深花有几时红。
> 是非入耳君须忍，半作痴呆半作聋。

"那么，最后面八句呢？"

石其中诵道：

举世不忘浑不了，寄身谁识等浮沤。

谋生尽作千年计，公道还当一死休。

西下夕阳难把手，东流逝水绝回头。

凡人不解苍天意，空使身心半夜愁。

唐伯虎抚掌大笑："你也是个才子，可惜没有机会深造。过关、过关。但是，你要好好理解我的劝世之意。"

"是，唐先生乃高士也，世间因为衣食住行，柴米油盐，样样用钱，还有人情世事，所谓'知单一到便为难'。因此'人为财死'，尔虞我诈，当然'空使身心半夜愁'了。"

唐伯虎随口吟道："'凡人只为谋生苦，能闲必非等闲人。'我的先辈大诗人白居易先生的诗写更透彻：'蜗牛角上争何事，石火光中寄此身。随富随贫且随喜，开口不笑是痴人。'"

"人不知有'死'，便百恶敢为，乏善可陈。所谓'人生不满百，常怀千岁忧'"。

"唐先生说得好，世间之人啊，'听过那么多大道理，依旧过不好自己的人生'，这是为何？"

"心存贪念，欲壑难填。你们世间有个姓李的哲人说：'现在，所有的人都急急忙忙地工作，平平淡淡地过日子，生活非常喧嚣，但又特别单调，即使是生活好一些的人，也并不能完全放开地，无拘无束地享受自由。'你知道这是为什么吗？"

"我想听听先生高论。"

"神州上下几千年，文化风情像一条无形的绳索，捆绑于身，浸染于心，人因此困顿不堪。而梦幻城是灵魂的世界，没有亲缘关系，不受物质之困，不为文化风情所绑，因此清灵透彻无苦无忧，是谓净土。"

"真是'听君一席话，胜读十年书'，为何梦幻城的人都那么平静，没有争执，没有冲突，相安无事？"

你们世间有位作家说过一句话：'物质追求叫人的灵魂愈发沉重，心灵的追求让我有飞翔的空间。'梦幻城没有物质的追求，没有了物累，他们都是积攒了万人赞才得到梦幻城的居留权，一万个赞被扣完就失去了居留权，这里的人都爱惜自己，他们不做坏事傻事。

"哦，原来是这样。"

"来，请进去，过第二关。"

石其中踏进了"净魂寺"，没走几步，差点撞到一堵墙，细看，墙上也有一个大屏幕，人一靠近，屏幕上显出几句话："到头这一身，难逃那一日。百岁光阴，七十者稀。急急流年，滔滔逝水。"请答这一首歌的出处，歌唱者和歌词作者。石其中正在犹豫间，一个小侍走过来说："您如果想好答案，可在屏幕下方手写答案。"

石其中略略思索，便用手指在屏幕下方写上答案："这是《倚天屠龙记》中小昭在海上对张无忌等人唱的歌，金庸写的词。"

屏幕上出现一群人，在大山顶的一块平地上且歌且舞：焚我残躯，熊熊圣火，生亦何欢，死亦何奇？为善除恶，能光明教，喜乐悲愁，皆归尘土。怜我世人，忧患实多，怜我世人，忧患实多。屏幕下方出现一行文字："这一众人等系何人，所唱何歌，出自何处？"

石其中对那些人的唱词听得不是很清楚，但是一听就知道那是《倚天屠龙记》中光明教的教歌，当时看的时候还年轻，只觉得好玩，现在一听，不知何故，却悲从中来。

石其中写上答案，大屏幕出现红色大字："恭喜过关！"

石其中跟着小厮，走过弯弯曲曲的通道，在一个凉亭上，又出现一个大屏幕，屏幕上出现一个方脸大耳，却脸容枯槁之人卧于病榻，口中念念有词："英雄，英雄，英雄何在？"

屏幕下方一行文字："这是何人，为何魂无可归？"

石其中写道："榻上之人为成吉思汗，为何魂无可归，一时回答不出。"屏幕刷一下全黑，石其中只好原路返回。

石其中回到现实世界一段时间，脑子里一直回放着成吉思汗的画面，苦思却得不到答案，忽然某一天翻一本书时看到一句话："至死放不下，当然魂无可归。"他大喜过望："这不是成吉思汗的答案吗？"对，应该马上去过这一关。忽而他又冷静下来：达不到净魂的境界，去也是枉然。不如安安静静在现实中认真修炼吧。

隔了一段时间，石其中又来到净魂寺，回答成吉思汗的问题。过了这一关，来到一个小广场，中间有个很大的玻璃屏幕，他手指一按"开始"，屏幕上立即出现自己的儿子溺在水中，他马上按动开关把儿子救上岸，屏幕刷一下子黑了。石其中不解其意，赶快找一个小厮细问其详，小厮说："救就过不了关，不救方可过关。"石其中听完愣住了："这也太残酷了，这种关怎么过得了呢？"

石其中只好去找黄教授，黄教授语重心长地说："没有那么容易就可以在净魂寺过关的，你过那几关是最简单的，后面还有更难的。你在世间的修炼功德圆满了，净魂寺过关那就容易了。"

石其中心服口服，只好原路返回。

三

石启强从台湾那边请来一个针灸高人，为石其中针灸调理了3个月，石其中基本可以正常行走了，但是石其中坐3个月轮椅，人变懒了，不爱动了。石其中常常长时间陷入沉思：放过李夏平兄弟，苏扬红就进了梦幻城，这太令人震撼了，这么说在世间作恶梦幻城全都清楚啊，可是，我也不是有意这么做啊，我知道我有错，就像森林有两条路，我走上了其中的一条，已经走了这么远，要返回来难啊。李漫前在审讯中得知是李成渝背叛了他，突发脑溢血，保外就医没几天就死了。听到消息我心里也很不好受。我感到有愧于心，我如果没有肆意与他作对，也许他安安静静过日子，可以在世间多活一些年头。

我这样折腾对自己有什么好处？我也感觉不出来有什么好处。

圣经上有一句很有名的话说："富人进天堂比骆驼穿过针眼还难"。我们中国人不相信有天堂，普通人也不知道有梦幻城，他们拼死拼活赚钱，但是梦幻城不用金钱，你有再多的财富只能留给子孙或者捐献给社会，不要说进天堂，即使能进梦幻城你也什么都带不走的。

收手吧，现在收手还来得及吗？石其中自问自答，随手写下不少日记仍然无法消解内心的惶惑。

第四十二章

前夫前妻各剖心迹，谁能说我是坏人

一

石其中的日记：

2005 年 4 月 1 日

闽南有句俗语：打虎抓贼亲兄弟，这句话说的是旧时代兄弟伦理亲情，放在当代的社会环境就不行了。特别是这只虎是金钱或者是利益，那这句名言便土崩瓦解了。

2005 年 4 月 3 日

"大家的思维越来越以自我为中心，哪有人真的在意你的想法和行为。没有人瞧不起你，因为大家都这么忙，根本没有人瞧你。"

忘记谁说的，有点意思。

2005 年 5 月 1 日

小报上这十个丢失有点意思，此时没什么事，把它抄几个下来。

丢失一：放心

小时候，住的老房子，睡觉几乎可以夜不闭户，更不用担心丢失什么。虽然没有空调，但凉爽安静，空气清新。

如今，住进了宽敞明亮的大房子，很高，很漂亮，但楼上楼下门户紧闭，防盗窗把整个家围得严严实实，有时忘了带钥匙连自己都进不去。

丢失二：热情

小时候，邻里之间简直就是一家亲，相互串个门，有好吃的也会端一碗给街坊邻居尝尝，谁家有事，大伙都出来帮忙。

如今，我们住在同一小区，甚至同一楼层，我们每天见面，却从来不知道对方姓什么。

丢失三：健康

小时候，农村娃最喜欢去河里捞几条鱼，或者到地里摘几根黄瓜，如今，超市里的鱼个头大，蔬菜包装也很漂亮，可是无论洗多少遍，还会担心没洗干净不敢吃。

······ ······

丢失十：真情

爷爷娶奶奶，只用了半斗米，爸爸娶妈妈，只用了半头牛。

如今结婚，没有房子、车子、票子结婚不幸福，有房有车有票子，也不一定幸福。

2005 年 6 月 10 日

大家都在偷

有一个村，全村都在外面行窃，且大部分过上了好日子。一个老汉心有不甘，也学人家出去行窃，来到县城，看到一部摩托车，上去拨一拨车头，没有锁，大着胆子推了就走。天啊，人家骑起摩托车人家那么顺溜，它今天怎么不跟我走呢？于是使尽吃奶的力气，车轮磨着地皮走，没走几米，便被巡警抓了现行，警察一边搭手扣一边骂："什么笨偷，连挂着挡都不懂，还偷什么车？"

老汉放声大哭："我是我们村最笨的。"

2005 年 6 月 27 日

奇伟最近有点不妙，我也说不清内幕是怎么样。

2006 年 5 月 1 日

上海举办"多伦国际藏石名家展"。我带了小"天眼"，郝君洛带了一块高30厘米的华安玉奇石参展，两个石头都得了金奖。但是我还有另外的收获，我在上海的酒会上听了一个大消息，说福建土楼很快会申请世界文化遗产名录。郝君洛听了没有反应，我在心里窃喜。如果藏玉楼能列入世界文化遗产名录，那就一个顶十个啦！

2006 年 5 月 18 日

县里也在筹备土楼申报世界文化遗产的事，县里要把几个土楼捆绑在一起申报，我抢修藏玉楼没有什么意义了。

2006 年 10 月 1 日

这一次，我到北京参观石展，遇见一位专家，我与他交谈甚欢，

他看了华安玉的质地和硬度，把我拉到一旁，和颜悦色地说："你有没有看到这种石头的应用前景？没有也正常，现在我告诉你。传送带在工作中与钢铁传送棒摩擦的时候会产生静电，如果用这种石头做成传送棒，肯定不会产生静电。我们很多高科技项目都需要没有静电的传送棒，这个前景是无限广阔的，至于怎么克服石头易碎易折的缺点，就看你啦！"当时我也是灵机一动，随口说："我们如果把石头中心掏空，镶进一根高硬度的钢芯呢？"

专家如获至宝，马上把我带去见一个级别更高的领导。

后来我又飞了几次北京，签了合同，得到了一笔数目不小的科研经费，课题是"新型无静电传送棒"。

二

李楚月的日记：

2005 年 3 月 8 日

今天是妇女节，看到这样一段话：

"没有一条道路是通往快乐的，因为快乐本身就是道路。"

"很多人的生活是给别人看的。因为我们太在意从别人那里得到的评价，有时候甚至会扭曲自己内心真实的想法。"

2005 年 5 月 1 日

"幸福是难的。也许，潜藏在真正的爱情背后的是深沉的忧伤。"

"爱情是通过某一异性的承认来确认自身的价值。"

"爱一个人，就是心疼一个人。爱得深了，潜在的父性或母性必然会参加进来。只是迷恋，并不心疼，这样的爱还停留在感官上，没有深入到心窝里，往往不能持久。"

我抄下这段话，可以经常品味品味。

2005 年 8 月 16 日

我这几天忙着卖大园林石，突然听到二叔子被县监察纪检叫走的消息。我，我手脚发抖，第一个念头就是赶快给雅惠打电话，雅惠可能也被雷炸晕了，话都不成音了。好好的村长不当，争什么书记，我爸当了那么多年的村书记，都没有事，你才当了一年书记就出事了，这样看来是你自己的问题了。

2005 年 10 月 3 日

今天下午碰到一个人对我说："中街改新大楼那边有一个女人在三楼房门口哭得很惨，好像是你的妯娌，你快去看看。"

我到那边一看，真的是雅惠，她坐在新房门口，手和脸部肌肉抽搐着，哽咽着哭不出声，楼道里围观的女人都伸长着脖子，其中一个对我说："刚才哭得可厉害了，像死了老爸母，现在哭不出来了。"

另一个说：她一直哭号"为什么要卖？为什么要卖？"她家是碰到什么过不去的坎吗？

我无法回答，上前想把雅惠拉起来，可是拉不动，我双手插进雅惠的两个胳肢窝，才把她抱着撑起来，又反转身背着她下了楼。

2005 年 11 月 1 日

方达他奶奶告诉我，雅惠整天就知道哭，孩子由她母亲帮着带，她也不吃饭，就知道躲在房间里哭。

哭能解决什么问题？我抽空去了一趟，劈头盖脸骂了她一顿，我说："你就知道哭，你想过没有，退赔以后你家就只剩下一个空壳了，你以后有什么收入？拿什么生活？"她好像大梦初醒，问我该怎么办，我叫她赶快把奇伟原来藏的那一屋子画面石整理出来，而且要秘密，要假装是自己去河里捡的。河里捡一点，屋子拿几个出来，想开店就开，不想开就拿到我那边去摆，我这段时间没空，让她顺带帮我看店。

雅惠她想了想说："我愿意先与嫂子你合作，以后再考虑要不要自己开店。"

"这事就这样了，雅惠你振作起来，我心里一块大石头也就放下了。"

2005 年 12 月 7 日

这几天到底是怎么了？林天杰来店里聊了一会走了，他明明刚刚走，怎么感觉好像好久没见过他？怎么会盼着他赶紧再来？本来心里七上八下的，怎么他一来马上感到踏实了，人家可是有老婆的人，你可不能胡思乱想啊。

2005 年 12 月 8 日

我不敢胡思乱想，可是我克制不住。这两天浑身筋骨好像被什么东西（是犁，还是水？）松动了，常常会从骨头里荡起一阵阵微微的颤栗，胸腔里好像有波浪左右拍打，一阵阵涌上喉头，堵得我喘不上气。这是要生什么病吗？林天杰一到店里来，控制不住直想扑到他怀里痛哭一场。我、我是怎么啦？以前一个人无所谓，半夜醒了，就跟石头说说话，现在，夜晚变得很难熬，只好拼命在纸上写啊写啊，写完就喘了一口气，不那么难受了。这日子该怎么过啊！

2005 年 12 月 9 日

我和他都喜欢石头，说起石头总有说不完的话，我看林天杰对我是有好感的，他看我的眼光好像带着勾勾，我是想与他神交还是想跟他做做夫妻间的事？两样都想要？唉！这种事总不能我主动？是不是？

第四十三章

小百姓因石得利，有钱人烦恼人生

大结局

藏玉楼由于石其中维修了屋面，抗住了第二年在闽南登陆的超级台风，舆论认为，要不是石其中维修，藏玉楼必毁于台风，唯美公司为藏玉楼做了一件好事。

石其中一心想成为梦幻城永久居民，财富之心淡了，他将唯美公司交给聘请的总经理，自己当一个只管大事的董事长。无静电传送棒的生产工艺反复改进，无偿送给人家试用，历程相当艰辛。

若干年后。

石其中办完事走出大楼，长长舒了一口气，突然发现周围环境都变了，自家公司的车不见了。他给司机打手机，司机说："X市从今天起，所有人工驾驶的小车都不准上路，我和车昨晚被赶出来了，我马上给您发个软件，您点开，再点要外出，一分钟内就会有一辆无人驾驶的车开到您面前。您输入目的地，它会把您送到指定地点，然后从您手机里扣车费。您放心，不会出差错的。"

石其中将信将疑，按照司机说的操作了，果然，不一会儿就有一辆他从没见过的，漂亮的，菱形的怪物来到面前，有悦耳的女声说："石先生，请上车。"

石其中正愕然间，菱形正中间有一扇门向前无声滑动，车门出现了。石其中正要低头，谁知道车门自己抻高了，他很方便地踏着台阶走进车里，车门自动关好。石其中在相对的两排括号形的沙发座位上坐下，冷静一下才注意到，车体就像肌肉，人走到哪里，哪里就抻高。人一坐下，它就恢复原状，新奇有趣。人一坐定，车没有任何声音就走了，果然没有驾驶员，行程也不是直线的，车下好像安装了万向轮，行走很随意，有点类似碰碰车，左闪右躲，但是车很稳。车上不知从哪里发出悦耳的女声说："石先生，有什么需要服务的吗？"

石其中正愣着，停车，开门，又有人上车，看起来那人也感到新奇，东张西望的，接着又有人上车，啊，原来这是新型公交车而已。车上还有女声报站。人们陆陆续续下车了，当车上只剩下石其中一人时，报站的声音把他吓了一跳："下一站是梦幻城。"

石启强看林天杰管理能力不错，就让林天杰当了执行副总经理，而自己就比较悠闲了。

石启强偶然看到一本书，里面有爱尔兰诗人叶芝的诗句："为这无望的爱饶恕我吧，我虽已年过四十九岁，却无儿无女，两手空空，仅有书一本……"这几句令人热泪潸潸的诗直抵石启强的心底，他和窦清芬的爱情是一朵"无影花"，没有一儿半女，如果这一辈子真的如叶芝一样无儿无女，那么做再大的事业又有什么用呢？想着想着不禁悲从中来。按说三十左右岁的人正是雄心勃勃的年纪，怎么会有这样的感伤呢？关键是前几天刚好看到大哥和二哥的两个孩子在玩耍，心里痛了一下，自己要是有孩子，不管男孩女孩，也会这么可爱的。难道我做过亏心事就该绝后吗？于是石启强心动了，他换一种眼光，注意起一些女孩了。当然，李泽慧是最先闪进他的眼帘的，这个女孩看他的眼光带着勾勾，看她的眼睛就知道她的心思。但是这个女孩是爱他的人呢，还是爱他的钱呢，石启强不由存了一点戒心。事有凑巧，窦清芬的父亲逝世了，他要去一趟台湾，思考再三，决定让李泽慧随行。但他在内心设了个规矩，没有考察出她的性情之前，不能有肉体的接触。到了台湾，窦清芬的亲戚们都误会了，不约而同惊呼："清芬你没、没……"石启强赶紧解释："她不是清芬，是我新招的秘书。"亲戚中有个老先生逮住李泽慧问："你从小就长这样吗？还是后来才慢慢变的？"

李泽慧回答："我问过我妈，她说我这两年五官变很多。"

老先生抓住石启强的手："你看你看，我看是清芬的英灵附在她身上了，才让她变得与清芬一模一样啊。"

李泽慧笑得像一朵花。大家更加起哄。

这样有点拉郎配的味道，但是有什么办法呢？考察一说彻底泡汤了。当晚在宾馆，石启强正在想着白天的事，突然传来敲门声，门一开，李泽慧一下扑在石启强怀里，簌簌发抖，喃喃自语："我怕，我怕。"

石启强再也控制不住激情喷发，两人就绞在一起了。石启强与李泽慧结婚的次年，李泽慧生了个儿子。

华安玉大市场陷入资金的困境，后来，大用投资公司投了5000万元，加上政府的支持，买店面的客户越来越多，最后分三期建设完成。

石奇伟由于退赔积极，被判了8年，有人说不重；有人说判得很重。县委邹书记升任市纪检副书记，有一次与组织部长说起石奇伟的案件，邹副书记很感慨，说："权力这根魔杖厉害啊，贫血的人接近它，很快就会被异化的。"组织部长则说："权力要用制度把它管起来，否则不管高血压或者贫血的人都会被异化的。"

郑雅惠在李楚月的指导下，把石奇伟当沙石场场长留下的一屋子画面石慢慢整理出来卖，生意不错，得以度日并培养儿子。

郑雅惠不知怎么回事，居然迷上了六合彩，总是输的多赢的少，有一晚上，她梦见一个白胡子老头对她说："你应该给九龙湾小学捐献一笔款，以后就会赢。"郑雅惠醒来想了很久想不明白这两者之间有什么关系。郑雅惠特意回家把梦境讲给父亲郑远道听，这位小学校长听了摇摇头，没有应答。

李楚月与林天杰后来有了结局，林天杰的老婆患乳腺癌去世的第二年，林天杰与李楚月结婚。两个人用自己的藏石在华安玉大市场办了一个"国石文化展示馆"供游客免费参观。

龙隐洲把植物人带回华安，居然一路顺利，在华安又活了3年，夫妻俩把植物人照顾得很好，最后正常死亡。

龙隐洲运回植物人时把于秋璐在河里捡的一块近30斤的淡红色蜡石带回华安，请吴步宁设计一尊观音菩萨，吴步宁也感于龙隐洲的大义，展尽平生所学，雕了一尊象牙色的脸，淡红色身子的观音菩萨，后来卖了13万元。扣除植物人的药费和安葬费还有节余，在九龙湾地面成了一段佳话。

郝君洛与苏渝结了婚，郝君洛爱苏渝爱了那么久，今夜终于修成正果。可是苏渝很激动，喝了不少酒。郝君洛怎么也没有想到，事情快要完成的时候，苏渝突然打个激灵酒醒了，她推开入侵者，披头散发地狂叫："你一定是小时候伤害我的那个人，你们都是坏蛋，你们男的没有一个好人。"

"你不要害怕，这是男女之间最基本的需求。"

"我只要灵魂伴侣! 骗子，骗子!"

"老婆，你错了，我们已经结婚了，你是我老婆，我是你老公，是法律承认的合法夫妻。"

苏渝酒醒了大半，她愣愣地看着郝君洛，好像不认识他似的。

郝君洛明白了大半，苏渝小时候肯定遭受了恶毒的侵害。他紧紧抱住苏渝："我是你老公，我不是坏人! 我们把从前的事全都忘掉，我们的人生从现在开始。"

苏渝俯在郝君洛身上号啕大哭。

郝君洛抱住她，拍着她的后背，安抚着她，使她慢慢平静下来。

若干年后。

郝君洛一生的愿望开始实施，建设天街华安玉奇石艺术馆，但是，郝君洛的一己之力是不够，有一个投资公司愿意投资。跟随投资方老总的女秘书令郝君洛很感兴趣，郝君洛自己都鄙弃自己，难道老了老了看到美女就不淡定了? 后来得到她的名片，一看竟然是罗一芬，自己曾经往这个名字开办的银行卡里打了12万元，是巧合吗? 初次谈判完成后，郝君洛逮住一个机会问她："你怎么和我战友的女儿同名同姓呢?"她的回答令郝君洛大吃一惊："叔叔，我爸爸就是罗大刚。"

那……那……那……郝君洛说不出话来，好久才变声变调问："你记得我吗?"

"我听妈妈说起过你。"

郝君洛又不敢应答了，谁知道战友的妻子是怎么说他的，战友会去给他老婆托梦吗? 战友又会对老婆说些什么?

在谈判过程中，郝君洛才感到自己是虚惊一场，罗一芬处处都护着他。

吴步宁与石琪香的爱情终于修成正果，结婚后，琪香身体和精神慢慢恢复了。若干年后，有一件事情却出乎大家的意料。作者前几天接待了一个科学家、大学教授，他研究的项目需要一种无静电传送棒，看上了唯美公司的产品，前来考察。陪教授来的一个的学生跟我聊了很多，他说他是华安人，小时候做作业的地点是"十里香"饭店，他叫石双志，今年19岁，是大一的学生，他说："教授的夫人是我的老师，她听说我是华安人，便推荐我跟随教授。"

我吓了一跳，赶快进一步证实，我问他："你怎么记得你小时候做作业的地方"？他说："4岁就在上海和老姥姥，老姥爷生活、读书。老姥姥说我是花了20万元买来的，他们给我起名叫'童同荣'，我不喜欢这个拗口的姓名，从幼儿园起就在作业本边上写上'石双志'。"我一听大喜过望，赶快给吴步宁打电话说："你老婆丢失的孩子是不是叫石双志？"他说"是啊是啊"，他急匆匆赶来，我带他见了石双志。后来，石双志和母亲石琪香相认了。读者一定惊呼：无巧不成书。叫我说这叫善有善报，好人有好报。

石琪玉毕业后和谢盛霏一起分配到闽南设计院，参与了郝君洛"天街华安玉奇石艺术馆"的设计工作。

若干年后窦清芬回来了，她当年参加国际记者团，去了一个战乱的国家，被敌方扣为人质。历经数年才被解救出来，归来后见李泽慧生了儿子，自愧自己不能生育，回了台湾，石启强每年都好几次去台湾与窦清芬作伴一段时间。

答记者问

记者：陈老师的小说里写到"梦幻城"，有读者问是不是民间传说中的阴间。

作者：不是，梦幻城不是地狱，梦幻城是人的梦境的映象，也可以说，人世间是普通人生活的地方，梦幻城是灵魂的世界。

记者：陈老师有没有考虑梦幻城的现实可能性。

作者：有，中国作家王十月在2017年第11期《小说选刊》中关于他的小说《无色界》的《创作谈》中说："被比尔·盖茨称为预测人工智能第一人的谷歌首席未来学家雷·库兹韦尔预言，人类将在2029年突破生死界线，获得永生。"你看人类都可以永生了，梦幻城的存在就是可能的了。

记者：这好像是科幻。

作者：同期《小说选刊》选发了中国作家王威廉的《后生命》，责编稿签如下："人工智能是科幻小说及影视作品的热门题材，《后生命》和同类作品比非但不逊色，反而更显深度，作者王威廉在科学与人学、哲学、神学的公共边缘找到了言说空间，也找到了传奇故事。人工智能发展到某种程度，科学家李蒙开始研究永生之道，让意识转移到克隆的新人体脑部，从而实现人类的长生不老……"这说明中国作家都在寻找一种人生的突破和灵魂的净化。

美国作家伊芙·赫洛尔德的《超越人类》（北京联合出版公司出版，2018年2月第1版）写的就是人类永生的初始阶段。

我写的梦幻城与他们相比较，可能性还是很大的。待数十年后的读者再读这本书的时候，也许有一大批人已经通过人工智能将自己的意识转移到新人体上，那么这一大批新人体人居住的地方也许就是我所书写的梦幻城。

记者：原来是这样考虑的，那我明白了。你写梦幻城还有其他考虑吗？

作者：文学评论家谢有顺说："这是一个大时代，也是一个灵魂受苦的时代。""所谓灵魂受苦，是说众人的生命多闷在欲望里面，超拔不出来。"我写的梦幻城没有欲望，灵魂超拔出来了，所以不会受苦。因此我向世人呼唤，你们的人生之旅"下一站是梦幻城"。

2017年2月18日至2019年11月24日初稿，2019年12月18日二稿。2020年10月25日定稿。